問學

潮平两岸阔

刘跃进　著

浙江古籍出版社

图书在版编目（CIP）数据

潮平两岸阔 / 刘跃进著 .-- 杭州：浙江古籍出版社，2021.7

（问学）

ISBN 978-7-5540-2040-1

Ⅰ.①潮… Ⅱ.①刘… Ⅲ.①中国文学－古典文学研究－文集 Ⅳ.① I206.2-53

中国版本图书馆 CIP 数据核字（2021）第 106973 号

潮平两岸阔

刘跃进　著

出版发行　浙江古籍出版社

（杭州体育场路 347 号　电话：0571-85068292）

网　　址　https://zjgj.zjcbcm.com

责任编辑　沈宗宇

文字编辑　徐　立

封面设计　吴思璐

责任校对　吴颖胤

责任印务　楼浩凯

照　　排　浙江时代出版服务有限公司

印　　刷　浙江海虹彩色印务有限公司

开　　本　787mm × 1092mm　1/32

印　　张　10

字　　数　180 千字

版　　次　2021 年 7 月第 1 版

印　　次　2021 年 7 月第 1 次印刷

书　　号　ISBN 978-7-5540-2040-1

定　　价　55.00 元

弁　言

为自己的序跋集作序，这还是平生第一次。

年轻的时候，有人索序，内心往往会有一种莫名的欢喜，觉得被人高看一眼，不无得意。年齿渐长，命序的人渐多，我便开始有所警省。顾炎武《日知录》说：“凡书有所发明，序可也；无所发明，但纪成书之岁月可也。人之患在好为人序。”与此相关的还有一句话，那就是柳宗元引用孟子的名言：“人之患在好为人师。”好为人序，好为人师，字面相近，两者确实也有内在联系，显而易见的是，都有站在高处指点江山的意思，这不免让人腹诽心谤。更何况，世间的学问那么大，一部学术著作是否有所发明，如果没有深入研究，很难作出准确判断。如果作序的人率尔操觚，任情发挥，浮光掠影，言不及义，很可能成为别人的笑谈。这样看来，为人作序，看似简单，其实不易。

尽管如此，作序这件事又是情所难免。

学术研究本是一项寂寞而艰辛的工作。潜心多年的成果，作者多希望能够得到同行的关注，于是便有了序言这种文体。左思《三都赋》之所以会有洛阳纸贵的传播效果，就得益于名家的引荐。事实上，作者求序也有某种恍若前定的因缘际遇，或是在学术上彼此认可，引以为同道；或是故雨新知，有见字如面的期待。也有不少年轻才俊，藉此得到鼓励，奋发扬厉。总之，这种述往事、思来者的文字是有温度的，既有学术探讨的乐趣，也有情感互动的慰藉。

这些年来，承蒙学界朋友的信任，我撰写了若干这类文字，岁月既积，楮墨遂多。我虽非名家，当王旭斌社长邀我裒辑出版时，还是愉快地接受了他的建议。我想，通过这些文字，至少可以从一个小小的侧面展示近年学术之一斑。小书分为两编，上编30篇是应同行之邀而作的序言，下编15篇是我主持编纂著作的前言。这些论著，议题广泛，内容丰富，很多是我不很熟悉的。但我有一种自信，对各位作者比较了解，即便在千里之外，也会有心存咫尺之感。他们为撰写这些著作，付出了大量心血。这些，或许非常人所能理解，应当表而彰之。对我来说，阅读他们的著作，也是学习的机会，从中可以获得丰富的知识，还有人生的启迪。

“潮平两岸阔，风正一帆悬”。在学术的长河中，我的这些小序实在微不足道，如果能为文学研究的扬帆前行起到些许推进作用，便是意外的收获了。

缓　之

辛丑年夏至拟于京城爱吾庐

目录

CONTENTS

上编

《咸阳碑刻》序

当年读贾谊《过秦论》和杜牧的《阿房宫赋》，秦人的雄浑质直，咸阳的宏伟壮丽，还有“楚人一炬，可怜焦土”的悲剧结局，都曾给我留下深刻的印象。

在想象中，秦人好大喜功，功利性强，缺乏精致的情趣。通过阅读存留下来的文学艺术作品，越发印证这种感觉。近年来，各地陆续出土了一些秦简，但主要还是以法律应用条文为主，文学艺术史资料少而又少。秦人少文，大约是历史事实。记得唐代张彦远《历代名画记》说过：“图画之妙，爰自秦汉，可得而记。降于魏晋，代不乏贤。”汉代画像之妙是不必说的，早在北宋沈括《梦溪笔谈》卷十九就有记录：“济州金乡县发一古冢，乃汉大司徒朱鲔墓，石壁皆刻人物、祭器、乐架之类。人之衣冠多品，有如今之幞头者，巾额皆方，悉如今制，但无脚耳。妇人亦有如今之垂肩冠者，如近年所服角冠，两翼抱面，下垂及肩，略无小异。人情不相远，千余年前冠服，已尝如此。其祭器亦有类今之食器者。”画面之丰富多彩，依稀可以想见。北宋末年赵明诚《金石录》也著录了山东嘉祥武氏祠的榜题。南宋洪适《隶释》还收录武氏祠部分图像摹本。令人惊奇的是，宋人所见的武氏祠，今天依然保留着，给人以千年历史不过一瞬的强烈感触。

可是，秦代的画像究竟如何呢？宋人似乎已邈不可得，对于今天的我们来说当然更是一个难解的谜团。幸运的是，咸阳秦代梁山宫遗址踏步空心砖画像的发现，为我们打开了解读这个谜团的一扇窗户。根据史书记载，秦始皇拥有众多宫殿，梁山宫就是其中之一。这里宫妃云集，是秦始皇寻欢作乐的场所。空心砖画像所描绘的正是这种龙璧环绕的欢乐画面：龙头高昂，不时回首翘望，不可一世；玉璧洁白，时时展露风姿。柔情似水，布局讲究。优美线条，传神写照，尽在不言之中。我们知道，在中国古代，“龙”往往象征着阳刚之气，而“璧”则表示阴柔之美。由此推想，画中所反映的很可能是宫廷男欢女爱的场景。这是以往的文献资料所不曾展现过的内容，表现了秦人浪漫精致的生活情趣，给人以意外的惊喜。

咸阳因秦人而著名，更因其悠悠不断的历史文化传承而为世人瞩目。唯其如此，当李慧、曹发展合编的《咸阳碑刻》摆在面前时，浓厚的阅读兴趣便油然而生。与此同时，上述那幅《龙璧图》也随之展现在眼前。图文并茂，展现了两千年来咸阳地区政治、经济、文化发展的若干侧面，让人真切地触摸到咸阳历史的脉搏跳动。

这是一本关于咸阳地区石刻文献整理与研究的著作。全书收录石刻321方，以墓碑和墓志为主。除十余通石刻过去有所著录外，其余均为首次著录。其中135方是20世纪70年代以来咸阳地区陆续发掘出土的历代墓志，具有很高的史料价值和文学价值。譬如70年代在唐高宗乾陵发掘的崔融撰写的《薛元超墓志》就很值得注意。根据这方墓志，我们知道，在唐高宗仪凤二年（677）时年55岁的薛元超知内外百官考，举荐了杨炯、崔融等十人为崇文馆学士。因此，从某种意义上说，这两位著名的文学家属于薛元超的故吏门生。薛元超死后，崔融和杨炯分别撰写了墓志铭和祭文、行状。由于这种特殊的关系，他们的记载较之两《唐书》当然更为准确，可信度更高。显而易见的例子，如新、旧《唐书》均未记载薛元超本名。赵明诚《金石录》卷二十四《唐薛收碑》跋云："（薛）收之子元超，据唐史及此碑皆云名元超，而杨炯《盈川集》载炯所为《元超行状》乃云名振字元超，盖唐初人多以字为名耳。"赵明诚的判断是对的。杨炯所撰《中书令汾阴公薛振行状》称"河东郡汾阴县薛振，年六十二，字元超"。崔融所撰碑也称"公讳震，字元超"。振、震同音，根据崔融碑文，应以"震"为是。薛元超所荐崇文馆学士，各书记载不一。《旧唐书·薛收传》附《元超传》云："元超既擅文辞，兼好引寒俊，尝表荐任希古、高智周、郭正一、王义方、孟利贞等十余人，由是时论称美。"《新唐书·薛收传》则云："所荐豪俊士，若任希古、高智周、郭正一、王义方、孟利贞、郑祖玄、邓玄挺、崔融等，皆以才自名于时。"较《旧唐书》多出邓玄挺、崔融二人。而崔融所撰《墓志》作："疏荐郑祖玄、贺觊、沈伯仪、邓玄挺、颜强学、杨炯、崔融等十人为崇文学士。”杨炯《元超行状》作：“黄门侍郎上疏荐高智周、任希古、郭正一、王义方、顾彻、孟利贞等，后皆有重名，历登清贵。及兼左庶子，又表郑祖玄、沈伯仪、贺觊、邓玄捷、颜强学、崔融等十人为学士，天下服其知人。”综上所述，薛元超前后所荐凡十三人：任希古、高智周、郭正一、王义方、孟利贞、郑祖玄、邓玄捷、崔融、贺觊、沈伯仪、颜强学、杨炯、顾彻。根据崔融和杨炯文，荐举崇文馆学士确切为十人。显然，《旧唐书》作元超荐举“十余人”是将薛元超的两次荐举混为一谈，应当有所甄别。另外，薛元超高祖，崔融文作“聪”，《隋书·薛道衡传》也作“聪”，而杨炯文作“德”，似不确。薛元超祖薛道衡，杨炯文作“上开府仪同三司、陵、卭、潘、襄四州刺史、襄州总管”。而崔文作“上开府仪同三司，都督陵、邛、番、襄四州诸军事，四州刺史，襄州总管”。显然“潘”字误。潘州乃唐太宗贞观八年（634）以南宕改名。当从崔文作“番”。《隋书·薛道衡传》：“炀帝嗣位，转番州刺史。”检《隋书·地理志》，番州乃隋文帝杨坚仁寿元年（601）置。类似这样的例子，《王恭墓志》《刘孝节墓志》以及《曹钦墓志》等还可以举出许多。其详细内容，本书编者在前言及相关考跋中已经作了很好的论述，值得参看。

就我个人的专业兴趣而言，更关注的是这部书的文学史价值。以往，对新近出土的石刻文献，通常是考古学界和史学界捷足先登。相比较而言，我们的文学史研究界相对滞后。除了做一些文献考订之外，似乎很难从文本上加以探讨，总是让人有一种意犹未尽之感。其实，就这些优秀的墓志而言，它至少给我们提供了两方面的借鉴意义。第一，就文体本身而言，墓志从其产生到唐代的高度发达，其间有一个发展演变的过程。《释名·释典艺》："碑，被也，此本葬时所设也。施辘轳以绳被其上，以引棺也。臣子追述君父之功美，以书其上。后人因焉，无（物）故建于道陌之头，显见之处。名其文就谓之碑也。"赵翼《陔余丛考》"碑表"条认为始于秦汉。汉代碑碣，宋代欧阳修《集古录》、赵明诚《金石录》、洪适《隶释》等发端起例，辑录考释，清人王昶《金石萃编》、陆增祥《八琼室金石补正》等踵武前贤，集其大成。近世发现的碑碣文献，又有赵超《汉魏晋南北朝墓志汇编》、高文《汉碑集释》等，将汉碑文献网罗殆尽，为我们的研究提供了丰富的资料。读过之后，发现汉碑大多有这样几个相近的特点：第一，叙事简略；第二，文字古朴；第三，格式定型。这也难怪，倘若碑版文字洋洋洒洒，动辄千言，势必给镌刻者带来难度。故文字尚简，是其基本要求。然而，时易世移，东汉后期，碑文开始发生变化。魏晋以后更是雕丽为文，浮华相尚，在行文中注重隶事用典，遣词造句追求工丽华美。南北朝时代的碑版文字，尤其是南朝，大多风云气少，柔靡不振。但是，他们所开创的四六文体，却为唐代的碑版文字提供了有益的借鉴。我们阅读唐碑，一个明显的感受，就是气势的强盛，一洗六朝以来柔弱萎靡之风。其所以如此，或是篇幅的加长，或是文字的考究。他们注意吸收前代精华，推陈出新。譬如《曹钦墓志》：“春蹊萎绝，事隔而哀深；大树飘零，人亡而仍在。”就借鉴了庾信的《哀江南赋》“日暮途远，人间何世；将军一去，大树飘零”。《薛元超墓志》“鲁国来朝，滕侯共薛侯争长；魏君请见，薛公与毛公并游”显然又从庾信《马射赋》“落花与芝盖同飞，杨柳共春旗一色”化出，并变其本而加其厉，句式抑扬顿错，大有后来居上之势。第二个借鉴意义，是这些碑版文字往往能提供一些有趣的文学史料。譬如《薛元超墓志》记载薛元超八岁作《咏竹诗》：“别有邻人笛，偏伤怀旧情。”这与初唐著名诗人杜审言《和晋陵陆丞早春游望》“独有宦游人，偏惊物候新”确有异曲同工之妙。过去，人们对于杜审言这首诗的起句颇为欣赏，认为“起独有力”。殊不知，这种独特的起句，薛元超已开风气在前。杜审言这首诗在《全唐诗》又重收在中唐韦应物名下，但不论是杜审言还是韦应物，都在薛元超之后。杜审言约生于公元 646 年，卒于 708 年。韦应物更远在其后。而薛元超写作此诗时乃在贞观四年（630），其时杜审言尚未出生。当然，仅仅根据这方墓志，还不能确定杜审言这首诗的创作就一定受到薛元超的影响，但至少给我们提供了一些有益的参照。

《咸阳碑刻》所蕴含的历史文化内涵是多方面的，还有待于广大专家读者作进一步的探讨。掩卷沉思，我却想到了另外两个萦绕于怀的问题。长期以来，我们的文史专业分得越来越细，将活生生的历史强制性地划分成条条块块。条块分割的结果，隔行如隔山。文学研究界对于考古学界的成果，相对来讲，就显得比较隔膜，人为地限制了自己的学术视野。不仅如此，就连文学史本身的研究，也日益狭窄。我们往往恪守舶来的文学观念，将丰富多彩的中国文学史机械地划分为小说、戏曲、诗歌、散文四大块。如果说前两项对于传统文学有所拓展的话，而后两项尤其是散文一项，画地为牢，限于一隅，无端地放弃了许多至可宝贵的领地，结果呢？路是越走越窄。痛感于此，我与同门江林昌教授曾就此一问题访问了有关专家（参见《新学问大都由于新发现——考古发现与先秦、秦汉典籍文化》，《文学遗产》2000年第3期），呼吁我们的文学史研究跳出狭窄的范围，走向更广阔的天地。近年，我在《关于魏晋南北朝文学研究的若干问题》（参见《文献学研究的回顾与展望——第二届中国文献学学术研讨会论文集》，台湾学生书局2002年3月版）、《走出散文史研究的困境》（《人文论丛》2001年卷，武汉大学出版社2002年10月版）、《徘徊与突破——先唐文学史论著概观》（《西安交通大学学报》2003年第1期）、《世纪之交的中国古典文学研究》（韩国中国语文学会编《中国文学》第38辑，2002年11月版）等长篇论文中就这些问题展开了讨论。虽然人微言轻，但是我想强调说明，研究文学必须跳出文学；研究中国文学必须跳出中国范围。道理很简单，出乎其外，故能见其大；入乎其中，才能见其细。一言以蔽之，“功夫在诗外”。从这个意义上说，《咸阳碑刻》这类珍贵资料理应进入文学史研究的视野。

另外一个问题与此相关，即我们的文学史研究该如何增强起码的历史感。某年秋天，夕阳西下，我徘徊在秦代咸阳宫的遗址上，抚摸着残垣断壁，透视着历史尘埃，无尽苍茫之感从心底涌出。那种独特的感受，那种历史的启迪，远非一般的教科书所能给予的。过去一段时间，我们的文学史研究总是在两个极端徘徊，要么远离文学史实际，凭空高论；要么纠缠于枝微节末的问题。许多论文，初读似乎有道理，推敲起来就觉得隔了一层。很重要的原因，就是缺乏起码的历史感。局限于狭隘的学术领域是很难产生这种历史感的。我们的文学史研究需要综合的学术涵养，更需要走出书斋，去实地触摸历史的遗迹，去原野吸收历史的气息。近些年来，有机会到各地寻访文人踪迹，感受异常强烈。过去只是书本上读到的历史，仿佛就发生在身边，就发生在昨天。确实，我们都生活在历史的长河中，生生不息。寻访咸阳故地，阅读《咸阳碑刻》，这种感触似乎愈加强烈。这也是我为什么要写此文的原因所在吧。

（《咸阳碑刻》，李慧、曹发展注考，三秦出版社 2003 年 7 月版）

《汉魏六朝及隋唐碑刻文献的文学与文化研究》序

中国古代向来崇尚三不朽："太上立德，其次立功，其次立言。"无论哪一种功名，都应有口述、图像，或者文字记述下来，才会更有意义。在简帛、纸张出现之前，最重要的文字载体是金石。金，是指金文，铸在钟鼎上的文字；石，是石刻，刻在石头上的文字。

在中国，上自殷商，下至现代，碑刻文字一直是纪念功业的重要载体。西晋名将杜预就常言："德不可以企及，立功、立言可庶几也。"太康元年（280），他率军南下，平定江南，"以功进爵当阳县侯"。杜预又是著名史学家，自称有"《左传》癖"，所注《左传》至今流传，是研究《左传》的必读著作。所以，他在立功、立言方面，可谓功垂青史。《南部新书》载，杜预刻石为二碑，一沉万山之下，一立岘山之上。在他看来，无论天地发生怎样的变化，名声可以不朽。

在国外，从古埃及到两河流域，从古希腊到古罗马，还有昌盛一时的古印度以及神秘的玛雅文明，都留下大量的碑刻文字、图形，说明人类很想通过碑刻去强化历史记忆，幻想永垂不朽。2012 年，英国利物浦大学约翰·戴维斯教授和伦敦大学约翰·威尔克斯教授共同主编的《碑文与历史科学》，透过碑文重构人们对古希腊和古罗马的理解，强调碑文不仅是古代智慧与艺术的结晶，同时也是古希腊与罗马文化与社会生活痕迹的文字折射，具有特殊且珍贵的研究价值。那些碑刻中的历史人物、生活场景，通过研究者的解读，再次进入世人视野。

古代石刻文献、简帛文献与纸本文献共同构成我国历史文献的三大主干。自殷商到清末，我国石刻文献的制作至少已有三千年的历史。这些碑刻原生态地承载着每一个特定时代的丰富信息，涉及政治、经济、军事、外交、科技、法制、吏治、宗教、历史、语言、文学、艺术、教育、科举、地理、建筑、水利、水文、天文、历法、民族关系、宗室家族、环境保护、名胜古迹、民风民俗等方方面面，堪称石质载体的百科全书。从宋代开始，历史学家就利用石刻文献辑佚、校订、补充着传世文献记载的不足，日益引起学术界的广泛关注。而今，碑刻文献研究已经成为当代显学之一。李慧教授主持编纂的《汉魏六朝及隋唐碑刻文献的文学与文化研究》是近年碑刻文献研究的最新成果，值得推荐。

首先，作者详细梳理了汉魏六朝及隋唐碑刻文献的收集、整理与研究概况，并就汉魏六朝及隋唐碑志的文体、文风及其总体走向进行深入研讨，为后续研究提供参考。

据不完全统计，传世及新发现的历代石刻文献，汉魏六朝有两千种左右，隋代八百余种，唐代石刻文献多达一万五千余种。在近年出土墓志中，仅关中地区的弘农杨氏家族墓志就有一百多方，长安韦氏家族墓志也有六十多方。此外，新出土墓志还涉及到很多文学、艺术家，如上官婉儿、李邕、王之涣、严识玄、蔡希寂、赵冬曦、韦应物、窦牟、宋若昭、卢载、元稹、谢观、裴夷直等人的墓志，增添了墓主人的新资料；至于由著名文学家撰写的墓志，出土量更为丰富，像吴少微、富嘉谟、崔融、贺知章、卢藏用、李邕、张九龄、崔颢、颜真卿、李华、萧颖士、韦应物、权德舆、裴度、张籍、王建、韩愈、柳宗元、柳公权、元稹、李商隐等人撰写的墓志，有助于人们对这些文学家的创作业绩有新的认识。

在描述这些石刻文献历史价值的同时，作者不忘专业立场，比较注意这些碑刻文献的文学价值，认为先秦的《石鼓文》有刻意模仿《雅》《颂》，对汉晋碑铭有一定影响。秦刻石是西周《雅》《颂》传统的继承者，这与西秦地处西周旧地、受其熏染较重有关。汉碑行文组织严密，注重精心描绘，语言风格明显受到汉代辞赋和散文的影响，繁富缛丽而又多凝练。从碑刻文字的写手来说，能够将辞赋风格较完美地运用于碑文撰写者，首推蔡邕，实开一代风气。对此，我曾撰写论文（参见《秦汉文学论丛》，凤凰出版社 2008 年版），多所论列，此不赘述。自汉讫晋，虽然时有禁碑之令，但撰作碑志的文人，不绝如缕。甚至，皇帝本人也参与到石刻文字的写作中，事实上消解了碑禁的强制性。晋宋以降，文人撰作碑志蔚然成风，推动了传统碑志文创作的繁荣，使碑志文呈现出趋近彼时美文的发展状态。作为东晋撰碑大家，孙绰具有深厚的家学传统，还广泛继承蔡邕碑刻写作的范式，并加以敷演，扩大碑文容量。在语言使用上，他善于熔铸经典，臻于雅驯，为南北朝碑文的发展开创了一片新天地，也为后来碑文写作者提供了有益的经验。可以说，孙绰是继蔡邕之后对碑刻文字写作颇具推动作用的一代名家。

南朝碑志偏重纪德，北朝碑志以叙述事功为主，更接近于碑志文体的应用功能。职此之故，北朝碑志往往呈现出一种独特的气质，质实简练，与南方的绮丽风格，形成鲜明对照。温子升、邢邵、魏收为代表的“北地三才”的创作实践，推动了南北碑志风尚相埒格局的形成。随着庾信的北上，南北碑志的风格日渐融合。与此前诸多碑志埋圹后便无所觅其踪迹的情况不同，庾信撰写的碑志文能集众家之长，有意识地在审美追求方面，凸显个性，后世广为流布，并最终完成了始于孙绰的碑志文定型化进程。

隋代碑志文的风格有融合南北的倾向，事实上充当了从南北朝到唐代碑刻文字发展的桥梁作用。唐朝兴盛之初，出现了张说、苏颋等处在转型时期的碑志文高手，他们上承庾信骈体为主的碑志文风格，并以此为基础，开始对碑志文进行变革。降及中唐，韩愈、柳宗元等人，以古文相号召，变骈为散，改变了碑志文的发展方向，使得本为应用文的碑志文名正言顺地进入文学苑囿。书中这些描述，援据精博，要言不烦，扩大了读者的视野，丰富了文学史的内容。

其次，作者充分利用新出土碑刻文献，对相关文学家进行个案研究，对以往的研究提出新见解，补充新材料。

对待古人、古代作家及其作品，陈寅恪先生倡导一种“了解之同情”的读书态度，通过这样的阅读，更便捷地走进他们的内心世界，更准确地理解他们的处世原则，更清晰地辨析他们的创作动机，更多元地解读他们的文学作品。譬如关于韦应物的研究，文学史大都是把他放在社会或家族文化背景下加以审视，这固然不错，但依然缺少叫人感动的细节。韦氏家族墓志的出土，有助于我们较全面地把握韦氏不同人生阶段的创作情感及其作品所蕴含的深邃内容。由墓志可以推知，韦应物的生活与创作分为前后两个时期。自从妻子元苹去世后，他的生活一直笼罩在浓郁的悲剧色彩中，创作上也相应进入新的阶段。国难家悲，是造成韦应物前后诗风明显不同的主要原因。

又譬如，关于上官婉儿的研究，也由于新墓志的发现，让我们有可能更多地了解她在初盛唐文坛的作用。上官婉儿身处宫闱斗争的漩涡，历经波澜，对当时的政治产生过重要作用；她文采斐然，继承祖上开创之功，以“上官体”为典范进行诗歌创作实践，词采华丽、对仗工整，为务求典雅的宫廷诗歌创作积累了丰富的经验。在她的影响下，景龙文坛为之新变。从此，律诗逐渐趋于定型，走向成熟。

再如张九龄，他受张说知遇之恩，特撰《张说墓志》，叙述生平，饱含深情，娓娓到来的叙述，给人从容不迫之感，其所表达的敬仰之情和永诀之痛，自在不言之中。张九龄特别推崇张说在“风雅陵夷”数百年之际，专事“懿文”以“激仰后来”的贡献，持论公允，有理有据。他本人就是“后来”者之一，继张说之后，执文坛牛耳，凭借自己丰富的创作实践，从根本上扭转了六朝以来的柔靡之风，为唐代文学发展作出重要贡献。

李商隐不仅仅是著名的文学家，在书法方面亦有很深造诣。他所撰写的《王翊元夫妇墓志铭》是目前仅见的书法真迹，也是其存世不多的以古文写就的墓志，不用典、不征事，直截了当，情事分明，简洁明快，如风行水上。由此可以看到韩、柳所倡导的古文运动对其后文坛的影响，又能体现晚唐的文章风格，具有明显的时代特色。这些论述，是基于新发现的碑刻文献多所发明，为我们深入理解古代作家作品，提供了新的资料和视角。

在充分占有资料、深入细致研究基础上，作者提出“丝路碑刻”概念，举凡“在地域上属丝绸之路境域而碑文内容与丝路的政治、经济、军事、历史、外交、民族、宗教等相关的碑刻”，都可以纳入这个范畴。这是本书最重要的贡献。

丝路碑刻融物质性、精神性、审美性于一体，既是形而下的“器”，又是形而上的“道”，更是道器的统一，呈现出一种崇高与阔大的气象。

就“器”的形态而言，《张骞题碑》是丝绸之路上的历史见证界碑，《曹全碑》是丝绸之路上的书法艺术神碑，《敦煌太守裴岑纪功碑》是丝绸之路上的纪录战功大碑，《大秦景教流行中国碑》是丝绸之路上的文化传播巨碑，《唐蕃会盟碑》是丝绸之路上的民族融合丰碑……这些碑刻，形制威严，厚重高大，有一种雄浑阔大的震撼力量，充分体现出古人“观物取象”的思维特点，让观者在崇敬中“以通神明之德，以类万物之情”。从语言上说，《曹全碑》是闻名海内外的“三绝碑”，不仅书法是汉隶旗帜，碑文的语言也简洁有力，形象传神。号称“燕许大手笔”的文学家张说撰写的《监牧颂德碑》《郭知运碑》《杨执一碑》《拨川郡王碑》《王方翼碑》《裴行俭碑》《冉实碑》《王君臭碑》《安忠敬碑》等，苏颋撰写的《唐璇碑》等，语言俊丽精密，典正文雅，文质并行，蕴含着庄严伟大、慷慨激昂的气度，体现出“吟咏情性，纪述事业，润色王道，发挥圣门”的文学观念。

再就“道”的层面而言，丝路碑刻所体现出来的精神特质，无不指向崇高。在中国人的心目中，崇高往往与“大”相互关联。孔子说：“大哉！尧之为君也。巍巍乎！唯天为大。”孟子说：“充实之谓美，充实而有光辉之谓大，大而化之之谓圣，圣而不可知之之谓神。”充实为大，充实为美，充实为崇高。萧何修筑未央宫，历时两年，高大壮丽，彰显“天子以四海为家，非令壮丽亡以重威”。汉唐丝路碑刻也以大为美，展示墓主的精神气质和不世之功。“张骞凿空”，无论从战事、外交，还是从经济、文化等各个角度看，都是功垂千古的重大历史事件。清人徐松撰《西域水道记》、王树枏等编《新疆图志·金石志》、赵钧彤《西行日记》等文献，都记载了他们所见到的《张骞题碑》，凡24字："去青冥而七（一作尺）五，远华西以八千，南通火藏，北接大宛。汉张骞题。"这方碑，系张骞第一次出使西域时所刻，矗立在大宛边界的高山上。我们知道，张骞第一次出使西域时被匈奴扣留，长达十一年之久，经过千辛万苦，他才得以逃脱，却没有退回长安，而是继续前行，就是为了完成汉武帝交付的使命。这种选择，展现出炎黄子孙坚韧不拔、开拓进取的民族毅力和拓展精神。行为本身就是一种崇高的美。此外，《霍去病墓石刻题字》《敦煌长史武斑碑》《豆卢恩碑》《李绩碑》《冯师训碑》《李晟碑》《张公德政碑》《姜行本记功碑》《郭知运碑》《王忠嗣碑》《王君㚟碑》等，无不凸显这种崇高美。

所谓碑者，悲也，抒发悲伤的情怀自是题中之义，但丝路碑刻有所不同。《汉魏六朝及隋唐碑刻文献的文学与文化研究》特别指出，丝绸之路上的碑刻文字，在记述这些历史人物功业的同时，更是传递一种精神，一种信念。读者透过这些碑文，唤醒了崇高的历史记忆，读出了奋进的精神力量。这或许就是丝路碑刻最重要的文化价值，值得发扬光大。

2003年，李慧教授与曹发展研究员共同编纂《咸阳碑刻》一书，收录石刻321方，以墓碑和墓志为主。我受邀作序，以《咸阳石刻的启示》为题，具体论列了该书的史料价值和文学价值。此后十五年，李慧教授依然在这个领域辛勤耕耘，不断推出新的成果。她的研究，已从最初的碑刻文献整理转向对碑刻文化价值的探讨，关注当下社会，关注文化发展，视野更加开阔，思路也愈发缜密。作者知道我对碑刻文献素有兴趣，引为同道，希望我能为她的新著发表意见。我自知读书不多，所见有限，只能掇取大旨，论其精华，平面描述如上，藉以抛砖引玉。

（《汉魏六朝及隋唐碑刻文献的文学与文化研究》，李慧著，西安交通大学出版社 2018 年 5 月版）

《〈吕氏春秋〉研究》序

年前，启才先生《〈吕氏春秋〉研究》成稿，嘱我作序。我既感且愧，一时不知从何说起。

所“感”者，自然有感激的成分在。近十年来，我醉心于秦汉文学史料的收集与整理；研读之余，时有小文发表，这便引起了远在南方的王启才先生的注意。他从复旦大学蒋凡先生问学，其博士论文即以秦汉奏议作为研究对象，看到我的成果，便引以为同道。任教于安徽阜阳师范学院之后，我们便有了联系。他早就想到北京深造，于是申请到文学研究所作博士后研究，希望我作为合作导师。由于种种原因，直至去年才如愿以偿。由于这样一种因缘际遇，我有机会对他的研究方法和研究领域多所了解。我早就知道他近来一直潜心于《吕氏春秋》研究，没有想到这么快就拿出成果，我为此而感到高兴。因此，当他提出让我作序时，几乎不假思索就答应下来。在学术的征程中，我不过是众多跋涉者当中的普通一员，本无资格为他人作序。但是承蒙启才不弃，小文得以冠诸篇首，在我当然十分荣幸。

但是两个多月过去了，启才先生的大著就要付印，而我的序却只字未成。这时我才感到贸然承诺的风险和压力。

这篇序之所以不好写，主要原因是我对于吕不韦及其《吕氏春秋》没有深入研究，因此很少自己的见解，也很难对于同行成果作出准确的判断。虽然，吕不韦其人其书，我上中学时就有所了解。那个时候，正是“文化大革命”的中后期，“评法批儒”之风，甚嚣尘上。作为“法家”代表人物的吕不韦，一时成为当时追捧的对象。《吕氏春秋》中的一些寓言故事和脍炙人口的成语，也就这样深深地印在了我年幼无知的脑海中。上大学之后，我才发现这么重要的一个人和这么重要的一部书，却很少有人作深入系统的论述。想当初，吕不韦和他的《吕氏春秋》是多么的显赫啊！书成之后，他把书悬诸咸阳城头，“延诸侯游士宾客，有能增损一字予千金”。由此可见，吕不韦对于自己主编的这部大书该是多么的自信和自负。这也难怪，《吕氏春秋》确实经过精心的编纂。《汉书·艺文志》诸子略杂家类著录《吕氏春秋》二十六篇，而今保存下来的恰好是二十六卷，分为《八览》《六论》《十二纪》。《八览》下另设子目六十三个，《六论》下另设子目三十六个，《十二纪》下另设子六十一个，总计一百六十篇，各篇字数也大体相同。可见，其书编排非常整齐，且在两千多年的流传过程中，几乎没有佚失，这在中国先秦典籍流传史上应当算是一个奇迹了。确实，在先秦两汉所有传世子书中，没有一部像《吕氏春秋》那样，作者及成书年代非常明晰，很少异议；也没有一部著作像《吕氏春秋》那样，章节安排环环相扣，有条不紊；更没有一部著作能像《吕氏春秋》那样，在辨伪成风的学术环境中还能岿然不动。可惜的是，这部经历如此奇特的大书，在学科划分越来越细的今天，却找不到自己应有的位置了。中文系的古代文学史不重视它，因为它的文学价值并不突出；历史系的中国古代史不重视它，因为它的史料价值十分有限；哲学系的古代哲学史也不重视它，因为它的思想庞杂，难以系统归纳。因此，谁都知道这部著作有着较高的可信度，但是，除"文化大革命"期间曾享有短暂荣华外，多数情况下是遭遇冷落。真是时移物换，今非昔比！倘若吕不韦地下有知，不知当作何感想。

1997年，我与业师曹道衡先生合著《先秦两汉文学史料学》，有机会重读《吕氏春秋》，很想就上述问题，略作探讨。清人汪中《述学补遗·吕氏春秋序》中的一段话引起了我特别的注意。他说："《吕氏春秋》出，则诸子之说兼而有之。故《劝学》《尊师》《诬徒》《善学》四篇，皆教学之方，与《学记》表里。《大乐》《侈乐》《适音》《古乐》《音律》《音初》《制乐》皆论乐。《艺文志》言刘向校书，别得《乐记》二十三篇。今《乐记》有其一篇，而其他篇名载在《别录》者，惟见于《正义》所引。按本书《适音篇》，《乐记》载之。疑刘向所得，亦有采及诸子同于河间献王者。凡此诸篇，则六艺之遗文也。《十二纪》发明明堂礼，则明堂阴阳之学也。《贵生》《情欲》《尽数》《审分》《君守》五篇，尚清静养生之术，则道家流也。《荡兵》《振乱》《禁塞》《怀宠》《论威》《简选》《决胜》《爱士》八篇，皆论兵，则兵权谋、形势二家也。《上农》《任地》《辩土》三篇，皆农桑树艺之事，则农家者流也。其有抵牾者，《振乱》《禁塞》《大乐》三篇，以《墨子·非攻》《救守》及《非乐》为过，而《当染篇》全取《墨子·应言篇》司马喜事，则深重墨氏之学。”清人徐时栋《吕氏春秋杂记序》也有类似的论述：“考其征引神农之教，黄帝之诲，尧之戒，舜之诗，后稷之书，伊尹之说，夏之鼎，商、周之箴，三代以来，礼乐刑政，以至春秋、战国之法令，《易》《书》《诗》《礼》《孝经》、周公、孔子、曾子、子贡、子思之言，以及夫关、列、老、庄、文子、子华子、季子、魏公子牟、惠施、慎到、宁越、陈骈、孙膑、墨翟、公孙龙之书，上志故记，歌诵谣谚，其捃摭也博，故其言也杂，然而其说多醇而少疵。”按照他们的解说，《史记·吕不韦世家》所谓“备天地万物古今之事”，实际上就是汇集群籍，比类成编，客观上起到学术思想史资料类编的作用。正是从这个意义上，梁启超称其为“类书之祖，后世《艺文类聚》《太平御览》《永乐大典》等，其编纂之方法及体裁，皆本于此”。这是很有道理的，因为它几乎涉及到《汉书·艺文志》所收录的绝大部分内容。而《汉书·艺文志》乃集当时及先秦学术之大成，将其分为六大类，即：六艺、诸子、诗赋、兵书、数术、方技。这样广泛的内容，自然远远超出了我的学识范围，常常有望洋兴叹之感。因此，我在撰写《两汉文学史料》时，也只能就《吕氏春秋》与诸子略中的各家之说略作排比而已。

事实上，《吕氏春秋》的价值远远不限于诸子范围，它更具有百科全书的性质。诚如启才先生概括的那样，涉及政治、哲学、史学、法学、伦理、教育、逻辑、语言、心理、音乐、艺术、军事、科技、情报、农业、体育、养生、生态环境、社会管理、商业观、人学等内容，以及《吕氏春秋》与儒家（孔子、荀子）、道家（老子、庄子）、名家、阴阳家、墨家（《墨子》）、法家（《韩非子》）和《周易》《管子》《淮南子》《史记》《文心雕龙》等学派或书的关系，等等。启才先生的《〈吕氏春秋〉研究》，开阔视野，几乎注意到上述众多问题，并加以梳理论证，给读者展示出《吕氏春秋》所蕴涵的广博丰富的内容。当然，在一部篇幅有限的著作中，不可能涉猎所有的问题。哪些更重要？哪些问题有待解决？哪些问题基本解决，就需要做一些探究家底的工作。为此，作者首先回顾了20世纪有关吕不韦及《吕氏春秋》的研究历程，分析了《吕氏春秋》的编辑特点，移步换形，由文学价值到心理思想，最后集中到《吕氏春秋》的传播论、生态观、丧葬观，以及饮食文化观等专门问题，掇取大旨，语玄析理。虽然所涉及的内容我多所不知，而所展现的盛景，却如同山阴道上行，目不暇接。至于这些论析是否合理，材料是否精准，远非浅薄如我者所能评判。职是之由，这篇序便拖延至今。开篇所说既感且愧的“愧”字，殆缘于此。

但是既然已经答应的事，又不能不兑现。因此，这篇序，我也只能表达一种美好的愿望：希望启才先生的博士后出站报告《〈吕氏春秋〉文献研究》能做得更加精彩，更加厚重，从而有更多的机会向学界同仁展示自己的研究实力。

（《〈吕氏春秋〉研究》，王启才著，学苑出版社2007年6月版）

《红楼臆论》序

钱锺书先生在《管锥编》中论及萧统《文选》时说：“词章中一书而为学，堪比经之有‘易学’‘诗学’等，或《说文解字》之蔚然成‘许学’者，惟有‘选学’与‘红学’耳。”近三十年来，我的研究几乎都是围绕着“文选学”而展开的，对此一领域的深浅，多少有所感知；连带而及，对于某一专门之学问，如“红学”等，也多怀有敬畏之心。

更何况，从我粗识文字时起，“红学”似已为显学。在史无前例的“文化大革命”中，很多古典文学名著成为禁书，唯有“红学”一枝独秀。据我所知，当时稍有文化的人，几乎人手一套。当然，那个时候对于其中的奥秘还不清楚，我只能听信别人的解说。80年代前期，我在杭州大学古籍研究所攻读硕士研究生时，周绍良先生来校讲学。我听说中华书局出版的古典文学研究资料汇编中署名“一粟”的《红楼梦卷》就出自周先生之手，敬佩至极，就和同学们去拜访他。当时，我就像一个记者似的，围绕着怎样收集“红学”资料，怎样进入“红学”领域等，提出了很多现在看来十分幼稚的问题。其实中心意思只有一个，即如何做学问。在我心目中，能够编纂这样的书，该有怎样的学问啊！周先生当时是怎样回答的，我现在一点也回忆不起来了，而且后来自己也未曾涉猎“红学”。但当时那种求知若渴的精神状态，尽管过去二十多年，至今想来依然心潮澎湃。

我之所以提及这段与“红学”有点关联的往事，乃缘于案头摆放着这部《红楼臆论》的书稿。尽管与“红学”隔绝多年，读了这部书稿，我完全可以从中看到作者多年潜心研读的艰辛与收获。每立一说，多自抒胸臆；每下断语，也多基于对《红楼梦》的研读体悟，探幽入微。譬如，《〈红楼梦〉后四十回的下落》《点题人物秦可卿》，显示其见解的独特；《从甄士隐看小说代言人形象的衍变与走势》《从高鹗续书看中国小说的劝诫情结》，说明其功底的深厚；《“丫头”“姑娘”“姐姐”辨——论《红楼梦》中年轻女子的称谓》《只见“姨妈”，不见“姑妈”——谈贾府的亲戚结构》，可见其思维的敏捷；而《神似与形似——从“红楼”英译谈古诗翻译》则体现作者对于英语与古诗的融通理解。在学风浮躁，甚至抄袭成风的状态下，我为作者出版这样一本真实而干净的学术论著感到欣慰。尤其值得称道的是，作者以其清新的笔调，把我们带到“红学”世界，又一次唤起我们重读原著的强烈兴趣。一部严肃认真的研究著作，能够有这样启迪心智的作用，不正是我们每一位研究工作者心驰神往的境界吗？！

我与《红楼臆论》的作者陈建平是三十年前南开大学的同窗。在我的印象中，她话不多，总是埋头苦读。而我在班上，年龄偏小，更是不起眼。后来我们选修王达津先生“中国古代文学批评史”课，考试成绩还不错，这才注意到彼此的兴趣原来都在古代文学。也许正是这种性情所致，毕业时我们都不约而同地选择了相对寂寞清苦的教学与科研工作。我先在清华大学文史教研组任教，后来调到中国社会科学院文学研究所。陈建平则任教于天津河西职工大学。尽管我们平时联系很少，但我知道她无心于仕途与名利，二十多年来在克尽教职的同时，徜徉在“红学”之途，积铢累锱，成果殊多。虽然我的学术兴趣主要在先唐代文献，对于古典小说没有发言权。但是如果别人问我：“你对陈建平的学问如何评价？”我可以毫不犹豫地回答：“她是七七级的学生，一直在学术领域辛勤工作。”这一句话足以说明她的学术追求，她的艰辛探索，还有她取得的成就。因为“七七级”这个词，已经代表了一代人对于光荣与梦想的苦苦追求。

正是看在同窗四年的缘分上，陈建平完成《红楼臆论》之后，首先就想到了我这个同窗和同行，便来信索序于我。这叫我很感动，当然也很惶恐。毕竟，我是“红学”外行，且学无所成，一时不知从何说起。这些天来，捧读书稿，恍逢故雨，于是拉拉杂杂写下了这些文字。如蒙建平老同学不弃，权作抛砖引玉的引子吧。

（《红楼臆论》，陈建平著，天津社会科学院出版社2008年7月版）

《南朝佛学与文学——以竟陵八友为中心》序

佛教与文学的关系，尤其是中古佛教与文学的关系，近年来日益引起学术界的高度关注。其中的原因不言自明，因为现存汉译佛教经典，很多传译于这个时期，对于当时社会、经济、政治、文化等方面产生了深广的影响。从事中古文学研究，就一般资料的搜集整理而言，似乎没有多少难处；然而，一旦涉及佛教经典，尤其是对涉及佛教与相关学科的交叉研究，就会面临许多困难。因为，交叉研究既有无限魅力，又充满学术风险，往往费力而不讨好。费力自不必说，因为作者必须全面掌握相关领域的原始资料，熟悉研究现状；同时，还要努力探寻彼此之间的密切关系，对于相近的历史背景有深入的了解。尽管如此，其研究成果，又往往为相关领域的研究者所质疑，两面不讨好，时常会挫伤研究者的积极性。

大约在五六年前，我的老师孙昌武先生邀我回母校南开大学参加一场博士论文答辩会。那时，谭洁博士正潜心于博士论文《齐梁“竟陵八友”之研究》的写作，向我询问有关学术信息。我在十五六年前曾经做过南朝时期“竟陵八友”的研究，自以为竭泽而渔，便不假思索地说，这个题目可开垦的空间不是很大。言下之意，劝她另作选题。此事，我以为就过去了。没有想到，一年以后，谭洁竟然拿出了非常厚重的博士论文，叫我惊讶万分。而且，我又一次得到孙老师的厚爱，邀我参加谭洁博士论文的答辩会。为此，我认真地审读了她的博士论文，越读越感到惭愧，因为还有那么多的问题，我以前不曾涉猎；即便是对我曾论及的问题，也有了更多的拓展。由此可见，学无止境，确非虚语。其实，这种感知早已刻印脑海。我完成博士论文不久，就已感到疏漏，为此曾撰写《别求新声于异邦——介绍近年永明声病理论研究的重要进展》（《文学遗产》1999 年第 4 期）等文，专门介绍国外这方面的研究情况。当时我以为国内的研究情况，我已经掌握得八九不离十。现在看来，就是国内的研究，也后来居上。事实上，不仅谭洁做了这个题目，后来与我合作的博士后柏俊才也以“竟陵八友”作为研究选题。可见，这里确实还有很大的研究空间。对于国内同行的这个选题的研究，我们理应给予特别关注。由此来看，我当初对于谭洁选题的质疑，确实囿于一隅之见，根据不足。

然而，谭洁并不以此为满足，又将研究的触角伸到佛教文化领域。为此，她选择著名佛教文化研究专家赖永海先生作为博士后的合作导师，在赖先生的悉心指导下，经过两年的努力，完成了《南朝佛教与文学》一书的写作。作者的视野已远远不限于“竟陵八友”的佛教思想与文化活动，而是整个南朝，论及了佛教发展与南朝社会的历史文化背景，论及了佛学对文人世界观及其创作的影响，援据精博，视野弘通，给人更多的启迪与思考。就选题而言，同样的题目，西北大学的张弘（普慧）已然在先，而谭洁依然知难而上，做出自己的独到研究。由此我就推想，谭洁博士正是通过自己的研究，来证明一个基本道理：学术研究犹如积薪，后来居上。诚如朱熹《鹅湖寺和陆子寿》诗所说：“旧学商量加邃密，新知培养转深沉。”邃密深沉，这正是谭洁博士努力追求的学术境界。

因为我曾做过南朝文学研究，又是南开校友，谭洁博士便引以为同道，很希望我能为《南朝佛教与文学》作一序言。我深知作序难，既要避免吹嘘别人，更要避免自吹，便只能扼要地回顾与谭洁博士的学术交往，由此可以看出她邃密深沉的学术特点。至于说到这部著作的学术特色与学术贡献，确非三言两语可以涵盖。其逻辑之缜密，文笔之流畅，学风之谨严，结构之完整，都鲜明地体现在字里行间，读者自可体会，就不必由我在这里一一赘论了。

（《南朝佛学与文学——以竟陵八友为中心》，谭洁著，宗教文化出版社 2009 年 8 月版）

《刘向〈列女传〉研究》序

《刘向〈列女传〉研究》凝聚了作者数年来的的心血，也记录了她人生道路上一段非常难忘的经历，很值得珍惜。

作者于 2005 年秋天进入中国社会科学院研究生院文学系，从事古典文献学专业研究。她面临的第一个问题，就是尽快转换思维方式，从单纯的古典文学转入文献学的学习。可以说，这是所有进入这个领域的青年学者都要面临的问题。这种转换并不容易，因为习惯于古典文学的思考，注重于美文的欣赏，而古典文献学，主要涉及目录、版本、校勘、文字、音韵、训诂以及历代职官、历史地理等知识，初学者不仅常常感到枯燥乏味，而且泛滥无归，不得要领。对此，我深有体会，也曾困惑很长时间。根据个人的经验，我建议她从书目文献入手，逐步扩大阅读范围，由此进入古典文献学领域。为此，作者广泛涉猎汉魏六朝传世文献，以及后代研究成果，包括教育制度、政治制度研究，也包括新近出土文献以及语言学方面的研究成果，较好地实现了学术转身的目标，逐渐体会到了中国传统文化的博大精深。这是最重要的收获。

当初商定这个题目，我个人的想法是通过《列女传》看作者刘向，再由刘向透视他生活的那个时代。具体做法就是，先从基本文献入手，调查《列女传》的版本，从收藏地点、封面题签，扉页情况，行款版式乃至藏章题跋等内容，比较各本的异同，选择一个最接近原貌本子展开自己的论述。在此基础上，作者进一步考察了《列女图》《列女颂》的形成、流传及其作者情况，深入分析了《列女颂》产生的具体情况，以及在汉代的文体学意义等。

正如我所期望的那样，作者对于《列女传》文献的收集整理，只是她研究的一个起点。而刘向的家族背景及其仕宦轨迹，《列女传》产生的时代症结与社会环境，刘向校书、著述的心态，还有《列女传》出现的意义等问题，更是作者关注的焦点。作者特别指出，“刘向有很强的身份认同感，时刻提醒自己是‘刘氏’的一员，是皇室利益当仁不让的捍卫者”。这样，就从维护皇权、抑制外戚的考虑出发，为《列女传》的编纂找到了一个充分的历史理由。作者深入分析了这种认同感缘由。刘向的祖上被重用，当然是很重要的原因，但是同时代很多皇室，譬如与楚王齐名的齐王，当初多么强大，后来似乎也就悄无声息了。他们的后人，对于历史的兴衰似乎表现得并不那么热衷，这是为什么？在西汉后期，持有这种心态的皇室还有多少？这样的追问和比较，才能凸显出刘向撰述的意义。为此，作者从梳理刘向的家族发展演变与文化传统入手，着重考察了刘向在不同政治时期的际遇，力求从中找寻刘向创作《列女传》的动因。作者把考察的重点放在了汉成帝朝的“汉德末世说”与“阴阳灾异学说”上，探讨汉成帝时期严重的政治问题、经济问题，揭示出当时在政治及学术领域的复古思潮兴起的缘由。在此基础上，作者又特别注意到刘向《列女传》在编撰目的、编撰方法等方面的独特性。从作者的研究中，我们不难看到这样一个显而易见的事实：刘向从青年的时候起，就对于历代典籍充满探索的兴趣，而历史也给了他一个整理历史文献的机会，让他有了更多的了解历史、探寻兴旺的际遇。而这，又赋予了《列女传》具有非同一般的历史意蕴。

这种历史意蕴，首先就体现在《列女传》对当时和后世的影响方面。汉代精英阶层对女性社会角色定位的调整，汉代女性与政治关系观念的演变、汉代贞节观念的演变等，无不与《列女传》有着不可或分的关系。譬如，刘向《列女传》对女性道德、女性价值观方面所作的定位，改变了先秦以来对于女性的道德约束相对自由、宽松的局面，出于改革现实政治问题的目的，在恢复先秦古礼的名义下，《列女传》中树立了一批尊崇古礼的典范女性，宣扬了一套女性的道德价值观念。然而，刘向所宣扬的“古礼”，是经刘向改造的，并不是先秦的礼制，这里暂称其为“新礼制”，这新的礼制里包括新的“贞节”观，新的女性价值观。这些新的礼制因素，在东汉《白虎通义》里面得到固定，又被班昭推广到广大的家庭教育中去，在东汉渐渐产生较大的影响。而《列女传》

所蕴含的女性与政治关系的因素，对于女子败政的“红颜祸水”论的形成起了一定的作用。总之，从选题到文献的收集整理，作者步步为营，层层深入，表现出独立思考的能力和研究的深度。对此，多数专家评委给予较高的评价。

当然，作者还是应当有着清醒的认识，因为刘向及其《列女传》，涉及的问题殊多，历代研究成果也非常丰富。我主张别人论述已经很详尽的，就将结论性的东西或者最重要的资料提炼出来即可，不必展开。这方面，也许还有精炼的余地。从这个角度看，我希望作者把专家评委的鼓励，作为进一步研究的动力，再由《列女传》扩大开来，把学问做得更扎实，更有气象，书写更精彩的人生乐章。

（《刘向〈列女传〉研究》，陈丽平著，中国社会科学出版社2010年3月版）

《清代春秋左传学研究》序

罗军凤《清代春秋左传学研究》既成，索序于我。我比较了解作者为这部书稿所付出的心血和获得的成就，故乐于从命。

这个选题很难，实际牵涉到两个重大的学术领域，一是《左传》本身，包括其成书年代、作者、流传、性质等问题，是一个纵向的学术史研究；二是清代的学术背景，所涉及的问题又远远超出学术范围，学术参杂着政治，中外文化又融汇其间，是一个横向的断代学术研究。如此错综复杂的问题，如果视角偏失、方法不利，一旦涉入，恰如《左传·隐公四年》所说："犹治丝而棼之也。"

根据刘向《别录》(《春秋左氏经传集解序疏》引)、《汉书·儒林传》以及陆德明《经典释文序录·注解传述人》的记述，左丘明作《传》，传授给曾申，曾申又传给卫人吴起，吴起传其子吴期，吴期传楚人铎椒。铎椒作《铎氏微》八卷，授虞卿。虞卿作《抄撮》九卷。据《史记·十二诸侯年表序》，铎椒乃楚威王时人。楚威王元年为公元前339年，末年为公元前329年，《铎氏微》

当作于这 11 年间。《战国策·楚策四》说："虞卿谓春申君曰：'臣闻之《春秋》：于安思危，危则虑安。'"就是《左传·襄公十一年》"居安思危""有备无患"的引意。虞卿的生活年代在公元前 305 至公元前 235 年之间，也就是说，公元前 300 年左右，《左传》已在世间流传。虞卿又将《左传》传授给同郡荀卿，荀卿传给张苍，张苍一直活到西汉初年。进入两汉以后，《左传》传授的线索多有文献记载，比较清晰，可以略而不论。

《史记·十二诸侯年表序》称："鲁君子左丘明惧弟子人人异端，各安其意，失其真，故因孔子史记具论其语，成《左氏春秋》。"同时，司马迁在《报任安书》中又提到："左丘失明，厥有《国语》。"在司马迁看来，《左传》《国语》皆为左丘明所著，唐人赵匡等人否定此说。宋人以下，叶适《春秋考》卷三、郑樵《六经奥论》卷四、朱熹《朱子语类》卷八等都以左氏为六国时楚人，与孔子时代的左丘明并非一人。但诸如《左传》的作者这类问题，在当时并没有引起特别的争论，至清代中叶刘逢禄《左氏春秋考证》书出，这一问题却被放置在风口浪尖，成了改变《左传》命运的导火索，从此，《左传》的作者、年代、真伪、性质等，都成了问题而引起轩然大波。

刘逢禄《左氏春秋考证》提出：第一，《左传》原名《左氏春秋》，因为《史记·十二诸侯年表序》只有鲁君子左丘明作"《左氏春秋》"的话，无所谓《左氏传》，认为"《左氏春秋》，犹《晏子春秋》《吕氏春秋》也。直称《春秋》，太史公所据旧名也"。第二，《左传》

体例与《国语》相似。第三，利用《汉书》，对《左传》的传授系统进行了辨驳："《张苍传》曰'著书十八篇，言阴阳律术事'而已，不闻修《左氏传》也。……《贾生传》曰'能诵诗书属文'，颇通诸家之书而已，亦未闻其修《左氏传》也。……其所著述，存者五十八篇，皆与《左氏》不合。……《张敞传》曰'本治《春秋》，以经术自辅其政'，其所陈说以'《春秋》讥世卿'最甚，'君母下堂则从傅母'，皆《公羊》义。……《萧望之传》曰'治《齐诗》'，曰'从夏侯胜问《论语》、礼服'。其'雨雹'对以'季氏专权，卒逐昭公'。伐匈奴对以'大士匄之不伐丧'，亦《公羊》义。……未闻引《左氏》也。"

康有为著《新学伪经考》赞同其说。他认为不仅《春秋左氏传》是冒名的，就是《左氏春秋》这个名称也是假的。至于和《国语》关系，康有为《新学伪经考·汉书艺文志辨伪》说："《国语》仅一书而《志》以为二种，可异一也。其一，'二十一篇'，即今传本也，其一，刘向所分之'《新国语》五十四篇'；同一《国语》，何篇数相去数倍？可异二也。刘向之书皆传于后汉，而五十四篇之《新国语》，后汉人无及之者，可异三也。盖五十四篇者，左丘明之原本也；歆既分其大半凡三十篇以为《春秋传》，于是留其残剩，掇拾杂书，加以附益，而为今本之《国语》，故仅得二十一篇也。考今本《国语》，《周语》《晋语》《郑语》多春秋前事；《鲁语》则大半敬姜一妇人语；《齐语》则全取《管子·小匡篇》；《吴语》《越语》笔墨不同，不知掇自何书；然则其为《左传》之残余而歆补缀为之至明。”

《新学伪经考》出版于1891年，当时今文经学家崔适推崇备至，以为“字字精确，自汉以来未有能及之者”。崔适后著《史记探源》《春秋复始》等书，继续推论康氏之说，把康有为比作阎若璩，自己则为惠栋。“古史辨”派主将则将刘逢禄比作阎若璩，把康有为、崔适比作惠栋。近人陈槃、徐仁甫、李人鉴等人仍然信从刘、康辨伪之说。陈槃有《左氏春秋义例辨》，徐氏有《〈左传〉的成书时代及其作者》(《四川师范学院学报》1978年第3期)、《马王堆汉墓帛书〈春秋事语〉和〈左传〉的事、语对比研究——谈〈左传〉的成书时代和作者》(《社会科学战线》1980年第6期)、《论刘歆作〈左传〉》(《文史》第十一辑，1981)等，李人鉴有《太史公书校读记》(甘肃人民出版社，1998)等。如李人鉴以为：“司马迁是没有见到过今本《春秋左氏传》的，而《史记》一书里凡是照《左传》直抄的那些内容都不是司马迁原有的”；“因为我感到从这个《表》(《十二诸侯年表》)里可以看到较多的伪《左传》的材料，它有力地说明了这方面的材料决不是出自司马迁的手笔，而是后人妄加增窜的，司马迁是没有看到，也决不会运用伪《左传》里的这些材料的。”

针对刘、康辨伪诸说，章太炎《春秋左传读叙录》逐一辨驳。第一，关于《左传》名称问题，他认为《左氏春秋》之名，犹《毛诗》《齐诗》《鲁诗》《韩诗》《孟氏易》《费氏易》《京氏易》《欧阳尚书》《夏侯尚书》《庆氏礼》《戴氏礼》，举经以包传。

第二，关于《左传》的体例问题，他认为凡言传者，有传记，有传注。同此传名，得兼传记、传注二用。第三，关于《左传》的传授问题，章氏通过例证来证明张苍、贾谊等引用过《左传》。其后，钱穆著《刘向歆父子年谱》，通过大量文献资料证明，早在刘歆之前，《左传》早已行于世间，播于众口。瑞典高本汉（Bernhard Karlgren）著《〈左传〉真伪考》（陆侃如译，新月书店出版）又从文法上证明《左传》确系先秦古籍，不可能是刘歆所伪造。近人杨伯峻《〈左传〉成书年代论述》（《文史》第六辑，1979）、赵光贤《〈左传〉编纂考》（《中国历史文献研究集刊》第一、二集，岳麓书社 1980、1981）、胡念贻《〈左传〉的真伪和写作年代问题考辨》（《文史》第十辑，1981）等论文以及李学勤《失落的文明》、郑良树《竹简帛书论文集》等论著，都认为《左传》为先秦古籍。可以说，这一观点已经成为学术界的主流意见。对此，本书都有广泛涉猎，持之有故，言而有据。

至于清代的学术环境，尤其是清代中后期经今古文学的纷争，更是与当时的政治形势的巨大变化密切相关。两大派争论的焦点，也多与《左传》有关。而这，正是作者在《清代春秋左传学研究》中详细讨论的问题。由此来看，一部《左传》，虽然不足 20 万字，但所牵涉的问题，相当复杂。

前些年，中华书局约曹道衡先生和我撰写《先秦两汉文学史料学》，先秦部分即由曹先生执笔，《左传》是曹先生特别用心的一章。我另一位老师沈玉成先生著有《春秋左传学史稿》，也是我的案头读本。职是之故，我虽然对《左传》素无研究，也没有发言权，但由于两位老师的影响，我对于《左传》及其研究状况比较关注，也希望自己的研读与写作，能与《左传》有些联系。正好这时，罗军凤考入文学所攻读博士学位，围绕《左传》做学术史研究便成为她的首选课题。

现在做学术史的人很多，但是很多人并没有专题研究的基础，放言空论，大而无当。在我看来，研究学术史首先要有自己的学术研究基地，也就是说，应当先做专题研究，理解学术的精蕴，体味学术的艰辛。罗军凤在硕士阶段，就做《左传》专书研究，毕业后又参加了陕西师范大学辞书所承担的国家课题《十三经辞典》的编纂工作，具体参与《左传辞典》的编纂，积铢累锱，楮墨遂多，成稿30多万字，因此对《左传》文本比较熟悉。

按照她最初的设想，是就《左传》研究的基本文献问题作一学术性的清理。但稍加涉猎之后，就发现这个问题实在不易在短时间内完成。加之她的学术兴趣更注重在《左传》的义理方面，而这又是清代《左传》学研究的特色之一。于是，便将选题确定在有清一代的《左传》研究。清代的《左传》学因为贯穿今古文之争，牵涉到经学的方方面面，文献资料浩博，历来被研究者视为畏途。但这个问题无法绕开，因为近现代的《左传》学都是建立在清代研究基础之上。问题是现在很多研究《左传》的学者，常常忽略这个传统，自树新异，游离于《左传》经书、史书的基本事实之外，大讲特讲其文学、文化特色。对此，她深不以为然，试图通过《清代春秋左传学研究》一书的实践，努力改变此一空疏研究状况。为此，她认真查阅了清代现存的两百多部《左传》学论著，对于重点著作，作了详细的读书笔记，最终形成十多万字的论著提要稿，并加以编年排列。这样，据此就可以清晰地看出清代《左传》研究的基本脉络。可以说，《清代春秋左传学研究》就是在这些读书笔记基础上完成的。很可惜，限于篇幅，《清代春秋左传学研究》未能将这部分论著提要收录。其实，对于读者来说，这部分内容是很有参考价值的。

论文共分七章：第一章："清初经学的复兴与《左传》经学的建立"，描述了清代经学复兴的背景以及对《左传》作注解的各家学说。第二、三两章，"《左传》古文经学"，以惠栋、戴震和刘文淇为中心，深入探讨了古文经学在追求孔孟儒学义理的背景下逐渐兴盛的缘由以及取得的相关学术成果，客观地总结了他们的学术成就，同时也指出了他们的不足之处。第四章，"《春秋》经学的转型及《左传》学研究新趋向"，以庄存与、刘逢禄为中心，将清代今文经学的兴起视为整个学术转型的一个新阶段，具体到《春秋》经学，主阵地也由《左传》学转向《公羊》学，治学方法的转变及《公羊》学的兴起，也引发了《左传》学研究的新课题与新方法的出现。第五章，"《左传》古文经学的结局与出路"，重点论述了刘师培、章太炎的《春秋左传》学研究，并分析其历史贡献与未来影响。第六章，"《左传》评点学——清代《左传》文学研究的范式"，指出清代的《左传》评点学从来不是清代《左传》学研究的主流，他们着意探讨《左传》的篇章结构、人物形象等因素，与《左传》的经学研究相悖，却伴随《左传》经学研究的始终。这里有很多经验教训值得汲取。第七章，“回归原典——《左传》与春秋学源流”，又回到传统的焦点问题上，即对《左传》的性质进行再探讨。作者认为，《左传》产生之初本是史书，归属于古“《春秋》学”的范畴，里面有惩恶劝善的内容，这部分内容，到后来演变成经学的褒贬大义。但在汉代，人们对《左传》的征引仍属于史书层面，多引用其礼制，作为现实政治的借鉴。自汉代以来，《左传》的义理虽不时受人置疑，但《左传》仍被视为圣贤经传，直至清代中叶，今文经学因《左传》的义理而入于怀疑、否定《左传》的经传身份，迫使《左传》经师涉入今古文之争。这些经师大多一方面责成于内（否定《左传》的义理，试图建立《左传》的义理体系），一方面锋芒对外，这使得晚清古文经学对今文经学的应战显得乏力，这也是晚清《左传》学备受抨击、终被冷落的重要原因。

由此来看，作者研究《左传》，始终把这部著作放在比较宽广的学术背景之下，很多问题往往看得更加清楚。譬如第二章论家法师法：

> 学术的传承主要靠口授，难免会有分歧，汉代立于学官的今文经学《公羊》《穀梁》的传授，也是一样，弟子各得其师一端而有所发展，发展到后来，必由师学

发展成为家学。但家学为证明师承有自，仍要标榜师学。在没有大量简帛书籍传播知识的状况下，学术主要由师徒口授完成，弟子不可能对汉师的师法、家法全盘照搬，而丝毫无改；而谨守师法，努力保持原样，适才成为后代经生的追求目标，所以师法、家法对汉代学术而言，与其是限制，不如说是自觉的追求。师法、家法随着书籍的广泛流播，而显现出其脆弱的一面。东汉末年，郑玄已能看到多种书籍，郑玄的学识很多通过书籍获得，所以他虽曾受业于古文经学家马融，但能融贯今古文之学，别为一家之学。生在书籍大量流播于世的后代，经生是否一定要保持汉儒所谓的家法、师法，还有待商榷。西晋时，纸有替代简帛的趋向，书籍流播更为方便，杜预仍谨守所谓师法家法；孔颖达生于纸已取代简帛且大量通行的唐代，坚守“疏不破注”的原则从事《五经正义》的编纂，采用杜预《春秋经传集解》等魏晋传注，而郑学全废。唐人注疏“疏不破注”的原则，是否缘于对汉代师法家法的误读，是否应该为唐代经学的衰微负责？

这段论述比较到位。汉魏之际，今文经学逐渐式微，古文经学先后被立为官学，一跃而成为当时学术主流。经今、古文学派地位的更替，自有其学术自身发展与政治需要的原因，还与文字载体的变化密切相关。东汉末年，纸张使用的逐渐普及，有助于古文经学走出民间，引起更多关注。由此看来，文字载体的进步，对于中国古代学术的发展与转型，确实具有重要的推动作用。[①]另外，第四章分析今文经学的兴起的原因，作者说“前人过低地估量学术方面的原因，过多地考虑了政治的因素”。这一见解是对的。研究学术史，“学术”二字终究是我们研究的关键词。

清亡之后，经学研究曾一度消退。当时，很多学者倡导整理国故，呼吁用历史的研究法整理各门学科的学术史。本书作者的研究，正是沿着这样一种思路，以专题研究为基础作学术史的研究。《清代春秋左传学研究》视野开阔，援据精博，不仅清晰地展现了清代《左传》学发展的演变轨迹，各个时段的治学特征，而且揭示了清代《左传》学研究成果对于后来《左传》研究的意义。

当然，正如开篇所述，《左传》学研究，是一个博大精深的学术领域。尽管本书作者潜心于此至少也有七八年的时间了，但仍然是初步研究，甚至可以说，只是涉猎了《左传》学冰山的一角。我相信作者一定会以此作为新的学术起点，索隐钩沉，与日俱新，取得更大的成绩。这也是我为什么乐于从命作序的原因所在。

（《清代春秋左传学研究》，罗军凤著，人民出版社2010年5月版）

---

① 参见拙文《纸张的广泛应用与汉魏经学的兴衰》，收入《秦汉文学论丛》，凤凰出版社2008年版。

《清代春秋左传学论著提要》序

2004年，罗军凤考入中国社会科学院研究生院文学系攻读博士学位。在确定博士论文题目时，考虑到她在硕士研究生期间曾参与《十三经辞典》中《左传辞典》的编纂工作，对《左传》文本相对熟悉，就建议她以《左传》作为研究对象；又考虑到清代《左传》学研究在整个《左传》学史上的重要地位，且已有研究成果还不系统，又建议她将研究范围集中在清代。按照惯例，我主张先从目录做起，选读重要论著，比类编排，归纳问题，形成自己的观点。她的博士论文《清代春秋左传学研究》就是建立在大量的文本阅读基础上完成的，有四十多万字。该书已由人民出版社2010年出版。我在序言中不无期待地写到，作者“认真查阅了清代现存的两百多部《左传》学论著，对于重点著作，作了详细的读书笔记，最终形成十多万字的论著提要稿，并加以编年排列。这样，据此就可以清晰地看出清代《左传》研究的基本脉络。可以说，《清代春秋左传学研究》就是在这些读书笔记基础上完成的。

很可惜，限于篇幅，《清代春秋左传学研究》未能将这部分论著提要收录。其实，对于读者来说，这部分内容是很有参考价值的”。经过十多年的潜心研读，作者终于推出了让人期待已久的《清代春秋左传学目录提要》。

我们知道，乾隆年间修《四库全书总目》，收录乾隆四十六年（1781）以前清代春秋学著作29种，并有专门提要。此外还另设春秋类“存目”，保存清代“春秋学”著作59种，《四库全书》虽不收其书，但亦为其作《提要》。2002年上海古籍出版社的《续修四库全书》，收录乾隆四十六年以后直至晚清的“春秋学”著作，兼收《四库全书》存目所收书，凡八十余种。两者相加，书目提要已有一百七十余种。可以说，重要著作，基本收录。既然如此，我为什么还要坚持让她完成清代“春秋左传学”目录提要工作呢？

首先，两个大型丛书虽命名“全书”，但并不能将清代“春秋学”著作尽收无遗。如国家图书馆出版社2012年出版的《左传研究文献辑刊》收录的姚东升《读左一隅》、朱亦栋《左传札记》，皆为现今不知名著述。《左传札记》从属于《十三经札记》，通过搜索工具，未必能钩沉索隐。姚东升《读左一隅》则罕见于各种目录。另外，某些名家著述亦多被忽视。如王韬《春秋左氏传集释》（不分卷）系作者1867—1870年间旅居英格兰期间，为辅助英国传教士理雅各布翻译《中国经典》而作，手稿现藏于上海图书馆。除《中国古籍善本书目》（上海古籍出版社，1986）著录外，前所提及的各种图书目录均未收此书。《上海图书馆藏未刊古籍稿本》（复旦大学出版社，2008）收录明清重要稿本，其“春秋学”著作收录了金奉尧《春秋氏族汇考》四卷，但未收王韬《春秋左氏传集释》。王韬是晚清重要的学者，国内对王韬《春秋左氏传集释》的研究仍然是空白。

其次，《四库全书总目提要》，多出大家专家之手，历来奉为楷模。但也不可否认，其对经学著作多有学派门户成见，不无偏颇。如宋代《春秋》经学“贬天子”之说，在清初一再被否定抨击，孔子被大肆宣扬为“素臣”，而非“素王”，并无褒贬政治的权力。四库馆臣扶持这种舆论，这在一定程度上扼制了清代《春秋》经学的活力。康熙、乾隆不喜《公羊》《穀梁》义理，清代学者利用汉代旧注解经，却对汉儒《公羊》灾异说经的方法避之如水火，惠士奇《春秋说》较早地引用汉儒灾异之说，被四库馆臣称为“物而不化”，庄存与《春秋正辞》大量征引汉儒天人感应、灾异之说，藉灾异之说直指权臣，恐怕有其政治目的。一般认为，清代政治的高压促使读书人埋头故纸堆，实际上，清代政治的高压确实存在，而读书人在此高压之下的反应，则有些出人意外。清初钱谦益等人授意读书人抹煞华夷之辨、王霸之争，《四库全书》编者标举一些名不见经传的秀才、举人，讲论孔子为臣，无讥贬天子之理。《左传》评点消解霸主的含义，将霸主“攘夷”的一面删去，而单讲“尊王”，这样的历史观获得史学家如钱大昕等人的称赞。雍正年间，孙嘉淦以犯颜直谏著称，其《春秋义》伤天王不能救天下于水火，指出霸主尊王，颇改《春秋》“尊王黜霸”“尊君抑臣”的倾向，但是他后来却“自毁其版”。近三十年之后，乾隆十九年（1754）杨方达《春秋义补注》出，删去了孙嘉淦《春秋义》的大胆新意，一切回归平庸。学者郝懿行著《春秋说略》，曾经在13年间三改其稿，于嘉庆十年（1805）成书，但差强人意。《清儒学案新编》称“微言大义，非其所长”，但纪昀却称其“划尽千秋藤葛”，无非是郝著不敢褒贬天子的态度，这些足可见清代儒生的识见。学者著作尚且如此，评点学著作皆仰官方鼻息。乾隆二十三年（1758）敕编的《春秋直解》，以华夏正统自居，尊王贬霸，将“春秋学”的话语权牢牢掌握在皇帝自己的手里。乾隆五十七年（1792）科举考试废胡安国《春秋传》后，《春秋直解》便成为清代评点学著作的轨范。这些内容，可谓笔底春秋，以往的提要著述，多所忽略。

嘉庆以后，乾嘉汉学的代表性著作呈现井喷之势，其学术涉及文字、音韵、训诂等小学知识，其研究对象多转向实学领域，举凡礼制、礼器、地理、职官、宗族、三传异文、《左传》古经古注，等等，一一考证，为清代《左传》学著作提要。如江永对春秋礼制的考证，实事求是，不依据文献以定礼之是非，而是根据《左传》记载的春秋礼制之实际。朱大韶考证礼制，则摆脱《公羊》《穀梁》的成见，找出其所据依，或出于《礼记·王制》，或出于纬书，皆汉代书籍，不是春秋时期的礼制。惠栋《春秋左传补注》得益于家学优势，利用汉代旧注破解经学难题，王念孙《春秋名字解诂》发阐“以声训释”的方法，解释名和字的联系，皆对同类专题考证具有典范意义。刘文淇《左传旧疏考正》辨析孔疏抄袭隋代刘炫疏，而隐去其名，已胜义纷呈，发前人所未发。接着辨孔疏体例，孔疏原本具刘炫及前儒之名，只不过孔疏被唐人篡改，这又为孔疏挽回一些信誉。陈熙晋的《春秋规杜考信》辨刘炫规杜大抵正确，又著《春秋左氏传述义拾遗》，指出刘炫虽规杜，而同时申杜。刘文淇、刘寿曾《春秋左氏传旧注疏证》广搜汉唐旧注以补杜注，辨析旧注，考证真伪，与此同时，揭示出汉魏以来经典文本的变化以及学术的演变。这些内容，博大精深，面面俱到，穷尽事务的多重面相。后来人撰写的提要，并没有在专书上下工夫，其质量往往参差不齐。

当然，清人考证虽勤，但所据资料往往不明底本，且繁征博引，容易出现博而不精、引而不断的弊端。看似简单的学术规范问题，没有做好，便为阅读带来难度。还有一些考证，囿于门户之见，强词夺理，有失学术之真。晚清以来，刘师培、章太炎等人的《春秋》学研究有三传兼采之趋势，廖平《今古文考》明确指出清人崇尚的汉注实际上是古今兼采。学者逐渐走出门户之见，揭开了经学研究转入史学研究的序幕。此外，清人考证虽然征引繁多，但仍有未尽之处，有的是因为文献不足而致误，有的是因为没有实地考证，而沦为纸上谈兵。杜预谓戎狄蛮夷“皆氐羌之别种”，王夫之《春秋稗疏》否定这个意见，谓氐羌居西南，与山东悬隔，未闻氐羌东徙。王夫之论氐羌，大概依据《尚书》注疏，但未征引及《竹书纪年》。《竹书纪年》记载：厉王十一年，“西戎入于犬邱”。据《汉书》颜师古注，犬邱汉为太邱。太邱，春秋时在鲁西境，则戎居中国，自厉王始。故《竹书纪年》可以证明杜注自有出处，不容否认。清代官修《春秋传说汇纂》流播非常广泛，其地理训释却往往直接抄袭明《一统志》，沿用明代的行政地理区分，与清代行政区划多有不符。对此，江永《春秋地理考实》一一辨正。地理考证，清人执念于文献考证，像顾炎武、顾栋高那样实地考察的人不多。实践与文献结合，方能提出新见。我希望作者通过这样的比对、考订，通读清人相关著作，熟悉清人治学方法，为当今学术界提供正反两个方面的参照。

第三，通过对“春秋左传学”著作的按类、按时的编排，可以清晰地呈现出清代学术传承、传播，以及精英文化与平民文化之间沟通交流的历史脉络。如上海图书馆藏陈贻穀《左传嘉集》为《左绣》的成书年代提供了参考。据《左传嘉集》著者自序，《嘉集》草创于康熙二十八年（1689），彼时，冯李骅所编《左绣》即已风靡。《左传嘉集》是目前所见最早征引《左绣》的著作，早于姜炳璋《读左补义》。因此，康熙二十八年应该是《左绣》成书年代的下限。若仅仅依据《左绣》朱轼序的撰作时间确定其著述时间，《左绣》只能系年于康熙五十九年（1720），晚了31年。当初《左绣》风靡的时候，未必有朱轼的序。朱轼系康熙三十三年（1694）进士，康熙五十九年，朱轼54岁时，因为他与张德纯是乡试的同年，所以给张德纯的学生冯李骅的书作序，较近情理。朱轼的序为《左绣》的流行提供了官方的支持，也从一个侧面看出，康熙二十八年到康熙五十九年，《左绣》热度不减，此后，直到乾隆四十年（1775）前，仍有大量左传评点著作征引《左绣》。嘉庆以后，仍有著作提及《左绣》，不过已不再顶礼膜拜，而是批判加继承了。像《左绣》这样大肆流行的例子并不多见，某些学术著作的传播并未如我们想象的那样方便。陈厚耀《春秋世族谱》是研究春秋世族的重要著作，就流传不广。惠栋《左传补注》成书于康熙五十七年（1718），在当时罕有流传，嘉庆年间，已经是70多年之后，惠栋的家乡人始在京城知惠氏大名，而在家乡竟没有听闻过惠氏。学术固然后来居上，但是囿于书籍获得途径的困难，前人著述对后人著述的影响并非我们想象的那样理所当然。

基于上述认识，编纂清代“春秋左传学”目录，仍属当务之急。罗军凤研读《左传》20年，在出版《清代春秋左传学研究》后，终于完成了这部耗时费力的著作。全书收录相关著作二百七十多种，以清代为断代，除个别学术领域（如天文学）外，凡标题有“春秋”“左传”字样、属于“春秋左传学”的著作，悉为著录。每部著作，注明其卷数、版式，每位著者，介绍其生卒年、籍贯、功名、仕宦及学术特点。某些人，没有文集传世，其生平不见于史传文献，则搜访地方志记载。某些人没有功名，地方志亦没有给这些人写传记，则依据地方志的《选举志》，确定其身份。著者的生平不能确定，便要通过各种途径推测其著作的年代。这些工作，看似琐细，却需要下实实在在的功夫。

全书不仅出色地完善了上述三个方面的工作，在编排方面，亦见功力。如从顾炎武《左传杜解补正》起，清代对杜注提出补苴、校正的著作多达二十余种。如隐公元年庄公“寤生”一说，见仁见智，错综复杂。按照时间先后编排，可以看到学者对杜注的考证愈趋精细，对古注的利用愈趋繁复，杜注在某些文字、礼制方面的阙失亦为之补正，这些都是积极的方面。当然，杜注的某些错误并未如我们想象的那样被轻易破除。这都说明，清人著述，资料收集很勤勉，但也难免和前人劳动多所重复。类似这样的问题，恐怕非清代所独有。据我所知，作者正从清代往前推，计划对历代“春秋左传学”著作，作系统的钩沉著录。这是一项更加浩大繁难的工程，可能旷日持久。但我对此依然寄予厚望。

（《清代春秋左传学论著提要》，罗军凤著，北京大学出版社2020年4月版）

《古诗十九首与建安诗歌研究》序

阅读木斋先生的论著，常给人一种新奇的感觉。首先是他人生经历的新奇。他在 20 世纪 60 年代末插队东北，成为新一代上山下乡知识青年。有这种经历的人不计其数。我本人也曾从北京到农村插队落户。因此，这种经历对我来说也没有什么特别。我之所以感到新奇，是因为他深沉的历史情结，强烈的写作愿望。大多数人回城以后，只是把这段经历埋藏在自己的内心，而木斋先生却形诸文字，完成了自传体文字《历史的化石——知青十五年》，让后来者永远记住这段历史。其次是他学术经历的新奇。20 世纪 80 年代，在古典文学研究界，王洪的名字可是响当当的，因为他主持编写了好几部影响很大的古典文学鉴赏论著。赏析热退潮后，王洪的名字逐渐隐去，而木斋却又在古典文学研究界站立起来。他的研究领域非常宽广，似乎要把中国古代文学都要领略一番。生活的感悟给了他诗人的气质，他又将这种感悟熔铸到对于古代作家作品的理解中。他在理性的思考中，不乏情感的交融。这是他与单纯沉浸在书斋中的学者不同的地方。唯其如此，他在著作中常常会提出一些新奇的学术见解。

过去，他的研究重心在唐宋文学，我虽然有所关注，但毕竟隔行如隔山，对于他的论著没有多少深刻的印象。最近一些年，他好像又把主攻方向转到中古时期，尤其是“古诗十九首”和建安文学的研究，这便引起了我的特别注意。这些年来，我的研究方向主要是汉魏六朝文学，也写了若干肤浅的文字。也许是这个缘故，木斋先生也注意到我。我们的学术联系就是这样建立起来的。今年夏天，《社会科学研究》杂志要刊发一组关于“古诗十九首”研究的文章，责编邀我作栏目主持人。我虽婉拒而未果，只能握笔承乏，勉强写了下面这段话：

> “古诗十九首”最早收录在我国现存最早的文学总集《昭明文选》中，编者因不知道这组诗的作者，就笼统地管它们叫做“古诗十九首”。尽管作者不详，但是其惊人的艺术成就却令后人由衷赞叹。钟嵘《诗品》即把这组诗列入篇首，认为其“文温而丽，意悲而远，惊心动魄，可谓一字千金”。
>
> 比较麻烦的问题是这组诗的创作年代。钟嵘《诗品》上卷谈到古诗时说：“陆机所拟十四首”，“其外‘去者日已疏’四十五首”云云，说明钟嵘所见古诗共有五十九首，但是不知作者，更不知年代，所以他感慨说：“人

代冥灭，而清音独远，悲夫！”后来徐陵编《玉台新咏》时又收录了其中的九首，并题名为枚乘。《文心雕龙》说到这组诗时，也用种不确定的语气推测道：“其‘孤竹’一篇，则傅毅之辞乎？比采而推，两汉之作乎？”据此，隋树森《古诗十九首集释》认为这组诗出于两汉无名氏之手。不过，唐代李善注解“古诗十九首”时说：“并云古诗，盖不知作者。或云枚乘，疑不能明也。诗云‘驱马上东门’，又云‘游戏宛与洛’，此则辞兼东都，非尽是乘，明矣。昭明以失其姓氏，故编在李陵之上。”可见在唐代以前，已有学者认为这组诗不大可能出于西汉。一个明显的例子是，“古诗十九首”中多触及汉讳，如惠帝讳“盈”，而这组诗中有“盈盈楼上女”“馨香盈怀袖”“盈盈一水间”等，明显触讳。再从现存诗歌来看，五言直至东汉班固始见，而班诗“质木无文”，与“古诗十九首”之宛转流丽全然不同。李善也注意到诗中写到的洛阳景象，如“游戏宛与洛，洛中何郁郁”，如“驱马上东门，遥望郭北墓”。上东门为洛城门，郭北即北邙。此外，诗中还写到企慕神仙、及时行乐思想，如“服食求神仙，多为药所误”“生年不满百，常怀千岁忧”等，亦多是东汉时代的论调。根据这些材料，多数学者认为这组诗成于东汉。甚至，钟嵘称引“旧疑”，以为是建安时曹植、王粲所作。

这里刊布的木斋先生的论文，即以南北时期的“旧疑”

作为立论的基始，考订“古诗十九首”全部为曹植所做。为此，他广泛收集资料，结合史实，循环论证，给人启发。当然，他的结论尚可推敲，其论证方法也有可议之处，但是这种勇于探索的精神还是值得肯定的。

我虽然并不完全赞同他的结论，但是赞赏他的“勇于探索的精神”，也就是我前面说的学术见解的新奇。

新奇的“奇”字，在汉魏六朝时期有不同的理解。钟嵘的诗学主张比较新锐，因而在《诗品》中，对于“奇”字似多褒义，如称曹植“古气奇高，词彩华茂”。而力求折中的刘勰则对于“奇”字似乎持保留态度。这方面，日本著名汉学家兴膳宏先生曾著有宏文，就是从“奇”字入手，论述了钟嵘与刘勰文学思想的异同。受此启发，我使用了“新奇”二字来形容木斋的学术见解，既非褒义，也非贬义，而是带有中性色彩。

从学术的基本倾向上来说，我个人相对保守。譬如“古诗十九首”的研究，我并没有独立见解，通常是接受历史上的成说，包括与此相关联的所谓“苏李诗”“孔雀东南飞”等，也都持此一态度。尽管如此，我对于这些问题的论争，非常关注，各种新说，也多作思考。说到“苏李诗”和“古诗十九首”的年代问题，迄今为止，不外乎三种观点：《玉台新咏》收录了“古诗十九首”中的九首，题署枚乘，编者似乎认为是西汉作品，前面提到的隋树森《古诗十九首集释》力主此说。而刘勰、李善则认为这组诗是东汉作品；而这一观点，已为现代多数学者所认可。还有第三种说法，即前引钟嵘提到的“旧说”，认为是曹、王所制。马雍《苏李诗制作时代考》，还有木斋先生的这部新著即持此说。

无论哪一种说法，就辨析方法而言，现代人的论述大体上遵循着梁启超在《中国历史研究法》中归纳出来的十二种辨伪的方法，譬如前代从未著录，突然冒出来的书，十有八九是伪的；还有著作搀杂了后来的内容，也有问题。这种辨伪的方法，我们在过去是深信不疑的。问题是，说有易，说无难。随着出土文献的大量问世，这些曾被认为是科学的辨伪方法，几乎都遭遇到空前的挑战。

譬如钱穆先生认为《老子》是西汉初年的作品，而马王堆汉墓出土的帛书，还有湖北郭店出土的楚简，都强有力地驳倒了这种观点。又如虞姬的《答项王歌》，文学史多认为靠不住，因为其五言形式不可能出现在楚汉相争之际。但是这种判断是我们根据现有的资料做出的。不管怎么说，这首诗见载于陆贾的《楚汉春秋》。如果想否定这首诗的年代，就得先辨析《楚汉春秋》的真伪。再就五言形式而言，西汉时期的谣谚，就多见于史书记载。当然，我并不认为虞姬的《答项王歌》就一定是虞姬所作，只想指出一个事实：判定一篇作品的年代，仅仅根据一二条材料，或者依据现有的文学观点，往往不可靠。

至于另外一种论断的方法，如作品中出现了若干后来的词汇，像“古诗十九首”中的上东门、中州等，也不能作为铁证，证明是东汉的作品。这是因为很多文献已经失传，怎能断然认为这些词汇一定是东汉时期才出现的呢？再说，先唐文献资料，多累积而成，前代作品中有后代的内容，同样，后代作品中也蕴含着前代的成分。《三辅黄图·汉宫》记载一首古歌曰："长安城西有双阙，上有双铜雀。一鸣五谷生，再鸣五谷熟。"《太平寰宇记》卷二十五引《长安记》所载古歌辞与此相同。而《太平御览》卷一百七十九却把这首歌的作者写成曹丕。其歌辞只是在头句上多了一个字，作"长安城西有双圆阙"。这种情形似乎不是特例，在三曹乐府中还很常见。此外，《塘上行》《门有万里客行》等乐府诗还写到文人在南方奔波的背景，这也叫人很不解。从《汉书·地理志》和《后汉书·郡国志》的比较中，我们会发现一个有趣的现象：两汉之际，每当中原丧乱，大批士人往往逃避西北。这是因为，自汉武帝设立河西四郡之后，割断了匈奴和西羌的联系，西北地区相对较为平静。但是东汉以后，羌人纷纷而起，河西诸郡，人口锐减，乃至比西汉少数倍之多。这说明当地比较混乱。因此，中原文人在逃难时就放弃了西北，而纷纷逃往江南。譬如蔡邕就避难吴会长达 12 年之久。在这样一个背景下，这个时期的民间歌谣乃至文人创作的诗歌，就有很多涉及江南的内容。从我们现在掌握的材料看，曹氏父子似乎没有在江南游历或出仕的经历。他们的诗歌中所以会蕴涵着若干江南的因素，最有可能的原因是，这些作品只是当时流行的乐歌，曹氏父子不是原创者，而是改造者，用于乐府的演唱。因为三曹的地位太特殊，乐工们就将这些记录下来的歌词归属到三曹名下。如果是这样的话，就诗歌文献而言，虽然乐府民歌从名义上多有失传，但是从曹氏父子乃至拟乐府诸名家如陆机、傅玄等人的创作中，似乎依然可以领略到汉乐府乃至魏晋乐府的影子。

这些文学史现象说明，根据现有的资料，对于某些作品作硬性的时代界定，往往容易顾此失彼，很难周全。说到这里，就要涉及到木斋先生的见解了。他认为，两汉之际直到孔融之前，都还是五言诗的发生期而非成立期，也就是说，是五言诗漫长的萌芽发生时代，而没有真正诞生；曹操开辟的建安诗歌，标志了五言诗的成立。从大的方面而言，这种看法应当可以成立。但是，如果把五言诗的成立一定归结到某一个人，则容易作茧自缚。研究中国的文史，我们都希望能够得出比较确切的结论，但在很多情况下，这只是一厢情愿。有些问题，限于资料，可能永远没有结论。与其遽作论断，还不如多闻阙疑。

当然，学术研究的魅力，就是探讨未知。如果都像我这样保守，可能就丧失了学术研究的动力和激情。职此之故，我对于木斋先生的见解仍持乐观其成的态度，很希望能够引起更多学者对于这个老问题的关注。事实上，木斋先生的讨论又不仅仅限于“古诗十九首”，还涉及到建安诗歌乃至中国诗歌发展的整个历史。他的视野是非常开阔的，得出的结论理应受到关注。

木斋先生年长于我，学术疆域也远比我开阔，仍不耻下问，叫我感愧兼及。他自谦是“中国诗歌史的孤独探索者”。如果我能为他的探索助一臂之力，这篇不成敬意的小序，也许就有点意义了。

（《古诗十九首与建安诗歌研究》，木斋著，人民出版社 2010 年 9 月第二版）

《〈史通〉与先唐典籍》序

《文心雕龙》和《史通》是我最喜欢的经典之一。这里暂且不论其理论贡献，就文献价值而言，两部著作有一个共同的特点，那就是评述了很多著作，自然也论及了作者。从目前所保留下来的著作看，他们的评论大都准确犀利，多为不刊之论。刘师培在《汉魏六朝专家文研究》中提出这样一个观点："历代文章得失，后人评论每不及同时人评论之确切。"这道理不言而喻，汉魏六朝之文，后代多有散佚，我们所能看到的远远不如当时人，这是毋庸置疑的。仅就刘勰、刘知幾而言，"二刘"都是当时的饱学之士，阅读范围非常宽泛，且思考深入。他们的见识，他们的评论，我们自应格外珍重。刘师培所谓"论各家文章之得失应以当时人之批评为准"，这论断不无道理。

具体落实到《史通》，作者刘知幾持有什么样的观念来选择和评述历代著作？这些著作在后世的流传情况如何？而这，正是马铁浩的新著《〈史通〉与先唐典籍》着重关注的问题。

现代史学研究有“史料学派”与“史观学派”的区分，前者通过对资料的搜集、整理、考订、辨伪，力求获得客观准确的历史知识；后者则以系统的观点通释历史的发展，从而探讨历史规律与史学演进之观念。

据我所知，《〈史通〉与先唐典籍》原本分内外两编。内编即本书主体《〈史通〉与先唐典籍》，重点讨论的是刘知幾的历史观，这里包括：1. 刘知幾的四部之学，包括经、史、子、集四个方面。2. 从以史论经与以经论史两个角度，论述刘知幾出入经史的缘由。3. 编年体兴衰的政治意蕴与学术基础，认为刘知幾标举纪传、编年二体，以编年体入正史，源于对《春秋》《左传》等编年体史籍的推崇。4. 初唐史学中正史与霸史的确立，将《史通》对唐初诸史的批评置于历史变迁的背景中加以解释，从而揭示出刘知幾正统观念的矛盾。5. 正史视野中的杂述，从《史通》对“杂述”的批评中，烛照出刘知幾的儒学史家本色。6. 刘知幾的天人之学，通过对《汉书五行志错误》《五行志杂驳》等篇的辨析，揭示儒学史家探索天人之际时表现出的伦理和政治特征。通过这些考察，希望能够为刘知幾史学理论研究尽可能提供一些有创意的解释。

外编为《〈史通〉引书考》，根据《史通》所评述的典籍，统计出来大约有 340 种。作者按照传统目录学的方法，逐一考察这些典籍的书名、作者、卷帙、存佚、注释及影响等方面，辨章学术，考镜源流，做到胸中有数。这是全部论文的文献基础。这样处理，希望在确定性历史知识的探求上亦能有新的发现。

由此来看，全书内外编的结构关联是比较密切的。内编所谓的“史观”主要是史籍观，亦即刘知幾的文献观；外编“史料”考辨的目的则是探索典籍原貌，从而使刘知幾史籍批评的学术特征呈现出来。这样的安排，结构比较稳妥，文献与理论并重，注重揭示问题的来龙去脉。从文献学出发，不集中探讨史学理论问题，但也不回避史学理论问题。《史通》中评述的典籍，大约有340种，书稿逐条考证这些典籍，典籍的存佚流传，刘知幾针对典籍提出的问题，以及刘知幾史籍批评中的矛盾之处，都是作者要着力解决的。遗憾的是，由于篇幅的限制，《〈史通〉与先唐典籍》只收录了理论阐释的内编，而外编《〈史通〉引书考》则未能收录。我希望将来有机会，这部分内容也能结集面世，以求证于学术界的同仁。

五年前，马铁浩参加博士学位入学考试，他的专业课试卷，漂亮的繁体字，工工整整；答题也要言不烦，面面俱到，给我留下深刻印象。我知道，他的硕士论文以唐代典籍考订为主，对于唐代及唐前典籍比较熟悉，就商量以《史通》的文献学研究为对象。从那时起，马铁浩几乎把全部精力都投入到研究上，潜心研读相关典籍，尤其注重目录学的探讨。为此，他首先收集整理出详尽的《史通》研究论文论著目录，撰写了研究综述；又花费一年多的时间，编写近百万字的《〈史通〉引书考资料长编》，认真阅读钻研《史通》评论所及的主要典籍，对《史通》征引评述的340余种典籍进行详细考证。在资料长编基础上，他写出了《〈史通〉引书考》七十余条。这些基础性的文献工作，为他撰写《〈史通〉与先唐典籍》奠定了坚实的基础，也是这部著作取得成功的根本保障。

文献考订与理论探索并重，因枝振叶，沿波讨源，就使得他的著作别具风范。与单纯的史学史研究相比，《〈史通〉与先唐典籍》具有文献学特有的精深与缜密，同时又跳出了文献学研究常常“见树不见林”的拘束。他能从大处着眼，小处着手，从细微处探索刘知幾与先唐学术的关系，避免了现有《史通》研究就理论谈理论的通病，对于认识儒学传统中的古代史学很有意义。特别值得称道的是，作者每立一说，皆本着无征不信的原则，原原本本，实事求是，凡引原文和他人成果，必标明出处，且注页码，对此，我特别欣赏。不论论文做得怎样，这是最基本的要求。

人民出版社在出版界享有盛誉，能够在那里出版著作，是很多年轻学者的梦想。作为导师，我知道马铁浩为撰写这部著作所下的功夫，也深知作者的为人和治学，用“勤勉细密”四字概括，似不为过。我相信，这部著作的出版不仅对作者有益，对广大读者也有莫大的学术参考价值。

（《〈史通〉与先唐典籍》，马铁浩著，人民出版社2010年12月版）

《北朝民族文学叙论》小引

公元300年，在中国历史上是一个带有转折性的年份。这年四月，晋赵王司马伦起兵杀贾后及其追随者，自封相国。次年废晋惠帝，自立为帝。齐王、成都王、河间王等起兵讨伐，赵王败死，同盟者又相互火并，“八王之乱”由此拉开大幕。此后十余年，内忧外患，五胡乱华，最终导致西晋衰亡，“五马渡江”。此后，北中国大半壁江山，长期陷于混乱。与东晋并峙的十六国以及崛起于大兴安岭地区并逐渐入主中原的北魏，还有分裂而成的东魏、西魏及其继承者北齐与北周等，北方数十个少数民族，接踵比肩，你唱罢来我登场，上演了一幕幕令人扼腕的史剧，直至公元589年隋文帝统一中国，这出史剧才算谢幕。而北方各民族的文化血脉依然在延续着，并融入到盛唐文化中。鲁迅说，“唐室大有胡气”（《致曹聚仁书》，1933年），大约就是指此。甚至，我们还可以扩大来说，正是东汉末叶以来北方各民族文化的交汇融合，造就了灿烂的唐代文明。

唯其如此，北朝的历史与文化，历来是学术界研究的重点，涌现出许多大家与名家。相比较而言，有关中古时期北方文学的研究还比较薄弱。20世纪80年代，曹道衡先生一度把他的研究重心放在北朝，在《文学遗产》等重要刊物上陆续发表《试论北朝文学》《十六国文学家考略》《关于北朝乐府民歌》《从〈切韵序〉推论隋代文人的几个问题》《读贾岱宗〈大狗赋〉兼论伪〈古文尚书〉流行北朝的时间》等文章，其后，又与沈玉成先生合著《南北朝文学史》，负责北朝文学史的撰写，将过去被视为“文学作品几乎绝迹”的十六国及其以后的北方文学分为不同的发展阶段，进行纵横比较，提出了一系列富有启发意义的创见，厘定了北朝文学研究的基本格局。这些研究成果，多已收录在《中古文学史论文集》（中华书局，1986）、《中古文学史论文集续编》（台湾文津出版社，1994）以及《汉魏六朝文学论文集》（广西师范大学出版社，1999）、《中古文史丛稿》（河北大学出版社，2003）等，代表着近30年来魏晋南北朝文学研究的最高成就。

20世纪80年代后期，我追随曹道衡先生求学问道，略知北朝历史文化的复杂多变。在我看来，如果没有必要的知识储备，没有系统的资料梳理，没有清晰的理论思考，贸然闯入，往往会眼花缭乱，信口雌黄，正如《左传·隐公四年》所说：“犹治丝而棼之也。”基于这样一种感知，我对于高人雄教授的《北朝民族文学叙论》一书充满阅读的期待。

这部著作是国家社会科学基金项目结项成果，申请项目时名曰“北朝民族文学研究”，著作出版书名“北朝民族文学叙论”，似乎更加准确。北朝民族文学研究，所包涵的题义更加宽泛。研究有不同层次，有资料收集整理层面，也有综合归纳层面，更有上升为理论建树的层面。而该著是对中国北方这个时期的诸少数民族文学首次进行系统的收集、归纳和综述，叙中有论，夹叙夹论。书名“叙论”更为明朗确切。该著前六章以叙为主，作者尽可能客观全面地陈述当时入主中原的氐、羌、羯、匈奴、鲜卑等诸民族的文学现状，叙中有论，论是为了透过有限的资料发掘内在的特质。第七、八、九章是论，诸如通过北朝民歌着重论证民族风俗、地域文化特征，从不同角度深发和拓展了现有的研究层面；对北朝鲜卑文人诗、文的风格特征作了纵横比较，对风格成因作了民族历史文化、宗教文化，以及中原传统汉学等多方因素的剖析，因枝振叶，沿波讨源。第十至十五章着重阐述胡汉文化交流中的西北少数民族文学。对粟特文书、摩尼教忏悔词、突厥碑铭文、胡僧的译经文学等首次较系统地进行文学层面研究。以前学者对粟特文书、突厥碑铭文等只做了文字翻译、文献考证工作，作者对这些文书、碑铭的文学特征进行多重文化剖析。西北少数民族文学无论是用民族语言还是用汉语言创作，它们都是北朝文学的组成部分，体现了密切的文化交流和文学方面的互动，影响着中国文学发展的轨迹。

作者指出，北朝文学不是精英文学，但在文学史上的意义却格外重要，远远超出文学作品本身的意义。为此，作者从多维视角，通过静态分析、动态流传、文学与文化，政治与宗教等多方面的综合研究，发现北朝民族文人诗从模仿南朝诗坛的审美趣尚起步，又将北方多民族融合的人文精神和民族气质自觉或不自觉地融入到诗歌创作中，因此，北朝民族文人诗有别于传统文人诗，有别于南朝文人诗，在文人诗创作领域开辟了一条新路，创作出苍凉宏阔、沉郁雄健、富含北方多民族风情的诗歌。从并非经典的民族文人诗文创作中，作者探讨北朝文学发展的进程与步履，把握他们的脉搏与律动，说明了少数民族文人起到的胡汉文化交融的桥梁和先导作用，把拙朴浑厚的文学美学特质带进了诗文殿堂。通过这样的梳理，引导读者对于北朝民族诗歌创作的价值作出全面公允的评判。文学美的形态风格是多样的，犹如玲珑剔透是精致的美，拙朴浑厚是混沌的美，精美强悍是干练的美，天真憨直是婴儿的美。考察诗文美学的流变历程，唐代诗人天真使气的歌唱，任侠尚武的诗风，正是北朝民族文人诗风的延续。

北朝民歌，反映了草原游牧民族对自然境界、生命境界、历史境界的理解，以及作为独立个体的人在这三种境界交织的空间里的存在意义。北朝民歌将游牧民族对人生的理解、歌颂、欢愉和对自然、生命的膜拜，体现在胡笳的旋律里和歌舞的欢乐中。先民们沸腾的情与爱，民歌超常的韵与美，给后世留下了宝贵的草原审美艺术。雄迈豪放、泼辣率直的民族个性，赋予这些发自肺腑的歌吟具有情真意切的精神特质，和风雨不蚀的艺术价值。当然，还兼具有地域环境和民族风俗的史料意义。作者从民族婚恋风俗、地域生存环境，揭示那些发光散落在独特地域环境中、寄寓彰显于民族风俗里诗意之美。以游牧文化为代表的草原审美艺术和中原黄河文化互相影响，形成了审美观念上五方杂厝、风物浑然的特色。

作者还指出，古代突厥碑铭文的文学性，基于突厥碑铭文接受中原传统碑铭文的功用特征，同时也吸收了传统的突厥口头史诗的表达方式、题材内容等，具有诸多口头史诗程序特征。又因为碑铭文与颂文在功能上的相似性，以及本民族文化的特点，突厥碑铭文具有较为鲜明的颂文特征。突厥文碑铭的史诗性、情感性、颂赞性等构成其显著的文学特征，也是突厥早期书面文学的重要表现形式。

关于北朝佛经翻译文学，作者执斧伐山、挈瓶入海，对佛经翻译文学的叙事特征进行梳理辨析，微辞奥义，佥多发明，足以说明在北朝广为传布的这种佛经翻译文学的基本特征，对中国俗文学的发展所产生的深远影响。

如果说“叙”是属于历时性的描述的话，则“论”，为共时性的论析，纵横开阖，发覆决疑。该著很多论题，已经远远超出了一般意义上的文学史的范畴，譬如关于北方少数民族的源流问题，关于北方少数民族文学的发生环境问题，突厥碑铭的考察，关于西域胡僧译经及佛教传播中的胡汉文化交流，西域乐舞文化交流及其对中国诗词文学发展的积极意义等，都极大地丰富了中国文学史的内容，也为中古文学研究平添了一抹亮丽的色彩。

我与高人雄教授结识于2004年的“《文学遗产》‘西北论坛’”活动上。我们一起探访北疆，辽阔的西北风情，让我们真切地感受到中国的幅员辽阔，民族之历史悠久。此后我曾撰写过几篇有关秦汉时期西北历史与文学的学术论文，无不缘于这次西北之行。在那次会议上，我们曾与高人雄教授商议，有机会与西北民族大学合作，也承办一次论坛。经过悉心筹划，会议准备在2008年秋天召开，然而汶川地震打乱原有计划。又过了两年，到了2010年初夏，“西北文学论坛”终于在兰州举办。会后还安排代表走访河西走廊，经武威，到张掖，访敦煌，进酒泉。祁连山下，戈壁风情，给大家留下深刻的印象。在长达一千多公里的河西走廊上，我们在长途汽车上谈论的话题，多与中古时期北方的历史与文化相关。这种实地的探讨，与书斋中的研读迥然有别。在这样一个特定的场景里，不知不觉的，你就会融入到中古历史的长河中。那个时代的历史人物、重要事件，纷至沓来，让你感觉到历史的哭泣与欢笑，一种辽阔雄浑的悲壮感就这样油然而生。

在这样一个特殊的历史氛围中，高人雄教授拿出了她的新著《北朝民族文学叙论》打印稿，让我提意见。在河西四郡的几个晚上，捧读高教授的著作，北朝多民族文学的历史画卷就这样一一展现开来，联系到白天的实地考察，让我再一次领略到历史的苍茫，一种悠远绵长的历史感也由此升腾。

高人雄教授长期执教于西北民族大学，其为人，其治学，乃至其名字，都具有北方人的性格，巍然大气，而实际上，作者是典型的江南才女，秀外慧中。与她交谈，你会联想到流落江南的李清照，联想到她那首著名的诗篇“生当作人杰，死亦为鬼雄。至今思项羽，不肯过江东”；还会联想到秋瑾，想到“漫云女子不英雄，万里乘风独向东”的著名诗句。阅读她的著作，更会给你丰富的学术启迪，会让你产生一种深入探究北朝历史文化的学术动力。从这个意义上说，我很感谢高人雄教授，也为她的著作能够在中华书局出版感到由衷地高兴。我相信，一定还会有更多的读者与我有同感，进而对于魏晋南北朝历史与文化产生兴趣，结出硕果。

陆游《老学庵笔记》曾记载，苏轼为避家讳，为人作序皆用“叙”字，又改作“引”。这篇小文，作“序”自不宜，作“叙”又与书名重合，也不妥，作“引”，似乎较为合适。这本书不仅引导我进入北朝民族文学，我希望有更多的读者与我一样，在高人雄教授著作的引领下，领略北方的辽阔与历史的悠远，还有各民族文学的无穷魅力。

是为小引。

（《北朝民族文学叙论》，高人雄著，中华书局2011年5月版）

《〈孔丛子〉研究》序

《隋书·经籍志》经部《论语》后附录："《孔丛子》七卷。陈胜博士孔鲋撰，梁有《孔志》十卷，梁太尉参军刘被撰，亡。"尽管《孔丛子》一书在此前已时有征引，而从现存资料看，最早见于史志著录的，这还是第一次。从唐代类书及《文选》李善注的征引看，现附在《孔丛子》第三卷的《小尔雅》已在其中。《汉书·艺文志》著录《小雅》一篇，宋代宋祁说："'小'字下，邵本有'尔'字。"倘若如此，则《小尔雅》成书至少在西汉或以前。进而推测，《孔丛子》的成书年代是否也很早呢？清代学者钱大昕深不以为然，他说："李善《文选》注引《小尔雅》皆作《小雅》。此书依附《尔雅》而作，本名《小雅》，后人伪造《孔丛子》，以此编窜入，因有《小尔雅》之名，失其旧矣。宋景文所引邵本，亦俗儒增入，不可据。"他坚持认为《孔丛子》一书，年代很晚。而这种质疑之声，宋代以来就从未消歇。但是一个无可漠视的事实是，无论如何质疑，这部书的年代不会晚于唐代，而且其中确也保存了很多不无参考价值的史料。在很多学者眼里，这是一部食之无味、弃之可惜的著作。因此，长期以来，《孔丛子》一书，长期被悬置，很少有人耐心地对其作深入全面的综合性研究。

据我所知，早在7年前，少华即开始关注这部书，并以此作为硕士论文的选题。攻读博士学位后，我建议他继续《孔丛子》研究，基本原则是，不刻意渲染拔高，更不必作翻案文章。从长计议，以十年为期，元元本本，实事求是，从文献到文本，从内部研究到外部论述，作一个比较全面、比较清晰的文献梳理，并以此为基础，整理出一部大致可以信据的读本。这一目标，看似寻常，实非易事。好在少华非常勤奋，经过几年的努力，就拿出了这部《〈孔丛子〉研究》书稿，尽管在文献梳理，文字推敲等方面尚有不尽如意之处，但就总体而言，我以为作者已经尽力而为了。

全书分为上下两编。上编重在文献清理。作者在广泛搜集、整理前人研究成果基础上，运用版本学、校勘学、训诂学等方面的知识，对《孔丛子》的文献问题进行了深入总结与探讨。譬如，从魏晋时期王肃首次引用《孔丛子》入手，分析了这部著作的成书过程；将全书材料甄别为先秦古书遗存、后人编纂与历代刊刻变化三种形态，并进一步将前两种文本变化与战国时期古书编纂的风尚与撰述体例联系起来考察。此外，作者对全书人名、地名、孔氏家学的形成与演变、典章制度、学术思想等问题，也有所分析。下编为综合研究，对先秦两汉孔氏家学产生、发展的历程及其与

《孔丛子》关系的考察，以及对先秦两汉孔氏子孙学术传承的探索，都属于筚路蓝缕的工作。对于本书存在的孔子论《诗》及其与战国时期文学传播与形式变迁的问题，孔臧四赋与西汉诗赋分途的问题，作者也有所甄别，努力将文学个案研究与学术风尚考察紧密结合起来，视野还是比较开阔的。

当然，这些研究，毕竟还是初步的，还有很多问题值得深入思考。作者正在进行《〈孔丛子〉校正》工作。我相信，经过更加细致的文本分析，作者一定还会有新的收获。对此，我充满期待。

（《〈孔丛子〉研究》，孙少华著，中国社会科学出版社2011年11月版）

《从文献到文本——先唐经典文本的抄撰与流变》序

众所周知，周秦汉唐是中华文化经典产生的最重要时期，也是中华古籍传播史上具有重要影响的“钞本时代”。对于这一历史时期经典文本的研究，目前似乎处于瓶颈状态。如何前行，令人困惑。可喜的是，国内有很多优秀的青年学者，在继承传统研究方法的基础上，借鉴海内外学术研究的经验，扬长避短，力辟蹊径，力图在更高的层面上对这一时段的文学进行深入的探索。我认为，这种求真务实、转益多师的学术品格，别具重要意义。

孙少华、徐建委两位同志，就是这样的优秀青年学者。他们以周秦汉唐文学作为自己研究的主攻方向，努力科研，积极撰写文章，博观约取，深思熟虑，合作完成了《从文献到文本》一书的撰写，其副标题为：“先唐经典文本的抄撰与流变”。顾名思义，作者把唐代以前的文本文献作为考察对象，涉及先唐经典、文本文献及钞本传承等重要的理论问题与实践问题。

如何界定、评价先唐经典，这是见仁见智的老话题，向无定论。中国学问源于《诗》《书》《礼》《乐》《易》《春秋》等所谓“六经”，汉代称为“六艺”。《乐经》不传，古文经学家以为《乐经》实有，因秦火而亡；今文经学家则认为没有《乐经》，《诗》《礼》之中已包含有乐，只有“五经”。东汉时，“五经”以外，增加《孝经》和《论语》，合为“七经”。隋炀帝以“明经”科取士，唐承隋制，规定“三礼”（《周礼》《仪礼》《礼记》），“三传”（《左传》《公羊传》《穀梁传》），同《周易》《尚书》《诗经》一起，并为“九经”。唐文宗开成二年（837），在“九经”基础上又增加了《论语》《孝经》《尔雅》三书，称“十二经”，并将十二部经书全部刻石，史称“开成石经”。宋代为抬高《孟子》地位，朱熹作《孟子集注》，并列入经书，于是儒家经典遂有“十三经”之说。这是儒家的基本经典，也是中国文化最基本的典籍。当然，也有以“五经”为基础而扩展增加者。如初唐陆德明《经典释文》，收录汉魏六朝两百余家对《周易》《尚书》《毛诗》等14部经典的释词、注音等资料。所论“经典”，还包括《尔雅》《老子》《庄子》等。清代著名学者段玉裁《十经斋记》（《经韵楼集》卷九）又益之以《大戴礼记》《国语》《史记》《汉书》《资治通鉴》《说文解字》《九章算经》《周髀算经》等，以为“二十一经”。无论如何划分，都以“五经”为基始。

现代学者的划分，又有所不同。黄侃认为真正可以称为经典的只有8部，即《毛诗》《周礼》《左传》《史记》《汉书》《文选》

《说文解字》《尔雅》。20 世纪 80 年代前期，我在杭州大学读硕士研究生时，姜亮夫先生指导我们要终身研读 12 部经典，即：《诗经》《尚书》《周礼》《礼记》《周易》《左传》《公羊传》《穀梁传》《论语》《老子》《庄子》《楚辞》。这个书目以“五经”为核心，辅之以“三礼”“三传”。“三礼”中较为难读的《仪礼》没有列入。从中国文学史的角度看，我认为还应当加上《文选》。

从本书的论述范围看，作者心目中的经典，涵义则更为宽泛，还应该包括诸子如《淮南子》《吕氏春秋》一类的典籍，是广义的经典范畴。另外，作者还讨论了先唐的文本文献问题。这与今天所说的文献，不仅包括书面材料，还包括声频、视频等技术手段记录人类知识的一切载体有所不同，而与《论语》所说“文献不足征也”的“文献”涵义相近，是指记录各类知识的图书与典章。这类文献数量很多，内容很杂，后来便衍生出一门学问，叫文献学。梁启超《中国近三百年学术史》认为：“广义的史学，即文献学。”他又说，“我们所提倡的国学，什有九属于这个范围。”在这里，文献与经典便发生了关系。我的理解，孙少华、徐建委两位同志所说的先唐文本文献，大约近于梁启超划定的范围，是狭义文献，并特指先唐文献，也就是早期钞本时代的文本文献。

近年来，“钞本文献”“刻本典籍”“文本演变”等问题，备受海内外古典学界关注。按照后现代理论，钞本时代的经典，存在着程度不同的叠加现象。流传至今的先唐文本文献，有的是单一资料来源，也有的是早期多重资料来源，存在大量异文，具有不确定性。今天所看到的众多版本，很难说哪种本子是定本，哪种本子有后人叠加进去的内容。不同性质的文本本身，已经成为文学史叙事的重要组成部分。阅读这些文本文献，很可能就会出现言人人殊的情况。据此，海外一些学者得出这样的结论：先唐经典的稳定性是不存在的。

但是，问题远不是预设的那样简单。

如果从殷商文字开始算起，传统文献流传至今已有三千多年的历史。汉代以来，佞古思潮长期居于主导地位，认为现存早期文献都是老祖宗说的、老祖宗写的、老祖宗传下来的。《庄子·天运篇》提到的“六经”就是今天看到的“五经”。宋元以后，人们疑古改经，直至清初，很多经典与史料重新得到系统的整理。以阎若璩为代表的一批重要学者发现，像《尚书》这样的早期文献，其中有很多记载相互矛盾，有必要进行厘清，甚至对文献本身也提出质疑。19 世纪末 20 世纪初，疑古思潮甚嚣尘上，与此前的疑古之风遥相呼应。俄国汉学家王西里（V. P. Vasiliev, 1818—1900）《中国文学史纲要》（1880 年出版，2013 年圣彼得堡国立孔子学院中俄文对照再版，330 页）认为，除《诗经》《春秋》外，现存先秦典籍多数是汉代产物，甚至更晚。梁启超《中国历史研究法》提出 12 种辨伪方法，也将先秦以来流传的很多典籍列入伪托之作。类似这样的观点，左右学术界近一个世纪。

最近三十多年，地不藏宝。随着出土文献的不断增多，越来越多的材料证明，中国早期文本文献的传承相当复杂，梁启超提出的辨伪方法，大多数已站不住脚。而且，更重要的是，现在所有出土文献，并没有从根本上改变中国学术史的面貌。近百年来出土的甲骨文，更能证明司马迁所见史料具有可靠性。这充分说明，中国早期文献确有其稳定性的品质。

当然，这只是中国早期文献的一种形态，其不确定性、可疑性因素依然大量存在。譬如司马迁《史记》的记载就常常自相矛盾，有些场面的描述更像小说。甚至可以这样说，早期的历史文献，更像是历史小说。这也容易理解，因为中国古代早期文献，始于口耳传播，经过世世代代的漫长流传，最后才被写定。在这个流传过程中，口传文献信息不断累积、删改、演变，最终形成文本文献。如《汉书》中的《哀帝纪》《天文志》《五行志》均记载有流传于汉代的“讹言行诏筹”，就具有一定的代表性。《汉书·五行志》说：“哀帝建平四年正月，民惊走，持稿或椒一枚，传相付与，曰行诏筹。道中相过逢多至千数，或被发徒践，或夜折关，或逾墙入，或乘车骑奔驰，以置驿传行，经历郡国二十六，至京师。”其载体、文字、解读、影响不断变化，说明一个文本文献，从口头传播，到最后定型，在这个过程中，制造者、接受者、传播者、阐释者各不相同，所产生的文本内容也就颇多差异。

出现这种情形，至少有主客观两重因素。从客观上说，早期的历史，口耳相传。历史主干为经，较为粗略；后人阐释为传，注重细节。到后来，经传合流，便形成历史。司马迁就是根据这些经与传，勾画出中国三千年的发展历史。从主观上说，任何历史都是由人来书写的。有了人，便有不同的思想。对同一历史材料，不同的人，便有不同的理解，不同的处理。平民历史学家写历史是一种写法，官方历史学家又是另外一种写法。不论是谁，站在不同的立场，对于史料就有不同的取舍，甚至是有意的遮蔽。这种现象，无处不在。文化不高的刘邦、相貌一般的朱元璋，都被历史学家描绘成“隆准而龙颜”或“姿貌雄杰，奇骨贯顶”。至于他们的劣迹，则略而不记。秦汉对于历史著述、诸子言论的控制非常严密，像《史记》这样还算比较公允的史书，东汉初年的汉明帝诏问班固，批评司马迁“微文刺讥”，东汉末年的王允也视其为“谤书”，禁止其流传。蔡邕在江南看到王充《论衡》记载很多六国以来的历史故事，叹为异书。王充曾从班彪处看到过一些汉代原始文献，包括《史记》，这里有线索可考，而博学如蔡邕在进入高层之前则未必有这样的阅读条件。站在今天的立场来推想，从战国末年列国的分分合合，到楚汉八年的血腥纷争，在这样的一段时期里，不知发生过多少动天地、泣鬼神的历史故事！可惜，只有一部被刘邦认可的《楚汉春秋》（陆贾著）残存于世，其精华部分被《史记》收录，而其他不计其数的历史文献则烟消云散，以致后世没有产生一部类似《三国演义》那样的著名历史小说，来描绘这段跌宕起伏的宏阔历史，真是遗憾！显然，这是统治集团有意控制和选择的结果。魏晋以后，当权者对于民间的掌控已力不从心，所以才会有三国故事在民间广为流传，箭垛式的人物亦越来越丰满，以三国故事为背景的讲唱文学逐渐成熟，最终推出了《三国演义》这样的历史小说。从此，历史与小说分道扬镳。历史俨然以公正、真实相标榜，但在实际的叙述中，如前所述，由于立场的不同，对于材料的取舍便大不同，结论可能大相径庭。甚至在同一叙述者的著作中，也会常常有前后矛盾的记载。历史著述中的这些有意无意的错误，可以说是随处可见。无意的错误可以理解，由于闻见有限，根据一些主观臆测充实历史文本，很可能会与史实相违背。而有意的错误更是不在少数。鲁迅在《且介亭杂文·病后杂谈之余》中说："清朝的考据家有人说过，'明人好刻古书而古书亡'，因为他们妄行校改。我以为这之后，则清人纂修《四库全书》而古书亡，因为他们变乱旧式，删改原文；今人标点古书而古书亡，因为他们乱点一通，佛头着粪：这是古书的水火兵虫以外的三大厄。"清代顾千里就主张不校之校，认为中国的典籍，毁就毁在历次的校勘整理上，校一次错一次，逐渐失却原貌。

由此看来，中国早期文献的抄撰与流传，非常复杂。其稳定性与可信度的矛盾无处不在。余嘉锡《古书通例》对此有客观的分析，要言不烦，很有说服力。他告诉我们，对于历史的理解，不能根据局部细节否定整体，也不能相信整体而忽视细节问题，凡事都要具体分析。这应当成为我们对待中国早期文献所应持守的基本原则。

孙少华、徐建委二位同志在撰写《从文献到文本——先唐经典文本的抄撰与流变》中，努力恪守这一原则。全书紧紧围绕先唐文献的歧异与文本形成等核心问题，从先唐经典与文本文献入手，或宏观考察，或微观分析，提出了很多值得思考的理论问题。

首先，作者充分注意到先唐经典与文本文献的“历史性”与“时代性”问题。作者指出，阅读先唐文献，必须深入考察其产生的文化、历史、思想渊源，同时又要注意其所处时代的学术、社会、政治需要，避免将文本文献研究简单化与程序化，只是把它作为一个超越时空的文本而忽略其演变的细节。作者认真比对了《淮南子·主术》与《吕氏春秋》两书所引的相同文献，认为编纂者的身份、地位及其所处的地域、时代，以及编纂古书的目的、文本性质等不同，决定了文本文献中的文字表述、文本风格的差异。汉代人的“阅读习惯”“阅读思维”使得他们在整理先秦文献的时候，既有对先秦文献的较多改变，也有可能完整保留，一定要具体分析，不能一概而论。

其次，作者通过大量的实证分析，指出了先唐经典与文本文献流传过程的复杂性与多系统性。文本文献是多层次、多系统的工程，其经典化也有一个复杂的演变过程。《文选》所收左思《蜀都赋》，李善注引扬雄《蜀都赋》加以充实印证，读者可以接触到正文与注文两种文本，突破了单一选本的阅读限制，为读者提供了一个选本、注文以及二者重新组合而成的新的文本文献，拓展了读者的思考空间，从而有可能改变读者最初局限于选本正文而产生的误读，起到“纠偏”的作用。其结果也在很大程度上改变了选本的原貌与编者的最初设想。这就是早期文本文献选本与注本的特殊作用。这个问题很有趣，值得继续探讨。

最后，为了印证上述两点认识，作者广泛考察了秦汉以来流传的“公共素材”，用以说明这些材料是如何改变历史的叙述。作者选择了两个重要节点展开自己的论述。第一个节点是两汉之际。西汉后期的刘向、刘歆父子整理先秦典籍，编纂《别录》与《七略》，东汉初年的班固在刘向、刘歆父子成果基础上编修而成《汉书·艺文志》。汉代对文献的整理，在客观上将先秦学术文化框架定于一尊，后世很难超越。这是大一统的中华文化的第一次系统整理的结果。第二个节点是唐宋之际。我曾经在《钞本时代的经典研究问题》一文中说过：在中华文化史上，唐宋是一个非常重要的历史时期。中国早期经典文献，大多定型于这个时期。学术界普遍认为，唐代咸通九年印制的《金刚经》，是一个具有划时代意义的标志性事件。此前，学术界一直在努力推进儒家经典化进程，包括编纂“五经正义”、校刻“开成石经”，但是传播终究有限。随着宋代刻书事业的发达，文化经典走进千家万户，经典化工作也相应进入新的历史时期。《从文献到文本——先唐经典文本的抄撰与流变》以国家图书馆藏宋刊《毛诗诂训传》为底本，仔细勘对《毛诗正义》注疏中的三百多条异文，仔细考察了宋人是如何将这些异文整齐划一，最终完成经典化的定型工作。不仅如此，本书作者还以《晋书》为例，重点讨论了这部唐代文本的独特风格是如何形成的，又是如何作用于历代读者的阅读想象之中，形成后来关于魏晋时代的“整体历史形象”。这些，都是让人很感兴趣的话题，很有可能会改变我们以往阅读固化下来的观念，甚至改变文学史叙事的僵化格局。

其实，中国古代学术还有一个重要节点，就是19世纪末到20世纪初以来形成的学术传统，它与前两个节点共同构成了中国学术的三大传统。周秦汉唐文学研究的一个重要工作，就是要尝试解决20世纪学术传统带来的各种问题，在具体的研究工作中，要做到视野广阔，上及先秦两汉，下至唐宋明清，甚至到近现代，而不能仅仅局限于周秦汉唐。这是一个更大的课题。

《从文献到文本——先唐经典文本的抄撰与流变》书成，作者知道我对这些问题也有思考，便来信索序。我也想借此机会与作者、读者交流读书心得，便不揣谫陋，贸然应承下来。拉拉杂杂，可能言不及义，权作抛砖引玉吧。

（《从文献到文本——先唐经典文本的抄撰与流变》，孙少华、徐建委著，上海古籍出版社2016年10月版）

《唐前帝王诗文校注》序

帝王文化与中国文学的关系，向来是学术界关注的焦点之一。就我所知，张明非教授主编的《帝王文化与中国文学》即是国家社科基金项目，已由广西师范大学出版社出版。[①]而帝王别集的文献整理，基本上还处在起步阶段。即以先唐帝王别集而论，《隋书·经籍志》著录有57家。这些著作，宋元以后，亡佚殆尽。严可均辑《全上古三代秦汉三国六朝文》、逯钦立辑《先秦两汉魏晋南北朝诗》是唐前文献的集大成著作，迄今沾溉学界。但作为唐前帝王别集的整理，目前似乎只有曹操和曹丕的别集问世，其他诸帝则付阙如；历代各种选集选录帝王诗文也绝少。其所以如此，一个很重要的原因在于，在一般人心目中，唐前帝王的文学成就，多数还不足以进入文学史。

这也许是一个事实。既然如此，整理这些著作还有什么意义？马克思和恩格斯论费尔巴哈时曾说过这样一段话：

---

① 张明非主编《帝王文化与中国文学》，广西师范大学出版社2004年版。

> 统治阶级的思想在每一时代都是占统治地位的思想。这就是说，一个阶级是社会上占统治地位的物质力量，同时也是社会上占统治地位的精神力量。支配着物质生产资料的阶级，同时也支配着精神生产的资料，因此，那些没有精神生产资料的人的思想，一般地是受统治阶级支配的。占统治地位的思想不过是占统治地位的物质关系在观念上的表现，不过是以思想的形式表现出来的占统治地位的物质关系；因而，这就是那些使某一个阶级成为统治阶级的各种关系的表现，因而这也就是这个阶级的统治的思想。[①]

作为最高统治者，帝王的政治主张、经济政策以及文化导向，对于当时的政治、经济、文化等方面都曾产生重要影响。刘勰《文心雕龙·时序篇》论及文学“时运交移，质文代变”的发展规律时，特别强调了帝王“润色鸿业，礼乐争辉”的倡导作用。譬如汉明帝就“崇爱儒术，肄礼璧堂，讲文虎观……降及灵帝，时好辞制，造羲皇之书，开鸿都之赋”。类似这样的记载，还可以举出很多。他们的诗文写作，也多有留存。深入了解唐前帝王的思想主张，对于全面准确地把握一个时代的特色，深入了解先唐政治、经济、文化的发展历史，自然有着不可或替的重要价值。

即使是文学成就，唐前帝王的创作也并非一无是处。譬如刘

① 《马克思恩格斯选集》第1册，人民出版社1972年版，第52页。

邦，前引《文心雕龙·时序》就说：“高祖尚武，戏儒简学，虽礼律草创，诗书未遑，然《大风》《鸿鹄》之歌，亦天纵之英作也。”至于曹操和曹丕，刘勰说：“魏武以相王之尊，雅爱诗章；文帝以副君之重，妙善辞赋。”他们的文学成就，业已达到当时最高水平。衡诸中国文学史上的第一流作家，也未必逊色多少。通过对唐前诸帝诗文的汇集、校释，可以增进学界对唐前诸帝文学创作的全面了解，进而了解一个时代的文学风气。

《唐前帝王诗文校注》就是这样一部巨制。全书对唐前 193 位帝王的八百余首诗歌、近五千篇文章进行了全面系统的汇集、校释，为学术界提供了可以依据的重要资料。其编校过程是艰苦的，收获又是丰厚的。从收录范围上看，《全上古三代秦汉三国六朝文》所收上古、三代之文，其作者如太昊、炎帝（神农氏）、黄帝（轩辕）、帝喾（高辛氏）、帝尧、帝舜等，多是传说中的人物，其作品不一定可信。夏、商、周虽大体可信，但与上古文字一样，往往只是片断，多不成文。唐前诸帝诗文，虽未必尽为御制，但从现存资料看，确有很多作品为他们亲自撰写。清人赵翼在《廿二史札记》甚至说“汉帝多自作诏”。[①] 故本书所收始于秦始皇、截止于唐前，是颇有眼光的。从编排体例上看，有些皇帝是追封之帝，实际并未继位，如曹操、司马懿，但他们是魏、晋的真正缔造者，实际上也掌握了政权，故也收入。每位作者都有小传，介绍生平思想、诗文写作、著述流传等情况。每篇作品

① 王树民《廿二史札记校证》卷四，中华书局1984年版。

都有解题，说明诗文出处、篇目分合、主旨大意、题目语词、写作年代等情况。所有这些，体现了编者对于先唐文献的总体把握。

关于唐前帝王诗文的辑佚工作，严可均《全上古三代秦汉三国六朝文》和逯钦立《先秦两汉魏晋南北朝诗》所收唐前诸帝诗文较全，本书编者仍有所补辑。当然，也还有遗漏。譬如陈尚君教授从高丽僧义天编《释苑词林》残卷中就发现了梁简文帝萧纲《梁小庄严寺道度禅师碑》，凡三千余字。[①] 可见，辑佚工作，实无止境。但就总体而言，先唐文献可辑录者已经十分有限。而对于这些文献的系统校注，则向无先例。

整理古籍是一项异常繁难的工作，不仅需要文字、音韵、训诂，或者目录、版本、校勘方面的知识，还要对历代职官、历史地理以及避讳制度等多所了解。譬如上海古籍出版社 1982 年版《六朝文絜笺注》（清人许梿评选、黎经浩笺注），收录萧纲《相官寺碑》，文中称“皇太子萧纬，自昔藩邸”云云，对此数字，整理本未有校正说明。实际上，萧纬乃萧讳之讹，亦即萧纲。在校注过程中，作者所遇到的问题远不止于此，还常常要牵涉到许多历史细节问题，无法绕过，不能藏拙。《唐前帝王诗文校注》为 193 位帝王诗文作注，还有一个特殊的困难之处，即可以依据的成果非常有限，可供参考的资料也很少，只有通过仔细研究每个帝王生活时代的全部重要历史事件、每个帝王的生平事迹及其全

① 陈尚君《高丽僧义天编〈释苑词林〉残卷存六朝唐宋释家遗文考录》，载陈允吉主编《佛经文学研究论集续编》，复旦大学出版社2011年7月版。

部作品，才能真正读懂每篇作品，才谈得上为之作注。从这个意义上说，这又是一项筚路蓝缕的工作。

正是这样的繁难，自然也常常会留下若干遗憾乃至明显的错漏。好在学术乃是天下公器，需要学界同仁发覆决疑，拾遗补阙。这样做，不仅仅是促使这部著作日臻完善，更重要的是，让更多的人了解到古籍整理工作的艰辛，本着实事求是的原则投身于这项有意义的工作中，将这项功在千秋的事业传承下去。

（《唐前帝王诗文校注》，李修余、陈朝辉主编，齐鲁书社 2011 年 12 月版）

《中州士人与东汉文学嬗变》序

十多年前，我曾根据《汉书·儒林传》《汉书·艺文志》、《后汉书·文苑传》《后汉书·郡国志》以及《隋书·经籍志》等文献记载，对秦汉八个文化区域作了一番统计，结果是，秦汉文化的中心在齐鲁与河洛地区。根据《汉书·儒林传》《汉书·艺文志》所列 200 位学者的 184 种著作统计，齐鲁地区数量居第一，占西汉学者总数的 55%，超过半数，河洛地区屈居第三。可见，齐鲁区域文化在西汉时期占据了绝对的优势。再根据《后汉书·儒林传》所列 56 位学者和《后汉书·文苑传》所列 27 位学者统计，河洛地区遥遥领先，上升为第一位，齐鲁地区则降为第二位。再根据《隋书·经籍志》综括的秦汉著作总量，共计 297 种，占第一位的仍是河洛地区，约占这个时期著作总量的 33%，齐鲁地区占据第二位。这个统计无可争辩地说明，西汉文化中心是齐鲁，东汉则在河洛地区。

既然齐鲁文化与河洛文化有如此丰富的历史积淀可供研究，

而我却无从下手。资料匮乏，研究自然困难重重，而资料太多，又有剪不断、理还乱的困惑。其他六个地区，我都有综合性论述，唯有齐鲁文化与河洛文化，想用几篇文章说清楚，还真不容易。而这两个地区，又有不同。齐鲁地区文化，我还曾抓住“鲁学”与“齐气”两个概念加以论述，而河洛文化则找不到抓手。研究秦汉区域文化，缺了中原部分，显然不成体统，于是，我只是就梁孝王文人集团的构成以及后人对于这一集团的文学想象作一描述，权作“中原文学一瞥”。

明明知道这个领域有很多“富矿”值得开采，而我却无能为力，所以内心一直惴惴不安，总想找机会对此缺憾做一弥补。恰好这个时候，来自中原的刘德杰以高分考入文学系攻读博士研究生。在考虑选题的时候，我建议她今后用一个相当长的时间，对东汉时期的中原文化作深入的研究。这部《中州士人与东汉文学嬗变》就是其中一个阶段性的成果。

首先，作者把文士“地域意识”的外化行为作为地域文学研究的抓手。第一章以“中州意识”为主线，深入讨论了“中州意识”在东汉皇族、中州功臣、流寓士人等各类人群身上的外在表现，论述了他们带有故土意识的政治文化行为是怎样具体而深刻地影响着中州的建设与发展、影响着士大夫群体对中州的认知与接受。由于东汉皇族有浓厚帝乡情结与京畿优先观念，朝廷对中州给予了种种政策倾斜。在良好的人文地理环境中，中州在政治、经济、文化、社会各方面都得到了快速而稳定的发展，这正是中州成为东汉文学创作中心的前提和基础。第六章第四节论述东汉关中外戚幕府“关中色彩”的盛衰，同样是以“故土意识”为主线展开论述的。东汉关中外戚幕主具有深浅不同的“关中意识”，他们的政治行为（如辟举幕僚、举荐士人）、文化行为、经济行为也就表现出了不同程度的地域倾向，或钟情于关中，或倾向于中州，或对两地都比较淡漠。东汉关中士人地域意识的变化也不同程度地反映在关中外戚幕府文士的文学创作中，关中外戚幕府文学的“关中色彩”也就随之浓淡不一。

其次，作者突破以往孤立研究作家作品的模式，从地域文化角度研究文学大家，挖掘本土人文传统与文学家的思想、性格、思维习惯、审美倾向及社会交往之间的复杂联系，揭示文学家的故土情结与其文学创作间的内在逻辑。本书对张衡和蔡邕的研究颇具新意。张衡是汉晋清畅文风的先导者，在促使张衡文风形成的诸因素中，故乡荆楚文化的熏陶浸染是根本性的。清代戏剧名家孔尚任说得好——“盖山川风土者，诗人性情之根抵也。”作者综合分析了有关汉代南阳的典籍记载、民间传说、南阳汉画像石、南阳歌谣等各类文献，从多个角度详细地考察了南阳楚文化传统与张衡的淡静性情、天文爱好、清远审美、诗性神性思维之间的内在联系，认为“张衡清灵简畅的文风与南阳汉画像石的风格非常一致”，“包括神巫文化、楚辞文化、占星术在内的南阳文化是张衡文化心理的基因”。关于蔡邕研究，本书的视角有二：一是相对静态的地域文化视角，即探究蔡邕的文学创作与本土人文环境之间的各种关联；二是动态的文学创作地理与传播地理，主要论述蔡邕流亡吴会期间的文学活动，以及这些活动对促进南北文化交流及吴会文化发展的作用。如“故土情深：笔系陈留兖州间”一节，作者将蔡邕置于东汉兖州这个特殊地域文化环境中，全面分析了他的政治活动、社会交游及文学创作活动，发现蔡邕对兖州人事特别关注，以翔实的史料和“同情的理解”充分展示了作为一方名士的蔡邕在宗法社会中的真实形象和复杂心理。

从上述介绍可以看出，作者在学术实践中已逐渐形成自己的研究理念和研究特色。在本书中，主要体现为以下几点：

第一，整体观照与具体考察相结合。全书以东汉中州文学为中心，但所有问题均置于汉魏历史文化背景下予以整体观照。从结构布局而言，第一章和第二章分别从纵向时间维度和横向空间维度对东汉中州文学进行时空定位，属于宏观的整体性考察；《余论》既是对主体部分的总结，也是对主体内容的延展，仍属整体研究；中间章节分别研究中州本土文士群体、流入中州的文士群体、皇族文士群体以及外戚幕府文士集团，对每类文士群体的论述都采用了点面结合、宏观微观结合及时空融合的方式，既突显了各类文士群体的文化特征，又在一定程度上展现了时代文化风貌。

第二，文献考实与文化阐释相结合。文献学功底体现的是研究态度与学术积累，对文献的合理阐释则是理论素养与学术识见的集中体现。可以看出，作者在这两方面都做了积极有效的努力。

流寓文士扶风班固和南郡王逸都在东观任职，作者解读了二人在东观创作的文学理论文章之后，总结说：“班、王对屈原的评价看似针锋相对，实则一致，都是遵守‘忠臣之德’，只是一个强调要婉顺于君，一个强调要敢于直言劝谏，尽忠方式不同罢了。更重要的是，王逸衡量屈原作品的价值标准是‘依经立义’，这正与东汉朝廷褒崇五经的思想完全一致，体现的正是文学创作应以经义为准则的国家意识，这是作为国家代言人的东观文士的观点，而不仅是个人看法。”这一论断体现出了作者对全局问题的深入思考和独到见解。在论述汉章帝“以文学取士”、采取“左右艺文”的文化平衡政略时，作者利用了一切可以利用的文献，诸如经书、史书、总集、别集、子书、古注、杂考、现代研究成果，皆在其中，而所用材料无不仔细考辨，凡下论断亦颇为审慎，所以，文中结论大体信而可征，显示了作者良好的文献学功力与文化阐释能力。

第三，在解读文本中彰显大义。文学研究必须细读文本，吃透文本，把文本放回诞生它的历史时空中进行解读，体味其内在涵义，领悟其时代特质与文化意蕴。作者自觉实践了这一学术理念。关于张衡诗文风格的研究就是从文本解读开始的。作者不仅深入细致地解读了张衡的诗文作品，还对班固、傅毅、蔡邕等东汉文学家的同类作品做了对比性解读，深入而细致地分析了它们的个体差异，同时揭示了时代主流文化、不同的地域文化性格以及个人审美倾向对文学家创作风格的影响。对关中文士的关中意识和关中情结的研究，对中州本土文学家族的家族文学特色的研究等，均是在文本解读中发现问题，从细微处彰显其大义。

中原文化博大精深，《中州士人与东汉文学嬗变》还只是初步的研究成果。我相信，德杰会以此为新的起点，突破自我，取得更大的成绩。对此，我充满期待。

（《中州士人与东汉文学嬗变》，刘德杰著，中国社会科学出版社 2014 年 6 月版）

《中国现代文学文献学研究》序

学术创新是当今最时髦的话题之一，讨论最多的是原始创新，还有所谓集成创新、引进消化吸收再创新，以及协同创新等。中国文学研究的历史漫长而又复杂，经验与教训并存。在这一学术领域，对过去学术的发展历史有所清理、有所推进，就已经很不容易，更不要说原始创新了。

中国现代文学研究是整个中国文学研究的重要组成部分，迄今业已走过百年历程，相关的文学史著作和研究专著，用雨后春笋来形容，也不为过。从我的阅读经历来说，我更渴望能有一部系统的文献著作，深入浅出地描述这一学科的基本构成、原始资料、研究现状，更形象一点说，就是需要一部现代文学研究的学术引导著作。在古代文学研究领域，这样的著作很多、很细，而在现代文学研究领域似乎还缺乏这样系统性的文献综论著作。早在 20 世纪 80 年代，已有一批学者致力于此，局部研究和个案研究颇为活跃，成就卓越。而作为中国现代文学研究的一个分支学科，现代文学文献学还缺乏严谨的理论体系和有效的操作规范。从中国现代文学研究的历史和现状出发，建构一套系统容纳现代文学文献的基本框架，总结过去100年的经验，这是一门学科走向成熟的重要标志。《中国现代文学文献学研究》恰逢其时地承担了这一历史使命。

既然是文献学著作，就必须遵循文献学的基本原则。文献学的要义，就是实事求是，无征不信。作者认真考察中国古典文献学和西方现代文献学的各自特点，认为中国古典文献学以史实考证为主，偏于"实证"，而西方现代文献学则以文献信息的技术操作为主，偏于"实用"。中国现代文学文献学则介于两者之间，既要有实证的品格，又有要实用的价值。作者特别强调，文献学不仅仅是一种知识的积累，更能体现一种人文关怀。这是中国现代文学文献有别于中国古典文献与西方现代文献的核心所在。中国现代文学文献，就其本质而言，不是静止的孤立存在，也不是一种抽象的知识符号，而是一种具有丰富文化内涵的传播媒介，一种充满家国情怀的生命载体。这是一种全新的文献观。以此为指导，作者结合中国现代文学文献整理与研究实践，把中国现代文学文献置于现代文化传播视野中进行系统考察，初步建构起中国现代文学文献学的结构框架和理论体系，具有很强的创新性和实用性。

所谓"创新性"，我强调的是学科创建意识。

首先，作者充分注意现代文学文献学的时代特色。从时间上来说，现代文学虽然以现代社会变迁为背景，但又不仅如此。中国现代文学联接着古今，更联接着中外。因此，探讨现代文学文献学，就不可能仅仅局限现代文学，还要贯通古今，比较中外，需要宏通的学术视野。作者认为，现代文学文献学至少包含“文献记录活动”和“文献交流活动”两个基本内容，这就涉及到文献的生成、存贮、交流以及消费利用的全部社会化过程。作者在讨论各类文献的研究方法时，始终把中国古典文献学和西方现代文献学作为参照，但又不拘泥于其中的理论教条，而是根据中国现代文学的文献特征，融合传播学、阐释学、接受美学等多种理论，系统总结以往的研究成果，创造性地建构起中国现代文学文献学的总体框架。

所谓“实用性”，我关注的是学术引导作用。

首先是资料的丰富性。作者钩沉排比原始文献，收集辨析研究文献，几乎囊括了现代文学文献研究中所有重要问题。我们知道，中国古典文献学更多地关注目录、版本、校勘、文字、音韵、训诂以及历代职官、历史地理、年号名讳等问题。现代文学文献研究当然也要牵涉目录、版本、校勘等问题，且具有新的内容，譬如平装书、毛边书等。此外，现代文学资料集、目录、丛书、类书、总集、别集以及研究专刊、各种工具书等等，也具有鲜明的时代特点。作者对这些文献典籍的编辑体例、涉及范围、各自特色等所作的细致的分析与比较，为读者进入现代文学文献学领域开辟了一条通道。

其次是评价的客观性。作者对 60 年来现代文学研究的重要成果进行了辑录和评述，重点放在现代文学史的编撰及现代文学史学史的研究上，因为文学史编撰和学术史的研究更能显示出文献的重要性。作者还充分注意到近期研究成果，如金宏宇的版本学研究等，这些评析能够公允地评价其成就，深刻地发掘其意义，为现代文学文献学这一学科门类的建立保留资料。这也是文献学研究的重要内容。

再次是结构的合理性。绪论是学科建设的总体设想。正文五编，第一编为中国现代文学文献的整理，论及中国现代文学的版本类型、文献目录、文献校勘、文献考证、文献辑佚、文献注释等六个方面的内容。第二编为中国现代文学作家生平文献，论及现代作家年谱、传记、回忆录、日记、书信等内容。第三编为中国现代文学原始文献的编辑出版类型，论及中国现代文学报刊、别集、总集、丛书、类书等内容。第四编为中国现代文学研究文献类型，包括论文、专著，尤其是各类文学史著作。第五编为中国现代文学研究之研究文献，包括这类研究资料汇编、现代文学研究史等。五个方面的内容，各有侧重，又相互照应，不仅展示出这一分支学科已有的研究基础，还不时地提出若干新的研究课题。

一部好的文献学著作，不仅要引导读者知其然，更要知其所以然。《中国现代文学文献研究》就是这样一部著作。置此一编，不仅有助于初学者或者相关领域研究者了解现代文学研究资料状况，从而进入现代文学研究领域，就是对于现代文学研究工作者同样具有重要的参考价值。

我与徐鹏绪先生的结识，缘于中华文学史料学会工作。徐鹏绪先生是学会的创始元老，长期担任学会的常务理事，为学会工作的顺利开展做出了贡献。我从学会的第四届理事会开始接手工作，始与徐先生有所接触，知道他一直在潜心于《中国现代文学文献学研究》的撰写工作。第一次见面，他就提到了我以前撰写的《中古文学文献学》，引以为同道。对此，我深感荣幸。从徐先生谈话中我也知道，他的这部文献学研究专著，其规模和旨趣都要远远高于我的小书，因为我完全没有学科建设的意识，只是设想撰写一部类似于工具书的著作。

徐先生的志向显然不是停留在工具书的层面上，而是站在历史的高度，创建一个现代文学文献学的学科。事实上，作者已经初步达到了自己的目标。这也是我特别表示赞叹的地方。我期待着徐先生的论著早日出版。前两天，徐先生来电话，希望我能为他的大著作序，这叫我既感且愧。我虽然很喜欢现代文学，但毕竟是外行。研读徐先生的论著，确实也给我提供了一个系统学习的机会。我所以贸然应承作序，只是想通过这样一个机会，对于潜心于文献研究的学者表示一点敬意而已。

（《中国现代文学文献学研究》，徐鹏绪著，中国社会科学出版社 2014 年 8 月版）

《元明清少数民族汉语文创作诗文叙录》序

《元明清少数民族汉语文创作诗文叙录》是一部嘉惠学林的目录学著作。全书由三个部分组成：一是《元代少数民族汉语文创作诗文叙录》,按照蒙古族、色目人、契丹、女真等四个民族分类，据统计有一百三十多位少数民族作家。二是《明代少数民族汉语文创作诗文叙录》，按照回族、蒙古族、壮族、土家族、纳西族、彝族、白族、苗族等八个民族分类，著录了六十余位从事汉语文创作的少数民族作家作品。三是《清代少数民族汉语文创作诗文叙录》，这部分内容最为丰富。据介绍，清代少数民族的汉语文创作者，有别集传世的两百余家，有诗文传世的近四百余家，这里就按照满族、蒙古族、回族、壮族、白族、彝族、纳西族、土家族、苗族、侗族、布依族、畲族等十二个民族分类，条分缕析，元元本本。全书还有两个附录，一是《清代满族、蒙古族、壮族文学家族及其诗文创作》，列为四表，一目了然。二是未刊的 5 篇综合性论文：《清初回族诗人丁澎及其诗词研究述评》《清初回族诗人丁澎诗文词作品版本考述》《清初回族诗人丁澎诗学思想探微》《清代蒙古族诗人博明研究述评》《清中叶蒙古族诗人法式善诗文研究述评》。从全书的结构安排看，多洛肯的研究，文献与理论并重，通脱与灵秀兼具，视野开阔，读后给人以惊喜。

我国古籍目录，从严格意义上说始于刘向《别录》二十卷，虽已久佚，但从存世的《战国策叙录》《晏子叙录》《荀卿叙录》《管子叙录》《韩非子叙录》《邓析子叙录》《说苑叙录》来看，传统目录学，至少包括“目”与“录”两个部分。目是书目，录是题解。刘向的《别录》，既有目，又有录。此后两千多年，历代官方、私家目录可谓汗牛充栋，不计其数。但大体沿袭着刘向的体例而略有调整。就古典文献学的学科而言，《汉书·艺文志》《隋书·经籍志》及“三通”中的文献著录，还有《郡斋读书志》《直斋书录解题》以及《四库全书总目提要》最为重要。当然，这几部目录学名著在体例上也各有差异。《汉书·艺文志》《隋书·经籍志》有小序而无题解。《通志·艺文略》没有小序也无题解，而《郡斋读书志》《直斋书录解题》则有题解。从学术实践看，有小序和题解的目录最为重要。

多洛肯教授的这部著作就包括序目和解题两个部分，所以非常实用。叙录中，每位作家，以生年为序，简述生平，胪列著述，自是基本内容。而辨析版本，考镜源流，则尤见功力。我们知道，中国古籍，种类繁多，根据刊刻时代，可以分为唐卷子本、北宋本、南宋本、金本、元本、明本、清刻本等。根据刻书单位，可以分为官刻本、家刻本、坊刻本等。根据刻书地区，可以分为浙本、闽本、蜀本、高丽本、东洋本、越南本等。根据雕刻质量，可以分为精刻本、写刻本、丛书本、道藏本、抽印本、翻刻本、影刻本、递修本等。根据雕印前后，可以分为祖本、原刻本、重刻本、初印本、后印本等。根据字体大小，可以分为大字本、巾箱本、袖珍本等。根据颜色不同，可以分为蓝印本、红印本、朱墨本、套色本等。根据增删批校，可以分为增订本、删节本、足本、批校本、注本等。根据活字印刷，可以分为泥活字、木活字、铜活字、磁活字等。根据各种写本，可以分为唐写本、明写本、精钞本、影钞本、毛钞本、稿本等。根据文物价值，可以分为孤本、秘本、稀见本。因此，从事古籍著录，最基本也是最重要的原则，就是客观准确。多洛肯教授的叙录，不溢美，不隐恶，不穿凿附会；在考证基础上，著录作者字号及生平事迹，作品卷数及版本存佚；有分歧者，则必作考证，或采择一说，或存疑待考，不藏拙，不夸饰，体现着实事求是、无征不信的朴学精神。

现有很多所谓学术论著，上不着天，下不着地，自说自话，结果也往往是自生自灭，了无印痕。不无遗憾的是，这类著作似乎还大行其道，越来越多，且越做越大，制造了一个个的学术泡沫，给人以虚假的学术繁荣之感。其结果并不乐观，除了浪费纸张，什么都不会留下来。我向来主张，学术研究，起码要有学术参考价值，最好再给人以智慧的启迪。多洛肯教授的这部著作，不敢说有多少学术创见，但这些资料都经过系统的整理，给我们提供便利，提供参考价值，值得肯定。当然，在一些崇尚宏大叙事的论者眼中，也许卑之无甚高论。但我相信，从事相关研究的学者，绕不开这类著作。甚至可以说，谁绕开这类基本文献，学术界就会绕开他。

2004年，《文学遗产》编辑部与新疆师范大学联合举办“西北论坛”，我与当时任教于该校的多洛肯教授有缘相识。他的爽朗率真的性格，给我留下深刻的印象。他说自己正在研究明清两代江南进士群体。我私下想，这位高大魁梧的哈萨克族壮汉，怎么会和江南水乡联系起来呢？后来才知道，他是我的杭州大学校友，同在古籍所受业。我是北方人，到南方求学，深深地感觉到南北文化的差异，于是最初也选择了江南文化作为研究对象。可能，乍接触到自己不曾熟悉的东西，往往容易被感动。我与多洛肯研究江南文化，大约就出于这个原因。此后，我一直关注他漫游南北的行踪，也关注他每部新著的问世。他到西北民族大学任教后，曾预请我为他的新著《元明清少数民族汉语文创作诗文叙录》作序，我还没有拜读，就贸然承诺下来。我知道自己对少数民族汉语文创作所知甚少，所以有这种勇气，最主要的原因，我理解、欣赏多洛肯的研究，更愿意为这类平实无华的著作喝彩。

（《元明清少数民族汉语文创作诗文叙录》，多洛肯著，中国社会科学出版社2014年10月版）

《元明清蒙汉文学交融研究论文集》序

2014年，应米彦青教授邀请，我参加内蒙古大学古代文学学科研究生学位论文答辩。在交流中，我发现米彦青教授很有科学规划意识。她指导的学生，无论博士生还是硕士生，选题大多以元明清蒙汉文学交流为中心，或溯源考察，或个案研究，具体而微，渐成系列。她本人更是身先士卒，开疆拓土，在这个领域辛勤耕耘，已初具规模。欣喜之余，我们一起来参会的几位专家一致建议他们尽快将这些研究成果修订结集，早日出版，让更多的读者深入了解中国多民族文学在其发展繁荣过程中，相互交融，走向兴盛的轨迹，也必将增强中华民族的向心力和文化自信心。

这些年，我有机会到国内各民族地区院校讲课，注意到一个现象：民族院校文学系除开设各民族文学经典外，通常还有汉民族文学经典的阅读课。《诗》、《骚》、李、杜、元、白、韩、柳，都有详略不同的介绍；反观内地一些综合性大学中文系，有多少院校开设民族文学经典课程？我虽没做过具体统计，但估计不会太多。如果真是这样，中文系便名不副实。中文系，是中国语言文学系的简称。中国各民族文学经典，当然是中国文学的重要组成部分。

回顾一百多年来中国文学研究的历史，在看到巨大成就的同时，我们也不能不遗憾地指出，20世纪以来沿袭多年的中国文学研究，尤其是中国古代文学研究，主要还是依照传统的历史分期、地域划分或者社会学的民族概念，将本属于整个中华民族的古代文学，分割成孤立或单一的历史、地域、王朝、民族去研究；鲜有涉足不同时期、不同地域、不同民族之间文化交汇、交流、交融的动态性研究，缺乏对中华民族历史上各民族之间文化多元一体的综合性研究。事实上，各民族文学经典，是我国多民族长期以来水乳交融的共有的文化命脉，是中华优秀传统文化的重要组成部分，值得永久珍惜，发扬光大。

为此，我在《中国社会科学报》发表《书写中华文学历史的绚烂篇章》，呼吁重视中华多民族文学的经典作家作品研究。与此同时，我又倡议中国社会科学院文学研究所主办的《文学评论》《文学遗产》联合举办“中华文学的发展、融合及其相关学科建设”学术研讨会，希望通过多种形式凝聚共识，并将这种共识扩展开来，在一个更大的范围引起关注，引发共鸣。这项工作，得到民族文学研究所《民族文学研究》编辑部以及北京高校、科研单位众多学者的支持。大家一致认为，科学地认识、研究中华文化多元一体、同源共生的本质，重新认识各民族文学在推进中华文化历史形成中的重要作用，确实还有很多工作要做。从目前学术发展情况看，最迫切的工作，是系统深入地清理史料，准确描述中国历史的不同时期，中华各民族文学汇聚、融通的历史过程，再现中华文学的整体风貌，为构建新世纪中华文学史宏大叙事的理论体系奠定坚实基础。

对此，米彦青教授深表赞同。事实上，她早就通过组织各种学术活动，尤其是通过自己及其带领的科研团队，努力践行这一重要主张。她很谦虚，认为成果还不是很成熟，还需要沉潜的思考，打磨的工夫。但我想，磨刀不误砍柴工，思想永远在进行中。与其等待思考成熟，还不如将阶段性成果公布出来，接受广大读者的审读和批评，更有助于思考的深入。米彦青教授愉快地接受了我们的建议，在不长的时间里，就将论文集编就。全书收录30篇论文，论述的范围非常广泛，有几篇是讨论唐代诗歌对于蒙古族汉诗创作的影响，还有几篇论及蒙古族文人对于传统儒家思想及佛教思想的接受史，更多的论文讨论的是蒙古族的家族文学以及重要作家作品的文学价值及其意义。

米彦青教授2006年在苏州大学获得文学博士学位，其学位论文《清代李商隐诗歌接受史稿》次年由中华书局出版，获得内蒙古第二届哲学社会科学政府奖二等奖。任教于内蒙古大学文学与新闻传播学院汉语系后，她根据实际工作需要，及时调整研究方向，由过去关注的江南氏族文化转向清代蒙古族文化家族研究。她最初对清代蒙古族尤其是八旗学术史诸多问题感兴趣，清理了清代八旗文人著作佚存情况。她注意到清代八旗学术研究中一个非常有意思的现象，即从事某种研究的家族性特点非常突出。像纳兰成德家族，在《易》学、《礼》学以及文学创作上，成就都很突出。她还注意到，乾嘉时期大批八旗士人在清代考据之风盛行背景下所持守的态度以及这些态度背后的若干复杂原因。经过深入思考和研究，完成了《清代中期蒙古族汉文创作的唐诗接受史》的写作，2009 年交由内蒙古教育出版社出版。这是她的研究从传统唐诗影响研究转向蒙汉文化交流研究的开端。对她而言，具有里程碑式意义。

在蒙汉文化相互交融过程中，蒙古族汉诗创作逐渐发展、成熟。蒙古族作家在接受汉族文学影响的同时，也在通过独特的表达方式，叙写着本民族的传统思想和审美追求，形成既有蒙古族文化底色，又有汉族文化意蕴的一种新型文学。《元明清蒙汉文学交融研究论文集》中的绝大多数论文，主要是对这种交融互进的新型文学形态作深入系统的阐释，在一定程度上弥补了以往中国文学史叙述比较薄弱的部分。事实上，中华多民族文学交融，远不止于此。米彦青教授所带领的这个团队的研究成果，给我们展示了广阔的学术空间。

多年来的辛勤耕耘，米彦青教授积累了丰厚的学术资源，有条件有能力对元明清蒙汉文学交融的文献作系统的整理和深入的研究。在我的建议下，她正计划以元明清三代蒙汉文学交融大事编年为纲，从三个方面拓宽研究领域：第一是对蒙古族三百多位作家的汉文创作作综合整理。元朝建国后，大量蒙古族诗人到中原地区为官或游历，元顺帝撤出中原后，有一些蒙古族文人改名换姓继续留在中原地区。明清以后这种交往更加频繁。粗略统计，元明清三代的蒙古族诗人就刊行了《雁门集》《顾北集》《谷原诗集》《存素堂诗集》等上百部汉语诗集，共有六千多首诗作。第二是计划收集先秦至清代汉族诗人在蒙古族聚居地区描述其游历、仕宦、交游、题咏等体现蒙汉文化交流的诗歌，目前所知也有五千多首。第三是计划从正史、杂史、传状、碑志、年谱、序跋、诗话笔记、诗文集等诸多文献典籍中搜辑反映中国古代蒙汉文化交流的诗作及其他资料，包括唱酬、题咏、诗人评价等情况。至于与蒙汉诗歌交流相关的政治制度、经济往来等背景材料，更是不胜枚举。这是一个庞大的系统工程，需要深厚的学养和持久的恒心。

2012年，米彦青教授获得中组部、教育部、科技部“西部之光”项目支持，进入文学研究所深造，我们得以相识，成为师生。这些年来，我们经常通过电邮讨论学术问题，我从她那里获得很多关于民族文学的宝贵知识。2014年，我第一次到内蒙古大学汉语系参加论文答辩，看到她率领的学术团队所获得的学术收获，看到她本人取得的巨大进步，便提出编纂论文集的建议，也有理由相信她有完成上述学术愿景的学养和恒心。后来，我还提议编纂元明清三代蒙古族别集丛刊，她也欣然接受。

今年4月，我再次有幸获邀到内蒙古大学讲学，米彦青教授拿出这部沉甸甸的书稿让我作序，叫我既感动，又惊讶。感动的是，她不以我为民族文学研究外行，依然引为同道，让我有机会向民族地区院校的老师表达敬意；惊讶的是，在短短的两年时间里，他们就编就了这样厚重的文集。我不由地赞叹：“西部之光”，确已焕发出耀眼的光芒。

我为他们取得的学术成就感到骄傲，故不揣谫陋，略述浅见，敬请方家批评指正。

（《元明清蒙汉文学交融研究论文集》，米彦青主编，中国社会科学出版社 2017 年 6 月版）

《〈金楼子〉疏证校注》序

六朝人的著作，《隋书·经籍志》著录了数百种，而能够流传至今的，实属凤毛麟角。《全唐文》卷一四一魏征《群书治要序》："近古皇王，时有撰述，并皆包括天地，牢笼群有，竞采浮艳之词，争驰迂怪之说，骋末学之传闻，饰雕虫之小技。"钱锺书《管锥编》论《金楼子》条，认为魏征所说乃指萧绎。[①]如果从魏征用语看，似指萧衍《通史》，但是"迂怪之说"则又似指萧绎，因为萧绎《金楼子》就有《志怪篇》，记载很多"迂怪之说"。这部著作既博且杂，有辑录，有自撰，或二者兼而有之。其内容非常庞杂，清代以来一些博学家如俞樾等人，都常常感叹此书不易读，遑论一般读者。如《兴王篇》载："时夷雍之子名伯夷、叔齐，不食周粟，饿于首阳，依麋鹿以为群。叔齐起害鹿，鹿死，伯夷恚之而死。"这里，说伯夷、叔齐的父亲叫夷雍。古史未有详载。《困学纪闻》

① 钱锺书《管锥编》第四册《全梁文》卷一六论《金楼子》条，中华书局1979年版，第1389页。

原注，载陈彭年对真宗语：“夷齐父名初，字子朝，见《春秋少阳篇》。”而《金楼子》谓之夷雍之子，亦不同。这已是异事。伯夷、叔齐义不食周粟，以至饿死首阳山。对此，古史多有歧异记载。《文选·辨命论》李善注引《古史考》云：“伯夷、叔齐者，殷之末世，孤竹君之二子也，隐于首阳山，采薇而食之。野有妇人谓之曰：子义不食周粟，此亦周之草木也。于是饿死。”此是一异。而萧绎又记载叔齐乃是因害鹿而死，又是一异。《列士传》亦载此事，云夷、齐隐于首阳山，王摩子入山，难之曰：君不食周粟，而隐周山、食周薇，奈何？二人遂不食薇。经七日，天遣白鹿乳之，得数日，夷、齐私念此鹿肉食之必美。鹿知其意，不复来，二子遂饿死。此是三异。俞樾感慨说：“小说家言，鄙俚可笑也。”[①]类似这样的记载，《金楼子》还可以举出不少，无法考知这些资料的来源。更何况，历经一千五百多年的风风雨雨，流传至今的《金楼子》已远非萧绎原著旧貌，有些段落明显错简，文字抵牾，几乎难以句读。因此，对《金楼子》作认真细致的清理似已成为当务之急。

2008年，陈志平先生在中国社会科学院文学研究所访学进修时，我知道他与熊清元正在从事《〈金楼子〉疏证校笺》工作，即充满期待。翌年，我从中华书局那里知道许逸民先生《〈金楼子〉校笺》即将出版，又不无顾虑，担心两部著作不相先后，难免会有重合。令人欣喜的是，在阅读过程中，顾虑逐渐淡去，而这部

① 俞樾《茶香室丛钞》，中华书局1995年版，第60页。

书稿所独具的鲜明特点则逐渐浮显出来。

第一个特点是疏证工作。作者仿前人校笺《世说新语》的方式，采取分段标号的形式，使检阅更加方便。萧绎征引文献非常广泛，如果在分段校注中采用萧绎使用的源数据相互印证，往往支离破碎，面目模糊。因此，作者将数据源独立出来，既保持了全貌，又可避免重复。这便是“疏证”。如前引伯夷叔齐故事，作者先将《史记·伯夷列传》元元本本过录下来：“武王已平殷乱，天下宗周，而伯夷、叔齐耻之，义不食周粟，隐于首阳山，采薇而食之。及饿且死，作歌。其辞曰：‘登彼西山兮，采其薇矣。以暴易暴兮，不知其非矣。神农虞夏忽焉没兮，我安适归矣？于嗟徂兮，命之衰矣！’遂饿死于首阳山。”而后在校注中，将各类不同之处加以说明。这样处理，又为读者提供了不同的记载，从差异中寻求新解。

第二个特点是校勘工作。我们知道，整理古籍，经史方面，多有传本可依，或有旧注可据，相对来讲，比较容易。而整理《金楼子》则异常繁难。《金楼子》在宋代似仍有流传。晁公武《郡斋读书志》卷十二著录为十卷，“梁元帝绎撰。书十五篇，论历代兴亡之迹。《箴戒》《立言》《志怪》《杂说》《自叙》《著书》《聚书》，通曰‘金楼子’者，在藩时自号”。此书大约散佚于元末明初。宛委山堂本《说郛》仅辑录成一卷。明初编《永乐大典》于各韵下颇收录其佚文，但也远非完帙。清初四库馆臣从中辑出十四篇，厘为六卷。与此同时，鲍廷博也请朱文藻和吴骞作了辑校工作，其中朱文藻勘定25条，吴骞4条，随即刻板印行。这就是学界经常称为善本的知不足斋本《金楼子》。事实上，这只是初步校勘本。今上海图书馆藏有《金楼子》沈氏抄本，其文字大体同于《百子全书》本、龙溪精舍本、《丛书集成》本。据沈氏抄本第六卷末记载："乾隆癸卯仲春重校一过，知不足斋记。"乾隆癸卯为1783年，此时距知不足斋本初刻才二年，《金楼子》就已经重校重刻了。由此而知，知不足斋本实际上几经校勘，故有不同的版本，《百子全书》本、龙溪精舍本、《丛书集成》本即是据后出之知不足斋本印行。国家图书馆还庋藏有《金楼子》吴骞、鲍廷博的两部手校本，共有校勘记近五百条，其中多数校勘均有根据。如校《金楼子序》"内宏金迭之典"曰："迭"疑作"牒"，按元帝《内典碑林铭集林序》云"是宣金牒，方寄银身"，此是以萧绎自己的著作作为校勘依据。而四库本"迭"后有小字注"案迭疑疊"。此文上句是"外陈玉铉之文"，玉铉本指玉制的举鼎之具。状如钩，用以提鼎之两耳。出自《易·鼎》："上九，鼎玉铉，大吉无不利。"魏晋玄学家以《老子》《庄子》和《周易》三书为三玄，玉铉借指《周易》，玉铉之文即指玄学。金牒指佛教经典，正与上文"玉铉"相对，所以吴校为是。又如《说蕃八》"山戎伐燕，告急于齐"，吴校："下重一'燕'字，属下文。"据《史记》卷三十二《齐太公世家》："（桓公）二十三年，山戎伐燕，燕告急于齐。齐桓公救燕，遂伐山戎，至于孤竹而还。"吴校是。同篇"宋师大败，公伤股，国人皆恐"，吴校："'恐'

疑作‘怨’。”《史记》卷三十八《宋微子世家》作“国人皆怨公”，吴校是。《立言篇九》“日殚垂泣于甘泉之画”，吴校：“‘殚’当作‘磾’。”吴校是，“日磾”即金日磾。这些校勘，充分体现了清儒无征不信的求是原则。作者充分吸收了前人的研究成果，既省去许多繁琐考证文字，又可以理清《金楼子》版本的流传系统。

第三个特点是注释工作。萧绎贵为皇子，后来又成为短暂的皇帝，一生却喜爱藏书、勤于著书。《金楼子》专辟“聚书篇”详尽记录了他一生聚书八万余卷的经过。《梁书》本纪还详尽记录了萧绎平生著述的目录。从《金楼子·著书篇》看，《研神记》《晋仙传》《繁华传》《玉子诀》《奇字》《辩林》《碑集》《食要》《谱》《补阙子》《诗英》等二十三帙共一百九十五卷，是出自门下刘毅、颜协、刘缓、萧贲、刘之亨、虞预、王兢、鲍泉、王孝祀等人之手，但确也有很多著作完全是他本人独立编纂完成的，譬如这部《金楼子》就是如此。他从 15 岁就开始著述，前后花费竟长达三十余年的时间。自序中他又称羡臧文仲、曹丕、杜预，立志为“不朽之言”。其用力之勤，自视之高，不难想见。因此，这部书的最大特点，可以用专精与驳杂来概括。专精，是指其 15 篇各有专门论题。驳杂，是指其资料来源的广博难寻。本书作者对于同时见于几部典籍的材料，均反复比对，选取最相同或相似之材料，或者选择撰著时代之最早者；若多种旧籍互可补充，则并存之。其余相同或相似旧籍，则仅注明“亦见”“并见”“略见”云云，以供读者检索之用，而避繁冗。有些注释，作者紧扣当时历史，注释往往更加确切。如《戒子篇五》："中朝名士抑扬于诗酒之际，吟咏于啸傲之间，自得如山，忽人如草，好为辞费，颇事抑扬，末甚悔之。以为深戒。"根据字面，"中朝"犹"朝中"。本书作者引《世说新语·文学》"袁彦伯作名士传成"条刘孝标注："宏以夏侯太初、何平叔、王辅嗣为正始名士；阮嗣宗、嵇叔夜、山巨源、向子期、刘伯伦、阮仲容、王濬仲为竹林名士；裴叔则、乐彦辅、王夷甫、庾子嵩、王安期、阮千里、卫叔宝、谢幼舆为中朝名士。"从而指出，中朝是指偏安江左的东晋对西晋王朝之称。萧绎身后，中朝之涵义依然如此。如《晋书》卷八二《王隐传》："时著作郎虞预私撰《晋书》，而生长东南，不知中朝事，数访于隐。"这就注意到语言的时代特性。

据我所知，本书作者之一的熊清元先生常年从事《梁书》研究，出版有《精校精注梁书》（巴蜀书社，2009），陈志平先生亦醉心于汉魏六朝文学研究，成果卓著。近五年来，两位先生精诚合作，不畏艰辛，披览典籍，旁搜远绍，爬罗剔抉，汇为新编，为我们深入研读《金楼子》提供了丰富且经过逐一考订的成果。作为读者，我们应当表示感谢。

《〈金楼子〉疏证校注》出版在即，作者知道我也是《金楼子》的热心读者，便引为同道，垂顾索序。我略知作者从事此项工作的甘苦，故不揣谫陋，陈述如上，不辞野人献芹之讥。

（《〈金楼子〉疏证校注》，陈志平、熊清元疏证校注，上海古籍出版社 2014 年 11 月版）

《敦煌邈真赞释译》序

邈，用同“貌”字，有描绘之意。“真”即容貌。为人画像，然后题写赞语，在唐五代时期的敦煌地区就叫邈真赞。张志勇教授《敦煌邈真赞释译》，收录敦煌地区邈真赞92篇，并在详加考释基础上翻译成现代白话。这种工作，“看似寻常最奇崛，成如容易却艰辛”。古人常说，读书先从识字起。其实，做好古代文学的普及工作，作者要从自己读懂作品开始。

读懂古籍，尤其是读懂古代韵文，谈何容易。世间流行的古籍，特别是一些重要典籍，多有历代校释整理成果。有的时候，即便借助这些考订注解，要准确地把古文翻译成现代白话依然困难。我读《文选》就常常碰到这类问题。通常情况下，异文很多，罗列异同，尚需考订是非。即使字词都很清晰明了，文意还是难以疏通，因为其中暗含典故，使用的是作者熟悉的当代话语，千年以下，就显得佶屈聱牙，不易索解了。班固《典引》有这样两句：“有于德不台渊穆之让，靡号师矢敦奋㧑之容。”句式整齐，

“有”与“靡”（无）对，“于德不台”与“号师矢敦”对，每个字词都认识，但就字面而言，你无法知道在说什么。凭借前人注释，才可以知悉大概内容：（高祖、光武二帝）有舜帝自谦辞让的深美之德，无诰誓扬威的尚武之容。但这只能算是意译。句中“于德不台”仍晦而不显。班固此典，出于《尚书·禹贡》，然《古文尚书》原文作“舜让于德不嗣”。《今文尚书》原文作“舜让于德不怡”，见《史记·五帝本纪》徐广《集解》。据此，就有三种不同的理解：其一，韦昭从古文，其《汉书音义》曰：“古文台为嗣。”不台，“即谦言于德不能嗣成帝功”，李善、李贤赞同其说。其二，《史记》、徐广、司马贞从今文，《史记索隐》曰：“今文作‘不怡’，怡即怿也。谓辞让于德不堪，所以心意不悦怿也。”其三，清代学者多从今文说。段玉裁《说文解字注》卷二上释“台”字曰：台“即今之怡”“不台，皆谓不为百姓所悦也”。从文字学的角度来理解，台，通怡，怡，怿也。班固《典引》“不台”，当本《今文尚书》，而后世又依据《古文尚书》来阐释，所以歧义纷呈，莫衷一是。这说明，翻译之先，首先要理清纠葛，回归历史场景，作出相应判断。因此，读古书，通常要从校勘开始，然后再探究典故出处，进而理解文意。戴震说，学有三难：淹博难，识断难，精审难。倘若翻译，“三难”之外，还要有深入浅出的功夫。深入不易，浅出更难，既要通观博览，站稳脚跟；又要表述明白，让读者理解。实大不易！

阅读传世古文尚且如此，读懂敦煌遗书中的韵文，又平添新的难度。邈真赞，是近百年才发现的资料，历史上没有人整理注释。现代敦煌学者虽多有研究，但成果多集中在校录隶定方面，赞文本身的典故、背景，还涉猎不多。因此，准确地理解每一个字、每一句话，往往要前后勘对、上下寻绎，方得一解。

邈真赞，其实就是赞与画的结合。

先说赞。《说文解字》："赞，见也，从贝从兟。则旰切。"段玉裁《说文解字注》曰："赞，见也。此以迭韵为训。疑当作'所以见也'。谓彼此相见必资赞者。《士冠礼》'赞冠者'，《士昏礼》'赞者'，注皆曰：'赞，佐也。'《周礼·大宰》注曰：'赞，助也。'是则凡行礼必有赞。非独相见也。"也就是说，"赞"本是古礼中起引导、相助作用的司仪赞词。由此又引申为"协助"意。故而《文心雕龙·颂赞》说，赞是"明也，助也"，是辅助说明的意思。作为文体的义项，赞体是由"帮助"之义再次引申开来。刘勰在《颂赞》接下来说："昔虞舜之祀，乐正重赞，盖唱发之辞也。及益赞于禹，伊陟赞于巫咸，并飏言以明事，嗟叹以助辞也。故汉置鸿胪，以唱言为赞，即古之遗语也。"综合起来看，"赞"最初是一种在祭祀大礼中用来帮助抽象的音乐阐发人物事迹的嗟叹性说辞，当属于"诗乐舞"三位一体中的"诗"的部分。"赞"可以协助音乐表情达意，自然也可以协助绘画抒情叙事。

不论是用于乐舞的"赞"，还是画像赞，根据"飏言以明事，嗟叹以助辞"的表述来看，最初并无褒贬之意。后来逐渐有了赞颂、赞美的意味。比如司马相如作《荆轲赞》，见载于《汉书·艺文志》，文虽不传，但分明是赞颂之意，因此，赞、颂便联系在一起。《文心雕龙》专辟《颂赞》一篇，便是依据这样的理解来安排的。不过“赞”在后世发展过程中，依然还保留着它自己的若干特点，譬如史赞，就有褒有贬，不一定都是赞美。而画像赞则相对以赞美为主。

邈真赞就是一种画像赞，两者同源而异流。

所谓同源，都发源于中国古代文化传统。画像与文字，在中国文化史上本来就密切相关。中国文字，就其本质而言，乃是象形文字。在其创造之初，可以说与图像同源，互为表里。图像性是象形文字的最主要特征。文字的演变遵循从写实到逐渐抽象化、符号化这一规律。在文字演变完善到相当程度时，书画分离，文字与图像才开始按照不同的路径分别发展。新石器时代最有代表性的绘画艺术，是彩陶纹样和先民岩画。譬如仰韶文化和马家窑文化中的彩陶艺术，质朴明快、绚丽多彩，引发后人对先民精神世界的无尽遐想。国家博物馆收藏一件属于新石器时代仰韶文化的鹳鱼石斧图彩陶缸，陶器上有鱼、鹳鸟和石斧，图像清晰简洁，白鹳用没骨法画成，鹳眼、鱼及石斧的轮廓用黑线描绘，笔法苍劲有力，神态生动自然。据专家考证，此图可能为古代氏族权力的象征，也是图腾艺术的体现，记录了鹳氏族兼并鱼氏族的重大历史事件。史前岩画，纯真自然、热烈奔放，反映了人类孩提时代朴实的想象和美好的愿望。譬如宁夏贺兰山岩画中大量出现鹿的图像，它们也是先民生活环境的一种真实记录。鹿图像与古代游牧民族的图腾崇拜及其世界观有着密切的关系，画面充实饱满，给人以美的享受。在这里，图像发挥了与文字相近的记录功能。

中国文学源自口头，在后来的发展过程中，也与图像发生重要关联。周秦汉唐时期的所谓“图书”，就包括“图像”与“文字”两部分；如果只有文字而没有图像，则单称为“书”。其中，有关山川神怪崇拜为内容的文献，大多是“图”与“书”相结合，如《山海经》。《山海经》本来配有“山海图”，《山海经》是对“山海图”的文字说明。陶渊明诗中就有“流观山海图”这样的句子。郭璞注中亦指出了《山海经》与《山海图》图文并茂的特质。

还有学者指出，《大雅》中的一些篇章，也是宗庙壁画的图赞。《孔子家语·观周篇》有云：“孔子观乎明堂，睹四门墉有尧舜之容，桀纣之像，而各有善恶之状、兴废之诫焉。又有周公相成王，抱之负扆，南面以朝诸侯之图焉。”这里所说的“尧舜之容，桀纣之像”“善恶之状、兴废之诫”，很可能就是画与文的结合。

王逸《楚辞章句》说，屈原《天问》原本就是因壁画启发而创作出来的：“屈原放逐，忧心愁悴。彷徨山泽，经历陵陆。嗟号旻昊，仰天叹息。见楚有先王之庙及公卿祠堂，图画天地、山川、神灵、琦玮僪佹，及古贤圣怪物行事，周流罢倦，休息其下，仰见图画，因书其壁，呵而问之，以泄愤懑，舒泻愁思。”不仅《天问》，在《楚辞》中，有好几处谈到古代画像，如《楚辞·抽思》：“望三五以为像兮。”又如《橘颂》：“行比伯夷，置以为像兮。”联系到当时楚国高度发展的建筑和绘画艺术，我们有理由相信，王逸的推断解说不无道理。战国时期类似屈原《天问》中的问天、升天图像，是以各种形式广泛出现的，比如 1949 年在长沙陈家大山楚墓中出土的龙凤人物帛画、1973 年在长沙子弹库楚墓中出土的人物御龙帛画。前者表现龙凤引导人的灵魂升天，后者则是人的灵魂乘龙升天。更令人惊讶的是，人物御龙帛画中乘龙的男子，也是峨冠博带，颇类后人描摹中的屈原本身形象。此画为战国中期所作，相当于屈原所处时期甚或更早。读画赋诗，实际开启了后世题画诗的源头。

观画作赞颂文字，秦汉时期已经比较流行。《汉书·李广苏建传》载，汉宣帝甘露三年（前 51 年），也就是赵充国死后的第二年，汉宣帝在麒麟阁为十一功臣画像，“思股肱之美”。这些画像是否有题字，现在不得其详。42 年后，汉成帝刘骜元延四年（前 9 年），扬雄奉诏作《赵充国颂》，其实就是一篇画像赞。何焯《义门读书记》卷四十九非常激赏这篇文字，认为：“百余字耳，叙述详赡，可为后人法戒，所以为作者。”其实，扬雄用笔如此省净，主要是受制于赵充国画像的缘故。赵充国的一生，诚如近年青海发现的《赵宽碑》所载：“外定强夷，即序观戎；内建筹策，协霍立宣，图形观口。”也就是说，赵充国对外平定边患，创立赫赫战功，对内又与霍光一起策定宣帝。没有这两个人的定策，就不会有汉宣帝、汉成帝的帝位！因此，在汉宣帝、汉成帝眼中，可谓功勋卓著，如何表彰都不过分。一幅画像，不可能面面俱到，只能选取若干重点来展现赵充国“纠纠桓桓”等最主要而又最辉煌的人生片段。这大概是画像的主题。而画像赞的内容也只能局限在这个范围。画像赞就像带着镣铐跳舞，在有限的空间里表现无限的赞美之意。这组画像赞影响很大。东汉明帝追感前世功臣，在永平年间又下令追摹 28 位武将画像，悬挂于南宫云台。其外又有王常、李通、窦融、卓茂等，合 32 人。东汉末年熹平年间，汉灵帝追感旧德，为胡广和黄琼画像，还叫蔡邕作赞颂。据应劭《汉官仪》记载，不仅朝廷悬挂功臣画像，郡府厅事壁也悬挂将士贤人、凡夫习俗、孝子烈女、神仙佛教，乃至神鬼天灵等的图像。这些内容，班固《两都赋》、张衡《二京赋》、扬雄《甘泉赋》都有生动的描绘，尤其是王延寿的《鲁灵光殿赋》更有出色的表现。魏晋时代的曹植作《画赞》，对此作了初步总结。而他的《洛神赋》，稍后张华的《女史箴》等，东晋著名画家顾恺之均有画像，配上原文，图文并茂，类似于今天的连环画。邈真赞，其实也就是这样的画像赞，有着悠远的历史传统。

所谓异流，邈真赞毕竟流行于唐五代时期的敦煌地区，不论是内容还是形式，都有其独自的特点。从敦煌遗书中可以推知，唐五代时期的敦煌地区，长期流行着这样一种风俗，人死后，家属或者朋友要请人画像，有的可能是生前就已画好。多数情况是从人死到下葬前七日内完成，不仅作画，还要写赞，当地称作邈真诗，也有真仪赞、图真赞、邈影赞、写真赞、彩真赞等不同称谓。唐代张彦远《历代名画记》卷一《叙画之源流》说："留乎形容，式昭盛德之事；具其成败，以传既往之踪。记传所以叙其事，不能载其容；赞颂有以咏其美，不能备其象；图画之制，所以兼之也。"所谓"昭盛德之事""传既往之踪"，强调的是图画的"叙事"作用。图画与文字相辅相成，以赞配图，图文并茂。这类作品，在叙事赞颂的同时，不可避免地要涉及大量的宗教史料、美术教育、民间信仰、画像构图、画法技巧等问题，具有文学、史学及艺术研究的独特价值，与中原流传的画像赞，又多有不同。

张志勇教授的《敦煌邈真赞释译》，在原文校录、文字考释等方面，主要参考了陈尚君主编的《全唐文补编》、郑炳林《敦煌碑铭赞辑释》和饶宗颐主编，姜伯勤、项楚、荣新江合著《敦煌邈真赞校录并研究》等奠基性成果，也注意到蒋礼鸿、张涌泉等人的拾遗补缺工作，常常不惮其烦，具引各家之说，做到言必有据，标明出处。这样做，既省却读者的翻检之劳，又做到普及性与专业性的统一，也为后面的注释积累丰富的资料，奠定坚实的基础。在此基础上，作者认真读懂每句赞文的意思，然后逐句翻译成现代白话。读书，不懂的可以跳过去；注释，不懂的，也可以跳过去；但是翻译，就不能藏拙。每句话、每个词，都必须理解，才能翻译出来。

当然，邈真赞这种文体比较特殊，雅俗兼备。人们对其中一些字词的理解，常有差异，乃至言人人殊。我虽然没有完全细读张志勇教授的全部译文，但从他勇于承担全部邈真赞的注释翻译工作，就可以想见他所投入的工夫和精力，不得不钦佩他敢啃硬骨头的勇气。我也可以推想，作者的理解、翻译一定还有不确切乃至讹误的地方。无论如何，作者尽了最大的努力，已经能够让更多的读者接近并读懂这批珍贵的文学遗产，这就是学术服务社会的业绩。仅此，借用当下流行的网络语言，我们就值得为这部著作点一个赞。

（《敦煌邈真赞释译》，张志勇著，人民出版社 2015 年 9 月版）

《五至十一世纪敦煌文学研究》序

敦煌宝藏被发现，不过百年的历史，却是一部伤心史，又是一部当代中国学术的奋进史。当初，很多精品文物、文献流失海外，中国学者早期的敦煌研究，主要集中在文献的抄录、描摹、影印、整理、出版等方面，还谈不到深入研究。曾几时，有句很流行的话，叫“敦煌在中国，敦煌学在国外”。半个多世纪以来，一代代中国学者怀着舍我其谁的历史的责任感，焚膏继晷，不畏艰辛地从事着这项工作。而今，中国的敦煌学已从最初的文献整理，深入到各个领域的系统研究，在当代中国学术发展史上占据极为重要的学术地位。

敦煌文献中有明确纪年的文书，最早为英藏 S.113《西凉建初十二年正月敦煌郡敦煌县西宕乡高昌里籍》（公元 416 年），最晚为俄藏 Д x 1696“宋咸平五年壬寅岁五月十五日记”（公元 1002 年）的写经经卷，前后跨度约六百年。在这批文书中，与文学相关的文献极为丰富。王重民、王萩庆、向达、周一良、启功、曾毅公等编《敦煌变文集》（人民文学出版社1957年版）、张锡厚著《敦煌文学》（上海古籍出版社1980年版）、颜廷亮主编《敦煌文学概论》（甘肃人民出版社1993年版）、季羡林主编《敦煌学大辞典》（上海辞书出版社1998年版）、任半塘编《敦煌歌辞总编》（上海古籍出版社2006年版）、张锡厚主编《全敦煌诗》（作家出版社2007年版）、颜廷亮著《敦煌文学千年史》（人民文学出版社2013年版）、伏俊琏著《敦煌文学总论》（甘肃教育出版社2013年版）等，不论是校录，还是研究，已经取得多方面成就。如何在过往研究基础上推陈出新，是摆在每一位敦煌文学研究工作者面前的一道难题。

钟书林教授的《五至十一世纪敦煌文学研究》以敦煌本土作家作品为研究对象，从若干专题入手，系统考察了这五六百年间敦煌作家生平创作情况，并对李暠西凉文学与中原文脉、P.2555陷蕃组诗研究与唐代开元盛世的边疆格局、从《为肃州刺史刘臣璧答南蕃书》看唐代中期的唐蕃关系、《李陵变文》与中晚唐内外政局、《王昭君变文》与唐蕃长庆会盟的政治关系、中晚唐敦煌政治风云与悟真诗文集原貌探微、悟真与京城两街诸寺高僧及诸朝官的诗歌酬唱，以及伯3963、伯3259悟真纪念文集与张承奉、曹议金政权等多方面专题深入探讨，充分彰显出五至十一世纪敦煌文学的独特背景，可以视为当代敦煌文学研究的最新成果。

我在阅读过程中，对下列四个方面的论述印象深刻。首先，作者注重横向与纵向的比较，在密切关注敦煌文学的同时，兼及同时代同一题材在不同地区、不同作家笔下的不同表现，视野非常开阔。作者长期关注东汉文学，著有《范晔之人格与风格》（中国社会科学出版社 2010 年版）、《〈后汉书〉文学初探》（中国社会科学出版社 2010 年版）、《士与文学》（中国社会科学出版社 2012 年版）等著作。进入中国社会科学院文学研究所博士后流动站后，作者选择的博士后出版报告题目是《东汉文学纪事专题研究》，并顺利结项出站。作者对陶渊明也有过系统的研究，著有《隐士的深度》（中国社会科学出版社 2015 年版）、《陶渊明研究学术档案》（武汉大学出版社 2014 年版）。作者对敦煌文献也下过工夫，著有《敦煌文研究与校注》（武汉大学出版社 2014 年版）。基于这样广阔的学术背景，钟书林的研究摆脱了"就敦煌而说敦煌的倾向，把自己完全封闭在敦煌学的范围里，使敦煌学的路子越走越窄"（荣新江《中国古史研究十论》）的僵化研究模式。过去多认为《李陵变文》创作时间为敦煌陷蕃时期，是敦煌人为自己落蕃身份的自我辩护的写照。本书第三章《铁蹄中的消融绽放：北朝至唐代中期的敦煌文学走势与中原政治格局》有一节，从《史记》《汉书》到变文，以李陵为中心，分析人物形象变化，并辅之以中晚唐时期诗文作品为内证，将《李陵变文》的创作时间推定在中晚唐时期。结论可以信据。过去对于五胡十六国文学情况，关注与重视程度不够。该书洋洋洒洒，用五万多字的篇幅，对不同时期或同一时期的不同作家作品进行横纵比较，为我们全景式地展现了东晋十六国、魏晋南北朝、唐、五代、宋时期的文学风貌。不仅如此，作者通过探讨敦煌文学与中原文学之间的互动关系，有助于我们深刻认识中原文学是如何影响敦煌本土作家及其作品创作的，敦煌边疆地域文学又是如何与中原文学进行联系与交流的。这样的研究，不仅是历史的，也是现实的；不仅是局部的，也是整体的。对于我们全面认识中华文学的总体风貌，具有重要参考价值。

其次，作者关注到敦煌文学文献中的不同文体特色。按照通常看法，敦煌文学大约有三十多种文体，包括：表、疏、书、启、状、帖、牒、书仪、契约、传、记、题跋、论说、文、录、颂、箴、碑、铭、祭文、赋、诗、偈、赞、邈真赞、歌谣、曲子词、民间曲词（儿郎伟、佛曲）、变文、讲经文、因缘（缘起）、押座文、解座文、小说，话本、诗话等。与传统文人常用文体（如《昭明文选》分类）最大的不同，就是实用性；追求实用，故又雅俗兼备。如敦煌文献中的写经题记，实开后世题跋之先河。又譬如邈真赞，我从张志勇的《敦煌邈真赞释译》知道，唐五代时期的敦煌地区，长期流行着这样一种风俗，人死后，家属或者朋友要请人画像，有的可能是生前就已画好。多数情况是从人死到下葬前七日内完成，不仅作画，还要写赞，当地称作邈真诗，也有真仪赞、图真赞、邈影赞、写真赞、彩真赞等不同称谓。这种文体，图画与文字相辅相成，以赞配图，图文并茂。这类作品，在叙事赞颂的同时，不可避免地要涉及大量的宗教史料、美术教育、民间信仰、画像构图、画法技巧等问题，具有文学、史学及艺术研究的独特价值。同时，又与中原流传的画像赞，多有不同。诚如作者所说，这些作品十分讲求文采，追求骈俪之美，使人能够感受其绚丽多姿的审美追求，充分展现出它们应用性与文学性兼具的艺术风格。这在其他散文作品中，是很少能见到的。

第三，在文本整理的基础上，作者还勾勒相关作品研究与作家生平事迹，重点论述刘昞、宋繇、李暠主导下的文坛走向。譬如，我们过去对于李暠个人创作活动与群僚的文学雅集，所知不多，即便有所涉猎，也多一带而过。本书钩沉史迹，从不同专题入手，深入描述，对李暠西凉文学集团展开深入全面的研究，多所创获。又譬如，敦煌文学有一个特殊内容，即唐蕃关系问题。这是唐代政治、经济、文化变化的一个晴雨表。作者敏锐地抓住这一环节，从敦煌 P.2555 陷蕃组诗入手，探讨唐代开元盛世的边疆格局，并从敦煌陷蕃组诗创作背景，考察唐代开元后期的西北外交关系，从而进一步推论出陷蕃组诗作者身份为大唐出使塞外戎乡的“富有宰相之望”的吏部尚书李暠。与此同时，作者还对《为肃州刺史刘臣璧答南蕃书》一文细加疏证，探讨唐代中期的唐、蕃关系，从而得出这篇作品的创作背景与具体创作时间。此外，还对《李陵变文》的创作时间与中晚唐的内外政局、《王昭君变文》的创作时间与唐蕃长庆会盟的内在关系，将敦煌文学作品的诞生与中原政治、军事、文化诸关系有机地结合起来综合考察，极大地丰富和深化了敦煌文学与中原文化诸关系的认识，开拓了学术研究的新视野。本书还对过去不曾留意的李暠妻尹氏、国师刘昞、僚属宋繇等人的文学创作，分别进行专节研究，如对刘昞的研究，是在伏俊琏《〈人物志〉研究》之后的重要成果。

第四，个案研究的丰富、深入，是本书给人厚重之感的一个重要因素。譬如对于悟真及其诗文集的研究，就很精彩。悟真是敦煌归义军政权初期的重要本土作家，也是迄今发现的敦煌遗书中作品最为丰富的敦煌本土作家。历来颇受重视，但以往主要侧重于悟真生平及文集的简要勾勒，缺乏深入具体的研究。该书分七个专节，内容涉及广泛而丰富，第一次对悟真诗文集原貌展开深入研究，得出这样几个值得重视的结论：第一是对 S.4654《赠沙州僧法和悟真辄成韵句》的考察，认为是无名氏题赠给悟真的一首诗。这首诗，原本是一首佚名作品，置于悟真大中五年入京与京城大德高僧及诸朝官酬答组诗中。有人将其拆分为两首诗：《又赠沙州僧法和（下阙）》和《（上阙）悟真辄成韵句》，认为它们“分别为二首诗诗题的前后部分。因钞写舛行致使前后二诗题‘拼接’，前诗未钞而佚去。前者为赠悟真诗，后者究其诗意，应非赠悟真之作”。也有人将其看作一个整体，把诗题校改为《又赠沙州僧法师悟真辄成韵句》。本书从诗题中“和”字切入，认为“和”应是“禾上”的合体，禾上，即和尚。原《赠沙州僧法和悟真辄成韵句》，实际应当是《赠沙州僧法禾上（和尚）悟真辄成韵句》，是某人赠给悟真的一首诗。第二是将 P.4640 卷《大唐宗子陇西李氏再修功德记》（《乾宁碑》）判归悟真所作，并由此考察他晚年与李明振家族执政之间的微妙关系。第三是从文本内证出发，将P.4660、P.4640中一些佚名碑铭、邈真赞作品定为悟真所作，进一步丰富了对悟真诗文集的整体认识。第四是结合文本内证及敦煌归义军史，详细考证了P.3963、P.3259悟真纪念文集与张承奉、曹议金政权之间的复杂关系。P.3963、P.3259悟真纪念文集，过去学术界关注重视很不够，一般学者仅提及篇名而已，个别学者在20世纪90年代作有校录，但限于当时条件，错讹不少。本书对此文重新校录，认为P.3963、P.3259悟真纪念文集系为纪念悟真去世30周年而作，反映了悟真晚年与张承奉政权的微妙关系，以及曹议金政权建立初期佞佛的政治背景，并发掘出一些与当时归义军政权之间重要的史实关系，极大地丰富了这一领域的研究。第五是进一步为曹议金是粟特曹国人后裔的说法提供新的佐证。关于归义军政权曹议金是否是粟特曹国人的后裔，曾有广泛讨论，颇多分歧。本书在爬梳敦煌遗书以及深入探究P.3963、P.3259悟真纪念文集时，也找到了一些蛛丝马迹，可以进一步佐证曹议金是粟特曹国人后裔的说法。

从后记中得知，这部著作是教育部的项目成果，曾得到西安文理学院的配套经费资助。结项时，作者已经调入武汉大学任教，不久又进入文学研究所博士后流动站。作为合作导师，我有机会较早通读全书，并提出一些建议。譬如，我希望标题再质朴一些，不要刻意追求形式，准确最重要。我还建议作者将综合思考与文献考订有机结合起来，认真打磨，修订完善。作者愉快地接受了我的建议，对全稿作了系统修订，并希望我对他的研究成果做一些评价工作。客观地说，我对敦煌学没有发言权，但是通过阅读钟书林的著述，确实学到很多东西，也常常引发联想。以上所述，就是一些肤泛的读后感，很想与大家共享，故不揣谫陋，表而彰之，权作引论而已。

（《五至十一世纪敦煌文学研究》，钟书林著，中国社会科学出版社 2018 年 9 月版）

《将相本无种——历史的闲言碎语》序

做官无能，肯定不行；为政乱能，更是祸害。什么叫“能”？古今理解，大不相同。《辽史》专辟《能吏传》，其中有一个叫大公鼎的人，以“不为”来体现能吏本色，《金史》中还有一个叫石皋的人，却以“拖沓无能”来显示其精明强干，这与后来的乱逞能的“能吏”大异其趣，也与那种只注重个人声名的所谓“良吏”迥然有别。如何做官，如何为政，如何为民，如何让自己在修身、齐家、治国、平天下的道路上走得更好、走得更远，这是杨自强兄几十年来关注的问题，为此撰写了好几部著作。《将相本无种》就是其中一部博古通今的代表作。

全书39篇，前19篇是读南朝诸史的随笔，后20篇谈《辽史》《金史》。《“无能”的能吏》举《老子》为例，将国家管理状态分为三个等级：最下的是“畏而侮之”，用强硬的手段威逼百姓，把他们管得严严实实，老百姓怒不敢言；其次是“亲而举之”，采取种种办法来帮助老百姓，大家觉得长官在做好事，多予赞扬；

最高境界为“不知有之”，老百姓根本就感觉不到有人在统治、在管理，一切是自然而然，一切是自由发展。显然，这三种统治方法都可说是“能吏”，前两种是“逞能”之能——不管其逞的是何种能。在老子看来，“不知有之”是“无能”之能，而这种“无能”却是顺乎自然、顺乎民意之举，是不能之“能”，套用“大音希声，大象无形”的说法，也可以说是“大能无能”。

所谓“大能”与“小能”，能的程度不同，本质是一样的。“大能”的表现之一，就是能治理好一个国家。《老子》说，“治大国若烹小鲜”。与治国相比，烹饪是“小能”，烹饪要讲究饭菜的色香味，必须要注意火候、调料。《老子》用来比喻治国这样的“大能”，正是看到两者的相通之处。什么叫“小鲜”？自强兄释之为小鱼，烹为煎烤。煎烤小鱼，不要老去翻动它，否则鱼还没煎透，就支离破碎，没法收拾了。从政的要义也是如此。大到一个国家，小到一个乡镇，政策不能翻来覆去，折腾个没完没了。这样的理解，有点意思。

本书还有一篇极有趣的文章，叫《治大国若炒栗子》，这与“治大国如烹小鲜”之说正好有个呼应。《辽史·文学传》载，辽兴宗在闲谈时问萧韩家奴，你在外可听到什么高明的议论吗？萧韩家奴回答说：“我管过栗园，所以只知道炒栗子。炒栗时，往往小栗子熟了，则大栗子必生；大栗子熟了，则小栗子已经焦了，使大小均熟，才是尽善尽美。”这就是史上有名的“托栗讽谏”。如何使大小栗子都炒熟，史书没有记载萧韩家奴的回答。自强兄通过梳理《辽史》中的史料，发现辽太宗耶律德光早就采取了把大小“栗子”分开炒的策略，建立了北面官和南面官两套不同体系的政治制度，明确“官分南北，以国制治契丹，以汉制待汉人”，因而也就不存在“小者熟，大者生；大者熟，小者焦”的问题了。由此看来，治理国家并无一定之规，执政者必须依据历史传承与执政背景，选择自己的发展道路，制定相应的治国方略。不仅要“因俗而治”，还要因时制宜，因地制宜，不断地调整政策。《资治通鉴》说“权不可预设，变不可先图，与时迁移，应物变化，设策之机也”，讲的就是这个道理。

历史上曾有过为数不多的无为而治的时期，也曾经历过不断出新的翻炒栗子般的动荡。阅读历史，人们总会自觉不自觉地联想到现在，或者是站在今天的立场理解历史。确实，历史往往有惊人的相似之处。可以说，历史是一面镜子，诚如唐太宗所说，“以铜为镜，可以正衣冠；以史为镜，可以知兴替；以人为镜，可以明得失”。习近平总书记在致第二十二届国际历史科学大会的贺信中也说：“历史研究是一切社会科学的基础，承担着‘究天人之际、通古今之变’的使命。”同时，历史又是一面多棱镜。站在不同的立场看历史，所见多有不同，结论常常相左。再说，小国寡民与大国治理不一样，时势巨变与天下承平时期的治理手段与方法，肯定也不一样。杨自强的读史随笔，通常从具体史事说开去，出入古今，秉笔直陈，极大地拓展了我们的思考空间。

杨自强对于历史有别于常人的理解，缘于他的特殊经历。

他当过教师，做过编辑。1986年从杭州大学毕业后，任教于宁波大学中国文化研究中心，从事中国文化史研究与教学工作。20世纪90年代，他又转入浙江省嘉兴日报社工作。在从事报业的二十多年间，他从一个普通编辑做到高级编辑，并担任嘉兴日报社副总编兼《南湖晚报》执行总编。从事学术研究，他注重文献发掘，更注重对历史人物的深度解读，撰写了《学贯中西——李善兰传》《李日华传》《南湖人物》等著作，深入浅出，文笔灵动，在读书界享有口碑。从事编辑工作，杨自强时时敦促自己，保持着创新的激情和前沿的思维，保持着与时俱进的良好状态。更重要的是，他能学以致用，深入基层，在重大报道中冲锋在前。汶川地震后十多天，他就冒着余震的危险，奔赴抗震救灾第一线，深入灾区采访。他和《南湖晚报》的同事们在广元、青川建起了当地第一个“帐篷书屋”，给灾区孩子开设“帐篷故事会”，组织向灾区捐献了五万多册图书、一千多万元的爱心捐款。这些活动在灾区引起了较大的反响，新华社、中央电视台等媒体对此都作了报道。《南湖晚报》的重大采访，像深入到贵州僻远山区的“千里爱心大追寻”、开设在村头巷口的“十七堂党课”、半夜里风雪交加的“鏖战风雪”、暗访污染企业的“环保集结号”，杨自强常常和比他年轻二十多岁的记者们一起出现在新闻一线。他常说，新闻的魅力就在现场。正是这样一种特殊的编采经历，他的新闻作品接地气，有温度，在各种评奖中多有斩获。他本人也因此而被评为嘉兴市“十大文化人才”，浙江宣传文化系统“五个一批人才”，浙江飘萍奖（浙江省新闻界个人最高奖），“全国地方都市类报纸十佳总编”等荣誉。

这些年来，杨自强行走于历史与现实之间，发表、出版一百多万字的论著，读史随笔如《人生三十六计》《烟雨楼台——南朝五史随笔》《绝域雄风——辽金史随笔》《天马嘶云——新旧唐史随笔》等，杂文集如《无规则游戏》《激扬文字》以及这部《将相本无种》等，其特色可以用他即将出版的另外一部杂文集书名“冷眼热肠”四字来概括。他对历史有着冷峻的体验，分析入木三分。如《花刺子模君王气质》一文，杨自强论及南朝萧齐谢超宗的尖酸刻薄和萧道成的狭隘气度，不无感慨地说：“不论一个人还是一个国家，当‘腹诽’也能成为一种罪名的时候，恰是其正为虚弱之际，而当能容忍不同声音的出现，把个人的具体行为回归到个人的程度，并为个性的发展提供充分的空间，才是真正的强大与自信。因为，一个身体充分健康的人，是不会忌讳别人在他面前提到生老病死，也不怕吃药以治一下小小的感冒的。”所谓“腹诽”之罪，是汉人发明，见于《史记·平准书》。当时，一皱眉，一撇嘴，就有“腹诽”的可能，就有获罪的依据。这真是可怕的罪名。其流毒可与宋代发明的“莫须有”罪名相媲美。《“小鬼”管住了“大王”》也是一篇叫人感到压抑的文章。作者论及南朝典签制度，说典签名气虽然没有明代东厂、西厂及锦衣卫的权力大，其威风却是有过之而无不及的。典签，就是小鬼，权力却是通天。这种制度，早在曹魏时期就已存在。曹丕为了监督各地王侯，设置监国使者。曹植在《求通亲亲表》中说，自己就完全被监控起来，“块然独处，左右唯仆隶，所对唯妻子，高谈无所与陈，发义无所与展”，乃至“婚媾不通，兄弟永绝，吉凶之问塞，庆吊之礼废。恩纪之违，甚于路人，隔阂之异，殊于胡越”。在两千多年的封建社会中，这样的小鬼，时常见诸《恩倖传》等载籍中，骨肉相残，内讧不已，留下深刻的教训。为此，作者特别指出：“古语云：‘用人不疑，疑人不用’，典签制度正是违背了这一用人的基本原则。怕藩王权重而设典签来牵制，典签权重了，是不是又该设个什么来牵制典签呢？如此在猜忌、不信任的前提下来分配权力，必然会引得人人自危，各打自己的小算盘以求自保了，原先没有异心的也要变得蠢蠢欲动了。这似乎印证了政治学上的一条规律，当一个社会道德体系崩溃时，诡计就开始盛行，而诡计的盛行，又加速了道德的崩溃。古人所谓的‘玩物丧志，玩人丧德’也正是从这个意义上说的。设典签的制度，看似聪明，实是大笨。”这种思考是深刻的，值得警钟长鸣。

多年来，杨自强把勤读书、有学养、善观察、会思考、能研究的学者型编辑作为自己的奋斗目标，集学者与记者于一身，既是学者型的记者，又是记者型的学者。他的读史文字，就具有这种双重身份特色，既有文献学的底色，又有报人的敏锐。所有的文字，都以史实为依据，又没有酸腐气和学究气。这是一般学人和普通记者所不具备的优势。他向来主张，在思想多元、信息爆炸的时代，一个新闻工作者必须有着扎实的理论功底和广阔的知识，才能跟得上时代前进的步伐，才能敏锐地捕获问题，才能为广大读者所关注。《成功的陷阱》就是这样一篇独立思考的佳作。都说“失败是成功之母”。其实，成功也可能成为失败之父。《贞观政要》中说“虑生骄逸之端，必践危亡之地，所以见守成之难也”，说的就是这个道理。杨自强由此说开去，从法国行为科学家欧文·柏林的“柏林定理”，说到美国现代管理学之父彼得·德鲁克的“狃以常胜”；从苹果创始人乔布斯的“两个保持”（Stay Hungry，Stay Foolish，保持饥饿，保持愚蠢），说到现代中国伟人在半个世纪前说过的“两个务必”（务必使同志们继续保持谦虚、谨慎、不骄、不躁的作风，务必使同志们继续地保持艰苦奋斗的作风）。总之一句话，要永远保持忧患意识，永远保持对新知识、新技术的渴求之心，永远保持对未知世界的好奇和探究之心，这样才能使成功成为前进路上的阶梯而不是陷阱。这些见解，平实深刻，给人启迪。

20 世纪 80 年代前期，我与杨自强等十位古典文献爱好者考入姜亮夫先生门下。他在我们班年龄最小，快人快语，眼睛里闪烁着聪慧的光芒。他曾专程陪我和同门王魁伟一起到他家乡海宁观潮，拜谒王国维故居，一路上不断地听他讲起前辈乡贤徐志摩、金庸等人的故事，自豪之情溢于言表。我想，他的聪慧，就根植于这片具有浓郁文化氛围的沃土中。那时，他对金庸小说特别着迷，与同学轮流借阅，彻夜快读。由金庸，又扩展到其他武侠小说如平江不肖生、梁羽生的作品。再后来，还亲自操刀上阵，创作武侠小说，发表在研究生自编的内部刊物上。他是否还继续从事武侠小说创作，我没有问过他。但我相信，这段阅读经历，对他后来的写作一定产生重要影响。在这部读史随笔中，他对武侠小说情节随手拈来，为他所用，增添无限趣味。

这些年，我与自强兄天南地北，相距遥远，平时联络不多。他知道我仍困守在古典文献学的小圈子里，就来电邮，希望我能从历史中走出来，看看他的读史笔记。我读书不多，治学领域也很狭窄，但很愿意看各种笔记。我的感觉，学术类笔记，专业有余而活泼不足；野史杂钞类笔记，道听途说的多，或以堆积材料为能事，知古不知今，或者说有意回避“今”。杨自强的读史笔记，有学术含量，有现实情怀，字里行间可以触摸到作者的真性情，可以感受到他对社会上种种不良现象的批判精神。《将相本无种》出版在即，他希望我为之作序，我实在愧不敢当。当然，用“无能”二字来推托是万万不能的，因为“无能”乃大能。我只能将作者的诸多深刻见解，择其一二介绍如上，并借此机会向这位远方的老同学表达敬佩之情。我想，这是可以得到读者认可的。

（《将相本无种——历史的闲言碎语》，杨自强著，上海书店出版社2016年7月版）

《魏晋经学与诗学》序

刘运好教授新著《魏晋经学与诗学》重点讨论了一个特殊时期的两个重要论题，及其二者之间的逻辑关系。

特殊时期是指魏晋，严格意义上说，始于曹丕称帝的220年至东晋灭亡的420年。但后人研究这段历史，往往上溯东汉，至少要从汉献帝刘协改元建安元年（196）说起。这个时期所以特殊，一是战乱长期不已，二是思想异常活跃。苏轼《潮州韩文公庙碑》："自东汉以来，道丧文弊，异端并起。"所谓异端并起，是指传统儒学式微，道教兴起，佛教传入。三种思潮的兴衰更替，促成了三种文化的冲突与融合：第一是外来文化（如佛教）与中原文化的冲突与融合；第二是传统文化与新兴文化（如道教）的冲突与融合；第三是官方文化与民间文化的冲突与融合。一个时期以来，处士横议，臧否人物，整个社会结构处在一种重新调整状态，动荡不已。曾几何时，以曹操为代表的寒门乘势强劲崛起，统一了北方大部分地区，整个社会为之侧目。

建安二十五年（220）曹操死，那些隐忍屈辱的豪门看中了司马懿父子，支持他们向曹氏夺权。正始十年（249），当志得意满的曹爽陪着齐王曹芳祭扫明帝高平陵之际，司马懿以迅雷不及掩耳之势在京城发动政变，重掌大权，为后来司马炎建立西晋政权扫平道路。可惜好景不长。这个政权持续了不到半个世纪，就发生内讧。西晋永康元年（300），晋赵王司马伦起兵杀贾后及其追随者，自封相国。次年废晋惠帝，自立为帝。齐王、成都王、河间王等起兵讨伐，赵王败死，同盟者又相互火并，“八王之乱”由此拉开大幕。此后十余年，内忧外患，五胡乱华，最终导致西晋衰亡，“五马渡江”，建立偏安江左的东晋政权，大权旁落，王与马，共天下。一百多年后，这个偏安政权又重新为寒门刘裕所攫取，魏晋的历史到此结束。

两个重要命题是经学与诗学问题。

经学的历史，源远流长。两汉以来，尤其是汉武帝尊崇儒学、推行外王内霸政策以来，作为九流之一的传统儒学一跃而占据独尊的地位，演变成为政治话语系统。经学系统的核心内容并不庞大，只是因为与政治沾边，各家学说纷纷介入其中，拼命维护、拓展自己的话语权力。因此，今天所讨论的经学，固然体现了儒家思想，但其蕴含的丰富内容，已远远超出传统儒学范畴。经学与儒学，事实上已经不能简单地划上等号。譬如东汉后期，老庄思潮泛起，作为传统儒家经典的《周易》，便与《老子》《庄子》一起，被列为“三玄”，成为魏晋玄学的核心内容。即便是在传统经学内部，本身也在经历巨大变化，标志之一就是传统的今文经学逐渐走向式微，而古文经学则由民间走向学术中心。更何况，这个时期还有佛学的传入，大有后来居上之势。因此，这个时期的经学，其内涵与外延非常复杂。各种学术思潮，交错发展，想消灭异己而独立发展，几乎是不可能的事。玄学即以古文经学为根底，“三玄”之一的《周易》也是五经之一，援道入儒是玄学的基本思想倾向，玄学与儒学在理论上有着难以割舍的联系，这个基本事实不能否认。

魏晋时期，还有一个重大的文化现象，即外来佛学迅速融入中国文化并在社会各个阶层迅速传播开来。其中最重要的原因，就是佛教借助玄学的影响站稳脚跟。换句话说，佛学与经学通过玄学这一媒介构成了学理上的联系。我们注意到，无论是佛教的格义理论，还是后来佛理的发展演化，不仅深受玄学影响，也与传统经学相互碰撞，相互汲取，相互融合，完成了佛学中国化的历史过程。

运好教授以魏晋经学的历史发展及其内在逻辑作为研究的起点，采取以类相从、线点结合的方法，钩沉史籍，对这一时期著名经学家、经学著作以及相关学术渊源、理论特点、注经体例、经学成就等作了系统考察，并通过剖析现存于“十三经”中四部经学著作以及重要的《诗经》学学者、著作，为经学综论提供更为翔实的论据与理论支撑。后面附以“魏晋经学一览表”，以丰富史料及统计数据说明，魏晋经学正经历着巨大的变化：儒学经典中有玄学思想，佛教经典中又参杂着复杂的传统学说。晚清经学家皮锡瑞所主张的传统儒学到此中衰的观点是站不住脚的。魏晋经学不仅未曾“中衰”，恰恰相反，它是汉代以后第二个经学的繁荣时期，呈现出一种特异的色彩。《魏晋经学与诗学》通过丰富的史料和细致的分析，给我们描绘了这个时期色彩斑斓的思想火花和晶莹剔透的学术成果。

与经学繁荣相辉映的是这个时期的诗学。魏晋诗学的生成土壤与汉代诗学有明显不同，内涵更为繁富。唐宋以后诗学虽有重要发展，但不能掩盖这个时期诗学的睿智与思想的光芒。鉴于魏晋儒玄释三足鼎立的文化格局，作者以“一体两翼”概括魏晋诗学理论建构的特点。从“一体”上说，不仅经学著作蕴涵着丰富的诗学思想，《周易注》在“玄学智慧”中闪烁着“诗性智慧”的光芒，《左传集解》也在对《春秋》“赋诗言志”传统的阐释中呈现出丰富的诗学意义，而且作为具有普世价值的儒学诗学，在这一特殊时期仍然占据举足轻重的地位，以曹丕“本同”论为先导，以陆机“缘情”说为转关，至葛洪从文道—文德、创作—接受等方面作了相对系统的论述。从“两翼”上说，王弼对“得意忘象”的重新诠释，成为这一时期由经学诗学向玄学诗学的转关。在这种理论导引下，嵇康的艺术论诗学、郭象的本体论诗学，均以玄学为核心，对艺术发生、艺术表现以及生命精神、审美境界作出了迥异于汉魏的理论阐释。而陆云贯通老庄，以“自然”为哲学本体，以“清省”为审美理想，真正体现晋人“表里澄澈，一片空明”（宗白华先生《美学散步》）审美境界追求。张湛《列子注》以阐释列子哲学为基点，却又融会玄释。在“至虚为宗”的本体哲学论述中，涉及到审美心境、艺术构思、言意表达、美感体验等一系列的诗学问题，标志着玄学诗学向佛教诗学的转向。东晋高僧，早年大多耳濡目染于儒玄文化，后来才转向佛教。他们对佛教义理的阐释必然渗透中国传统的文化，这也是中国佛教区别于印度佛教的特点之一。因此，他们在佛教义理阐释中所提出的一系列具有诗学意义的范畴，也就成为纵贯华夏文化和外来佛教的联结点。从支遁“理中之谈”、慧远“神趣”说到僧肇“象外之谈”、姚嵩“文外之旨”，既汲取了传统的玄学诗学和儒家诗学，又以佛教徒的眼光对传统诗学作出佛理化的阐释。这种睿智与思想也直接沾溉了唐宋诗学。作者正是在历史的横断面上论述了魏晋诗学“一体两翼”的理论建构、发展过程及其诗学史意义。

以经学为体、玄释为翼的“一体两翼”的理论建构，也是作者论述魏晋经学与诗学关系的逻辑基点。作者指出：“一个民族的文化有独特的思维方式、理论范式和话语体系。华夏民族的思维方式、理论范式和话语体系，奠基于传统经学。因此，中国诗学研究，既必须立足于诗学自身的体系研究，又必须回归于‘经学化诗学’的生成研究。”（《弁言》）作者试图说明，魏晋经学与诗学，互为表里，相得益彰，构成了那个特定时代的思想标识。作者提出的“经学化诗学”范畴，或许还可以再讨论，但是他指出一个基本事实是，自儒家登上历史舞台，汉武帝“表章六经”之后，传统经学深刻地影响了华夏民族的思维方式、理论范式和话语体系，魏晋诗学同样也受其影响。当然，不同时代，便有不同的经学体系和表达方式，更有其独特的深刻内涵。魏晋诗学，既有经学思想的深刻，又有诗性智慧的表达，呈现出儒释道异源同流的独特风貌。基于这样的判断，作者以魏晋经学为核心，以诗学的思维方式、理论范式和话语体系为主体，充分论述了经学对国家意识形态、文人学风和价值观念的影响，细致辨析了经学影响下的玄学和佛学对魏晋诗学思想和创作实践的浸润。这种研究，讨论的是经学与诗学的逻辑关系，其指向却是魏晋诗学话语体系的建构，视野宏通，立意高远。

我与运好教授相识多年，感受最深的，是他的重情重义。他没有文人的矜持，没有学者的架子，没有老师的威严。从聊天中知道，他早年曾经历过很多磨难，但没有心灰气馁，是亲朋好友在最困难的时候给了他极大的精神鼓励。他常常怀着感恩的心，总是想着如何用自己微薄的能力回报这种千金难买的友情，用自己的学术回报这个社会。他把学生，视为自己的孩子，不仅在学业上帮助他们，还在生活上多所照顾，留下许多佳话。对老师，他更是心怀感念，恪守“一日为师、终身为父”的古训。曹道衡老师到安徽师范大学讲学期间，他陪侍左右，虚心问学，念念不忘。至今，他还保留着十几通与曹先生讨论学术的信函。曹先生去世一周年之际，在运好先生的提议下，安徽师范大学中国诗学研究中心举办追思会，并借《中国诗学研究》版面出版纪念专刊，很多学者撰写了纪念文章。我作为曹先生的亲炙弟子，为运好教授的盛举而感动。

运好教授深思好学，勤于著述，是他留给我的第二个深刻印象。他已年过花甲，依然殚精竭虑，精研苦读，保持着旺盛的学术生命力。我经常收到他的新著，知道他一直在从事魏晋时期重要作家的文献整理工作。《陆士衡文集校注》《陆士龙文集校注》先后出版。与此同时，他还一直关注经学与诗学的关系问题，并在一些重要学术刊物上发表相关研究成果，得到学术界的高度关注。

近日，他寄来百万字的《魏晋经学与诗学》书稿，希望我能写几句话放在书前。作为老朋友，我为他取得的学术成就感到高兴，同时又颇感踌躇，毕竟没有在这个选题上下过工夫，难以引申发挥。事实上，从事这个专题研究的学者很多，他们才应当是最合适的人选。但我想，他请我作序，其实是希望通过这样的文字，留下我们学术交往的点点滴滴，留下彼此求学问道的温情记忆。基于这样肤浅的理解，我尽力写下读后感受，不当之处，希望能够得到运好教授的谅解。

（《魏晋经学与诗学》，刘运好著，中华书局2018年2月版）

《汉魏子书研究》序

古代典籍中的经史子集四部，子部的涵义最为宽泛，好像三部以外的所有典籍，都可以放在子部中。《四库全书总目·子部总叙》云：

> 自六经以外，立说者皆子书也。其初亦相淆，自《七略》区而列之，名品乃定。其初亦相轧，自董仲舒别而白之，醇驳乃分。其中或佚不传，或传而后莫为继，或古无其目而今增，古各为类而今合，大都篇帙繁富。可以自为部分者，儒家之外有兵家，有法家，有农家，有医家，有天文算法，有术数，有艺术，有谱录，有杂家，有类书，有小说家。其别教则有释家，有道家。叙而次之，凡十四类。

在作者看来，经书之外，凡“立说者皆子书”，包括十四类，有法家，有农家，有医家，有天文算法，有术数，有艺术，有谱录，有杂家，有类书，有小说家，后来还有佛家，有道家，内涵、外延都不确定。先秦、秦汉之际，集部的概念还没有出现，当时的著作，除经史之外，多是子书。经书，乃圣贤著作，非常人所能觊觎，史书也多具有官方色彩，私家撰史，风险极大。只有子书，个人发挥的空间很大，可成一家之言。所以，先秦诸子，驰骋才华，著书立说，为中国思想史的宝库，平添绚烂的色彩，赢得后世尊重。

秦汉以下，司马迁发愤著书，以“成一家之言”作为奋斗的目标，极大地激发了历代文人进德修业、立言不朽的理想。西汉后期，各种学说纷纷亮相，异端思潮横空而出，这就使得汉魏子书所呈现的面貌与此前全然不同，可以说是革命性的变化。《汉书·艺文志》诸子类所载西汉前“诸子百八十九家，四千三百二十四篇”，《隋书·经籍志》载“诸子合八百五十三部，六千四百三十七卷”，比《汉志》多出六百六十多部（家），扣除《汉志》所录子书，至少也有四百多部（家）著作完成于这个时期。因此，说汉魏晋是子部著述的最后辉煌，殆不为过。需要进一步追问的是，为什么这个时期大家如此重视子部著述？从当时言论中，或许可以捕获到这个答案的蛛丝马迹。曹丕《典论·论文》说：徐幹“著论成一家言”。《与吴质书》又说：“伟长独怀文抱质，恬惔寡欲，有箕山之志，可谓彬彬君子者矣。著《中论》二十余篇，成一家之言，辞义典雅，足传于后，此子为不朽矣。”尽管徐幹的政治业绩无可称述，但有一部《中论》二十篇，足以让他不朽。“太上立德，其次立功，其次立言。”在古人心目中，即使立言，也没有文学的地位。曹植就说过："辞赋小道，固未足以揄扬大义，彰示来世也。"他希望自己能够"采史官之实录，辨时俗之得失，定仁义之衷，成一家之言"（《与杨德祖书》）。采实录，辨时俗，这正是汉魏子书的重要特征。王充《论衡·自纪篇》说："上自黄、唐，下臻秦、汉而来，折衷以圣道，析理于通材，如衡之平，如鉴之开，幼老生死古今，罔不详该。"《别通篇》又说："通人积文，十箧以上，圣人之言，贤者之语，上自黄帝，下至秦汉，治国肥家之术，刺世讥俗之言，备矣。"显然，在这些人看来，经史为大学问，并不是人人可以随意置喙，而子书则不然，自抒胸臆，析理论政，非常自由，尤其是刺世讥俗，更是迎合了汉魏六朝文人标新立异的心理。葛洪著《抱朴子》内外篇，梁元帝萧绎著《金楼子》，也都以"立一家之言"相期许。即便是像刘勰这样的文学家，他创作《文心雕龙》，其实是把它当作子书来写作的，因为只有这样，才可以成就一家之言。文集地位的空前提高，那是南朝以后的事。

尹玉珊敏锐地关注到汉魏转型时期子部著作的独特性，在《汉魏子书研究》一书中，她系统地考察了这个时期子书的生成、演变及其中国学术史上的地位。就我有限闻见所知，这应当是第一部系统研究汉魏子书的专著。全书的章节安排依照现在通行的做法，首先是宏观考察，有历时性的沿波探源，有共时性的比较研究。其次是选择若干有代表性的著作进行专题研究。附录则是单纯的文献考证。而在实际研究中，这个过程正好相反，一定是先从书后所附文献考索做起。文献收集、整理是研究的基础，是前提。附录有三个文献专题，体现了作者研究的三个最初阶段。最基础的工作查阅资料，撰写叙录。作者指出，汉魏子书的存佚，有三种情形：一是整书留存者，二是整书散佚经后人辑佚者（多为残本），三是全部散佚片字不存者。有文字流传固然重要，就是只字不存的子书，也有其价值，至少让我们知道在某一时期、某一地点，曾经产生过某种子部著作，由此可以窥探那一特定时空曾经发生过的思想活动。基于这样的认识，作者汇集这个时期58部子书，从写作时间、作者、卷数、留存情况、主要内容、主要价值以及参考文献等方面逐一论列，资料丰富而清晰。其次是辑佚工作。作者充分注意到前人的辑佚成果，对马国翰《玉函山房辑佚书》、严可均《全上古三代秦汉三国六朝文》、王仁俊《玉函山房辑佚书补编》《续编》、鲁迅《鲁迅辑录古籍丛编》第三卷之《魏子》《任子》和朱谦之《新辑本桓谭新论》等著作中未见辑录，且今人也未曾注意者，重点关注。有些文字，前人虽有辑录，但尚存讹误，作者也给予校订，为读者提供进一步研讨的线索。文献工作的第三步骤是综合分析。作者选取桓谭《新论》辑本作为讨论的样本，对所知《新论》15种辑本，辨析成绩，指出不足。作者还撰写专文，对朱谦之新辑桓谭《新论》作了要言不烦的评述。

在文献研究基础上，《汉魏子书研究》上下两编则是综合性的论述。上编主要围绕汉魏子书产生的历史环境、自身特点及其发展规律进行宏观考察，努力把他们还原到特定的时空中，描绘出动态的发展过程。今天，我们讨论子部著作，多有约定俗成的看法，与当时关于“子书”理解不尽相同。譬如子书称谓，汉魏时期使用得比较广泛的有五种，即1.“一家之言”和“家人言”；2.“新书”；3.“短书”；4.“书论”；5.“子书”。名称不同，其内在的思想脉络、学理内涵，大体是相近的。首先，汉魏子书作者从事写作的最重要目的，或者说子书的最重要特征，是对思想独立性的追求，既不依附经书，也不拘泥史实。其次，早期子书撰写过程中，不论是门人参与或弟子代笔，其著作大都统一署上主持者的名字，汉魏子书与此前的创作有一个很大的不同，即从“假手”到“亲著”，个人特点日益彰显。但这些变化，并不能改变其私人著述的性质，绝无官方介入的可能。第三，子书往往涉及很多专题，各专题之间又有其内在系统性，所以其编排颇为考究，多以整书形式呈现，而不是单篇文章的简单集结。第四，子书的内容既博且杂，具有百科全书式的开放结构，又不着重于知识技能的普及，重在论“道”讲“理”。譬如《吕氏春秋》所称的“以备天地万物古今之事”，其实就是一部先秦以来的子部类书，看似散漫无绪，实则思想指向非常明确。第五，子书的表达方式以议论为主，叙述为议论说理服务，文中所举事实和人物都以说理为中心，具有“辩难”特点。这些概括，比较精当，非常全面，很有启发性。

《汉魏子书研究》下编多为专题论文，旨在考察汉魏子书与经、史、文学、社会及文人生活的复杂关系。譬如《刘向对〈汉志〉“小说家”文献的搜集与整理》一章，基本厘清了《汉志》“小说家”的作者与文献状况，也为认识《说苑》《新序》两书的性质提供另外一种解释。这样的研究，有助于我们更全面地评价刘向在文献整理上的贡献。《徐幹〈中论〉引诗与汉魏之际的〈诗经〉学》探讨并解决了徐幹引《诗》与其诗学传承之间的关系，有助于我们认识汉魏子书引《诗》规律，也为了解汉魏之际诗学状况开启一扇窗口。

总而言之，《汉魏子书研究》充分注意到汉魏转型时期的文化特点，以子书为线索，综合考察汉魏时期各种文化现象之间的互动关系，立体地呈现出汉魏时期的文化风貌。从纵向上说，本书疏通了诸子学术从春秋战国、两汉三国至两晋南北朝的发展脉络，展示了先秦两汉以来子书发展的动态过程，揭示了这一发展过程中若干规律性问题并给予合理的阐释。从横向上说，本书初步揭橥汉魏子书与文学、文体之间的关系，探讨了汉魏子书对文学理论的贡献以及在推进文体规范上的重要作用。这样的研究，拓宽了我们的学术视野，还是很有意义的。

当然，汉魏时期，经、史、子、集的互动关系还处在动态变化阶段，比较复杂，很多问题，需要深入研究。譬如，汉魏诸子对于先秦思想与学术的改造是在什么样的历史背景下开始的？这种改造与当时社会现实有着怎样的联系？子书作者提出了哪些具有思想史价值的命题？这些思想在当时社会以及后来的文学发展过程中起到怎样的影响？诸如此类，还需要多方面的考索。这正说明，学术永无止境。我们期待着作者勇于拓展，拿出更多的精品力作。

（《汉魏子书研究》，尹玉珊著，中国社会科学出版社 2018 年 4 月版）

《诗学“活法”考索》序

诗歌本无法，也无规，它只是人类情感的自然流露。鲁迅《且介亭杂文·门外文谈》说，早期的诗歌只是人们劳作之时或闲暇之余，为协调步骤，或抒发情感而发出的自然声音，记录下来，很可能就成为诗。从发生学角度看，歌在前，诗在后，“歌诗”可能比“诗歌”更好地概括早期诗歌的特点。《左传》说“歌诗必类”，《墨子》说“歌诗三百”，就是如此。两汉以后，上古流传下来的歌被系统收集整理，作为案头的“诗”，渐渐脱离“歌”的性质，走向独立，“诗歌”便成为主流。《汉书·礼乐志》说：“和亲之说难形，则发之于诗歌咏言。”此后，诗歌逐渐被文人规范，由杂言到四言、五言、七言，由古体到近体。规则确立固然是好事，但随之而来的就是束缚。于是人们又要寻找突破，便出现了长短句、散曲乃至现代新诗。从“无法”可依到“有法”可循，由僵化的“死法”到灵动的“活法”，中国诗歌实际上走着一条否定之否定的发展道路。

在这个发展过程中，唐宋诗歌的巨变最引人瞩目。

李、杜、元、白、韩、柳等大诗人开创了唐诗的全盛时期，就像高耸云端的大山，横亘于中晚唐北宋诗人面前。盛唐时期的创作，万众景仰，“何如海日生残夜，一句能令万古传”。往后的路该怎么走？永远臣服在前人脚下，高山仰止，就只能像大历诗人那样，回归自我，追求幽怨孤寂的诗美。这显然不会让那些充满创新意识的诗人所接受。于是，晚唐、北宋的诗人谋求创新，别开词体，一时蔚为大观。词，终于闯出一条新路。诗呢？是恪守前人的“死法”，还是追求现世的“活法”，这几乎成为那个时代诗学论争的核心。以刘筠、杨亿为代表的“西昆派”选择了模仿，创作上中规中矩，雍容闲雅有余，感发意志不足。其中不乏精采之句，但总体平平，毋庸置疑。难怪元好问讥讽这些诗歌“独恨无人作郑笺”，讥讽作者都掉进书袋子，走不出来。

就在西昆体盛行的后期，胡宿从这个流派中脱颖而出。他也推崇西昆诸老，追踪蹑迹，语工形肖。如“西北浮云连魏阙，东南初日满秦楼”，上句用“西北有高楼，上与浮云齐”，下句用“日出东南隅，照我秦氏楼”。《诗薮》认为这两句“联合成句，词意天然”。但这只是披文摘句，终究不成气象。他在《又和前人》诗中不如感慨地写到：“诗中活法无多子，眼里知音有几人？”这里，作者拈出“活法”一词，多少有些反省的意蕴。

曾明教授敏锐地捕获到胡宿这两句诗的学术史意义，从此入手，研几抉微，爬剔清理，将微观的文献解读、版本梳理、文字校勘和宏观的理论阐释、分析考论融汇贯通，最终梳理出宋代诗学中“活法”说的演变脉络，并作出概括：“胡宿是宋代诗学‘活法’说的始作俑者，苏轼是‘活法’说的成功实践者，吕本中是‘活法’说的理论建构者”。以“活法”说为线索，以胡宿、苏轼、吕本中为重点，曾明教授将他的思考浓缩在《诗学“活法”考索》一书中，将这一理论命题置于中国文学思想史上的核心位置，因枝振叶，沿波讨源，看到一些前人不曾注意或讨论不多的文学现象。

作者发现，在“活法”说提出、阐发和演变过程中，无论是胡宿还是吕本中，常以“弹丸”“珠丸”作比喻。如胡宿诗：“倾出囊中和月露，皎如盘底走珠丸。”“弹丸”“珠丸”等与“活法”，看似大同小异，其实内涵多有不同。苏轼多次以“弹丸”论诗文，就有着丰富的审美意象。与之相近的是用“脱兔”比喻，这与他所倡导的好诗如行云流水，常行于所当行，常止于不可不止，异曲同工。这种比喻自然、贴切，很有诗韵。曾明师从著名学者王发国先生，长期浸润六朝诗学，尤其钟情钟嵘《诗品》。他从胡宿、苏轼等人的主张，联想到谢朓所推崇的“好诗流美圆转如弹丸”说，联想到沈约提出的“三易”说，于是从“音”“义”两个方面上溯六朝，章分句析，旁罗参证，将宋代的“活法”说与六朝诗学联系起来，呈现出一种历史的纵深感。沿着这样的思路，作者又将胡宿等人的主张，与唐代“清水出芙蓉，天然去雕饰”的美学精神联系起来，为胡宿、苏轼、吕本中的理论主张探得活水源头，找到诗学依据。正是从这个意义上说，胡宿等人所倡导的“活法”

说，既是对齐、梁流美圆转诗风的继承，也是唐代多元文化交流、佛学儒学互补背景下诗坛革新的必然结果。“活法”说的提出，为中国诗歌由“唐音”向“宋调”的转变奠定理论基础。惟其如此，胡宿无可争议地成为这个转变时期不可或缺的关键人物。

作者还发现，苏轼的若干文学主张，如“八面受敌”与“以情理推之”，如“弹丸脱手”与“兔起鹘落”，如“无意为文”与“有为而作”，如“随物赋形”与“行云流水”，如“以文为诗”与“以赋为文”，如“以我观物”与“自是一家”等，无一不是对“活法”说的最好实践。归纳起来，所有的线索都集中在“有意于文者之法”和“无意于文者之法”辩证关系上来。苏轼倡导“无意为文”，并不是绝对的，从创作过程看，最初或出于“无意”，其实始终处在“无意”和“有意”之间，而最终呈现出来的则是“活法”说所指引的“无意”境界，是“天工”与“人巧”、“无意”与“有意”合二为一的最高境界。这种理论主张对北宋文人的思想与创作产生深刻影响。

吕本中是宋代诗学“活法”说的核心人物。虽然他不是中国诗论“活法”说的首创者，但他对“活法”说所作出的巨大贡献，在某些方面，仍有其不可或替的独特之处，至少有五个方面的贡献值得表而彰之：一是给“活法”说界定通达的内涵和外延，二是给“活法”说充实应有的内容，三是给“活法”说指明运用的方法，四是为“活法”说探寻理论的来源，五是让“活法”说走向文坛，产生巨大影响。

为了系统地解释上述发现，作者从传统中国文论语境“内部”出发，将所论要点放在特定的时间与空间的坐标上，重新梳理各种理论命题、核心概念以及这些文学主张在创作方面的种种表现，努力在历史长河中考察其来龙去脉，把握其演变逻辑。同时，作者又时时提醒自己，要以全球语境为参照，超越东西方的隔阂，努力寻找某种“共通”的源头，商略异同，探寻本质。

更值得称道的是，作者不是孤立地研究文学观念史，而是密切联系创作实践，将宏观考察与微观分析融为一体，切合创作实际。譬如他论胡宿诗歌，强调他对西昆派的纠偏，更强调他对北宋中期创作的影响。这种影响不是口号式的，而是创作风格、写作手法的变化。就创作风格而言，胡宿的诗歌既有僻涩难解、艳丽凝重的一面，也有平淡简远、清新自然的另一面；就写作手法而言，他既有割裂古事堆砌丽藻的“西昆体”成法，也有直写所见、所闻、所感的白描手法。这种概括，让我们想起曹植，想起杜甫。他们也是引领诗风转变的关键人物，起着承上启下、继往开来的作用。当然，从诗歌创作成就来说，胡宿远远不能与曹植、杜甫相提并论，但他有诗史意义。他的诗僻涩艳丽，手法上对典事的频繁使用，对丽词的过分追求，是继“西昆体”之“往”；白描手法的运用，平淡清新的追求，又预示着新一代诗体的来临。在这样一个历史转折时期，胡宿的“活法”说，不是简单地对“西昆体”的颠覆，而是拯救“西昆体”的弊端，希望后来者能扬长避短，开创新路。这一点，近似于后来的吕本中，虽脱胎于江西诗派，却反戈一击，用“活法”“金弹”拯救后江西诗派“生硬”“晦涩”之弊。他们的理论反思，他们的创作实践，更有内在的引领力量。

由诗学上的“死法”“活法”说开去，作者纵横捭阖，视通古今，注意到各种风格往往相辅互补的一般规律。如《诗经》和《楚辞》、司马相如和扬雄、李白和杜甫、韩愈和柳宗元、苏轼和黄庭坚……鲁迅和郭沫若等等，相辅相成、互为补充。《诗经》似“方”，《楚辞》似“圆”；扬雄似“方”，司马相如似“圆”；杜甫似“方”，李白似“圆”；韩愈似“方”，柳宗元似“圆”；黄庭坚似“方”，苏轼似“圆”；鲁迅似“方”，郭沫若似“圆”。如此等等，还可以举出很多。孟子说：“不以规矩不能成方圆。”而上述这些作家作品，无论有无规矩，皆成方圆。这就昭示我们，所谓规矩，所谓方圆，不可偏废，不可或缺。胡宿的“以李补杜”，亦是“以规补矩”，“以圆补方”。方圆互补，意在法外，才是诗学“活法”的真髓所在。

行文至此，再回到开篇讨论的话题。中国诗歌几千年的演变，无外乎就是一个立规矩又不断地修订规矩、树传统又不断地突破传统的过程。任何一个成功的诗人，或文学理论家，都无法回避这个问题。《文心雕龙·通变》赞曰：“文律运周，日新其业。变则其久，通则不乏。趋时必果，乘机无怯。望今制奇，参古定法。”强调“通变”意义，参古定法是通，是继承；望今制奇，是变，是创新。与事物发展的一般规律不同，文学的繁荣发展并不一定遵循进化论的规律。譬如体现人类早期文明的某些文学特性，后来者可能就永远无法企及。但是文学发展又与人类文明进步相向而行，即从无序到有序，从混成到精致。但这种发展，就像大河奔流，总有浪花翻卷，潜流回漩。出入于有法与无法之间，成就于有意与无意之外，这是衡量一个作家是否具有创作天才的重要尺度。钟嵘把“自然英旨”作为衡量诗歌好坏的标准，强调自然天成，却并不意味着脱离规范。杜甫“晚来渐于诗律细”而又不受诗律束缚。苏轼主张从“严诗律”入手，最后达到“无诗律”境界。其实，何止是诗，古今中外任何一种文学体裁，无不如此。

我与曾明教授的结识，缘于我们的老师。20世纪80年代，我在曹道衡先生那里读到王发国先生赠送的专著《〈诗品〉考索》，印制比较粗糙，并没有引起特别注意。后来，沈玉成先生几次提到这部书，建议我认真阅读。朱熹说：“读书，须是看着他那缝罅处，方寻得道理透彻。若不见得缝罅，无由入得。看见缝罅时，脉络自开。”王发国先生的著作也有这个特点。他心细如发，多在寻常处发现蛛丝马迹，讨论的多是前人很少论及的琐细问题，推衍开来，又可能引出许多重大问题。这叫我非常感佩。在我印象中，曾明陪同王发国先生拜访曹先生，我有幸叨陪末座，得与结识。我们都出生在“大跃进”年代，阅历相近，有很多共同的话题，大有倾盖如故之感。后来，彼此都越来越忙，虽有书信往来，见面的机会并不多。2010年，我接手文学研究所领导工作，开始筹划文学所三个“六十年”（文学所创办六十年，《文学遗产》《文学评论》创刊六十周年）的纪念活动。最初的工作，就是与福建师范大学和西南民族大学举办研讨会，纪念籍贯福建长乐的郑振铎和四川万县的何其芳等，他们是创办文学所的元老。在筹划这些活动中，我与曾明教授多所接触，知道他在承担繁重行政工作之余，仍钟情于学术，“不将精力做人情”。他原本研究汉魏六朝文学，随着视野的开阔，下延到唐宋，专心致志地研究宋代文学思想。两年前，他就跟我提及正在撰写一部论宋代诗学“活法”说的专著，希望我能作序。我确实很关注文学思想研究，但主要集中在汉魏六朝时期，唐宋以下较少涉猎，很愿意从同行的著作中学到新知。曾明教授的专著给了我这样的学习机会。譬如他反复讨论诗学上的“活法”问题，就触动我的联想，认为这一主张不仅限于文学，凡做人做事，读书从政，其实都有一个“择先王之成法，而法其所以为法”（《吕氏春秋·慎大览·察今》）的“通变”问题。孔子主张做人做事要“随心所欲不逾矩”，宋人将这种主张推及到读书上，力主突破“死法”“定法”，强调对经典义理的阐发。由此看来，有宋一代诗学中的“活法”说，其实是人类知识传承中一个重要话题，既深且广。而这，又远远超出我的理解范围，所以在学习过程中，翻空臆想，随文札记，正好借此机会，就教于曾明教授。

（《诗学“活法”考索》，曾明著，商务印书馆2020年10月版）

《羌汉文学关系研究》序

在成都的朋友中，我与西南民族大学的徐希平教授、曾明教授的关系比较特殊。我们是同龄，且为高考同年，经历相近，都是“大跃进”年代出生，同为恢复高考后的第一批大学生，同在高校、科研单位“双肩挑”，对很多事感同身受，心领神会。我们也有诸多不同，论出生月份，我是11月，他俩都是12月，希平比曾明还晚几天，我却习惯地叫他“老徐”；论性情，曾明处事严谨，有板有眼，老徐待人诚恳，踏实可信。我们见面的机会不多，每次见到曾明，他总是衣着得体，乌发梳理得一丝不苟，而老徐则疏于打理，头发花白，肩膀上不时还能看到头皮屑。夫人不断地替他弹去头屑，他总是显出不屑一顾的样子。

2017年10月，在老徐的协调下，中华文学史料学学会年会暨民族文学史料整理研究研讨会在西昌学院举行。老徐说，成都到西昌的雅西高速公路，四百多公里，风光无限，建议自己开车去。这正合我意，沿途可以随时下车参观。那天出发很早，路过荥经县，略作休息。在九襄吃午饭时，我突然发现双肩包落在了荥经县休息站。老徐二话不说，转身就开车返回四十多公里。更叫我感动的是，荥经县休息站的工作人员早就把背包收好，等我们去取。那天心情大好，路过安顺场大渡河，参观红军渡；又翻过海拔三千六百多米高的拖乌山，进入西昌。彼时，已是夜里十一点多。车窗外，一会儿细雨蒙蒙，一会儿浓雾团团，我们仿佛行走在云中，飘忽不定。开车时，几乎要把脸贴在前挡风玻璃上，才能看清眼前的路。在高山峡谷之间，在深夜的雅西高速上，玩一把心跳，记住一辈子。

曾明知道这一情况后，把老徐狠狠地批了一顿，并从成都调来专车，接我回去。毕竟是专业司机开车，回程很顺利，但也有不便，就是不好意思随时叫人停车，只在彝海略作逗留，参观了刘伯承与彝族首领小叶丹歃血结盟的故迹。

那次会议上，老徐提交的论文是《后秦时期羌人诗歌〈琅琊王歌辞〉和〈巨鹿公主歌辞〉再探》，叫我获益良多。《琅琊王歌辞》和《巨鹿公主歌辞》是两组乐府民歌，收在《乐府诗集·梁鼓角横吹曲》中。通行的文学史研究，只是把它们作为一般北朝民歌略作分析，一笔带过。老徐的研究不仅揭示出这两组诗的羌人背景，而且还考订其为后秦（384—417）姚氏统治时期的作品。《琅琊王歌辞》共有 8 首作品，每首五言四句。从字句上看，它们的篇幅都不长，但反映的社会生活却比较广泛，其中，有的作品在艺术上也达到了一定的高度。《旧唐书·音乐志》所云：“梁有《巨鹿公主歌辞》，似是姚苌时歌，其词华音，与北歌不同。”华音，就是用汉文书写的诗歌，共3首，皆为七言，描述后秦姚氏皇族出游时的阔绰情景。这两组诗是现存最早的羌人创作的五言诗和七言诗，标志着羌族文学在十六国时代进入新的发展阶段。

羌人姚苌原本是前秦苻坚一员大将。淝水之战后，他趁前秦政权空虚之际，于前秦苻坚二十年（384），在渭北集羌人自立。后擒杀苻坚，并在长安称帝，自号大秦，史称后秦，统辖今陕西、甘肃、宁夏、山西等地区。义熙十二年（416）二月，后秦姚兴死，其子姚泓代之。东晋刘裕趁后秦内乱，率兵北伐。先下洛阳城，翌年八月攻克长安，擒获姚泓。在西北一隅，姚秦割据政权仅存三十余年就退出了历史舞台。

但羌人的故事并没有结束。

从魏姚和都《秦纪》（佚文见清人汤球《三十国春秋辑本》和今人朱祖延《北魏佚书考》）、唐修《晋书·载记》来看，姚苌、姚兴以及姚泓三代秦主，皆重视文人，或好文学。后秦一代在十六国中可算是文学兴盛之世。姚苌的《下书禁复私仇》等，虽是诏书，义正词严。姚兴的诏令文书，数量、质量远超其父。史书说他“讲论经籍，不以兵难废业，时人咸化之”。其《与桓、标二公劝罢道书》《与僧迁等书》等文，风韵秀举，确然不群。又据《出三藏记集》卷十四《佛驮跋陀传》记载，姚兴佞佛，供养沙门三千余人。中古北方地区佛教兴盛，十六国君主多崇尚佛教，后秦姚兴用力尤甚。姚泓“博学善谈论，尤好诗咏。尚书王尚、黄门郎段章、尚书郎富允文以儒术侍讲，胡义周、夏侯稚以文章游集”。姚泓的诗歌虽不见传，但后秦民歌如《琅琊王歌辞》和《巨鹿公主歌辞》等，传唱至今。王尚后来为凉州刺史，与金城（今兰州）文学家宗敞、宗钦兄弟交往颇密。胡义周后来为大夏著名文人，《统万城铭》即出其手。姚泓《下书复死事士卒》以及后秦其他姚氏文章，如姚嵩的《上后秦主姚兴佛义表》、姚弋仲的《上石勒书》等，其文采虽不及江南文士那样摇曳多姿，也都情感真挚，骈散相间，算得上散文中的上品。这些作品，绝大多数中国文学史鲜有论及，这不能不说是一个缺憾。

为弥补这个历史缺憾，老徐沉潜钻研，全力以赴探寻古代羌汉文学的关系问题。早在 2010 年就申请到国家社科基金，7 年后又拿到国家社科基金重点项目《羌族文学文献整理与研究》。西昌会议提交的论文，只是他整个研究计划中的一个阶段性成果。过去，我们总以为中国文学史研究已没有多少拓展空间。其实这是一个误区。长期以来，我们所关注的仅仅是一小部分以汉族为主体的文学创作，大量的少数民族文学创作，尚未进入中华文学研究的视野。十年磨一剑。在新冠疫情肆虐之际，老徐完成了《羌汉文学关系研究》，让人敬佩。

全书三十余万字，分为三编，上编为唐代以前古代羌人与汉人文学的关系研究。从现存文献看，殷周时期，羌人即有活动。他们“所居无常，依随水草，地少五谷，以产牧为业”（《后汉书·西羌传》）。秦汉之交，羌人一部分迁徙到西南岷江上游，一部分留在西北河湟一带。老徐的研究对象很宽广，地不分南北，人不分古今，将所有的羌人创作纳入他的研究视野。中编为西夏党项羌及其遗民文学与汉文学关系研究。作者从西夏王朝建立前夕李元昊主持创制的西夏文（俗称“蕃文”）说起，论及汉文经典翻译成西夏文以及对党项羌人的影响等，别开生面，新人耳目。下编为清代及近现代岷江上游羌族文学与汉文学关系研究，论及晚清羌族文人赵万嘉生平创作及近代羌族作家董湘琴万言长篇记游诗《松游小唱》等，更是远远超出我过去的阅读范围。

20 年前，我在从事《秦汉文学编年史》研究时，曾关注过汉唐时期的民歌《陇头水》和由古羌语翻译为汉文而流传的经典《白狼歌》，只是浅尝辄止。这些年来，到民族院校参观学习，开阔视野，深感中国文学史研究还需补足各民族文学研究的短板，才能真正完成中华文学体系的建设大业。据我所知，老徐在从事羌族文学研究的同时，还在组织国家社科基金重大项目《古代西南少数民族汉语诗文集丛刊》的整理工作，安营扎寨，一步一个脚印。事实上，改革开放四十多年来，像老徐这样的民族文学研究工作者，一代又一代，不辞辛苦，对各个民族文学史料、文学创作与文学思想进行了地毯式的收集与整理。正是有了这些厚重的科研成果，中华文学的三大体系建设，已呈现出绚烂的前景。

2019 年，曾明新著《诗学“活法”考索》脱稿后，来信索序。承蒙老友信任，我说了自己的一些感受，自信还沾点边儿。读老徐的著作，感觉就完全不一样，我只有学习和欣赏的份儿。他就像一个优秀的导游，领着我们走进羌族文学的天地，从远古到今朝，一路风光一路歌，“行到山头回顾望，不知何处是层峦”（清代汶川诗人高辉斗的诗句）。叫我作序，真不知从何说起。老徐很厚道，知道我有难处，让我不拘常规，信笔而写。我很感谢他的宽容，也想顺便借这个机会，回味三个同龄人的缘分，确实是一件很快乐的事。

（《羌汉文学关系研究》，徐希平著，社会科学文献出版社即将出版）

《中华远古神话衍说》总序

小时候，听长辈讲长征的故事，通常会这样开始："自从盘古开天地，三皇五帝到如今，历史上还从来没有过我们这么伟大的长征。"那时觉得盘古开天、三皇五帝等传说，离我们很遥远很遥远，但有一种悲壮、辽阔、深邃的感觉，却是深深地刻印在心底。后来知道，那是中华民族壮丽史诗的开篇，不由得萌生出一种很崇高的感觉。

盘古开天的故事，早在两汉后期的史书中就有记载。据说当时天地一体，混沌难分。盘古君龙首蛇身，嘘为风雨，吹为雷电，开目为昼，闭目为夜。后来，他的故事在民间传播更加神奇，说是一天醒来，见四周黑暗，便抡起大斧劈开去，混沌的天地就这样分开了。此后，他的呼吸，他的声音，他的双眼，他的四肢，还有他的肌肤，化作流动的风云，震耳的雷鸣，明亮的日月，辽阔的大地，奔腾的江河……从此，盘古就成为后人心目中开天辟地创造人类世界的始祖。

三皇的记载，众说纷纭。李斯的说法最为权威。《史记·秦始皇本纪》载李斯话说：“古有天皇、地皇、泰皇。”这样说又很笼统，于是又有人把它坐实，出现了女娲、燧人、伏羲、神农、祝融等具体人名。至于五帝，分歧就更多了。司马迁依《世本》《大戴礼》，以黄帝、颛顼、帝喾、唐尧、虞舜为五帝。而孔安国《尚书序》、皇甫谧《帝王世纪》、孙氏注《世本》，则以伏羲、神农、黄帝为三皇，少昊、颛顼、高辛、唐尧、虞舜为五帝。

在中国人的心目中，三皇五帝是华夏各民族的始祖，围绕着他们的各种神话传说格外丰富。如“天地隔绝”“羲和浴金乌”等，反映了人类早期通过幻想对天地宇宙、人类起源、自然万物的探索；“仓颉造文字”“嫘祖始蚕桑”等神话故事充满幻想，又很接地气；“后羿射骄阳”“青要山武罗”等故事主人公敢于抗争，锲而不舍，体现出一种为大我牺牲小我的精神；“象罔寻玄珠”“许由拒帝尧”等故事，描写的是身边琐事，蕴含的却是大道理。这些故事，散见群籍，需要有人作系统的整理，让更多的读者去理解、去欣赏。早年，沈雁冰（茅盾）先生著《中国神话研究》说：“中国神话不但一向没有集成专书，并且散见于古书，亦复非常零碎，所以我们若想整理出一部中国神话来，是极难的。”20 世纪 80 年代，袁珂先生筚路蓝缕，系统地研究中国神话，推出了一系列成果。其中《中国古代神话》是一部普及性的读物，从世界是怎样形成的开始，分十章描述了女娲补天的壮举，黄帝与蚩尤的战争、帝舜与帝喾的传说，嫦娥奔月的故事，鲧禹治水的功绩等，初步梳理出中国远古神话的发展线索。同是蜀人的刘彦序君耗时十载，踵事增华，主持编纂了这部《中华远古神话衍说：三皇五帝》，继续完成这项“极难的”整理工作。作者以大家所熟悉的“三皇五帝”为纲，从创世之母，女娲神话说起，依次叙述了伏羲、神农、黄帝、颛顼、帝喾、尧帝、舜帝等与其臣僚、配偶、子嗣、敌友的错综关系以及相关神灵故事，神话传说，将纷繁复杂的远古神话故事，条缕析成，构成八个系列，广泛涉及文学、神话学、民俗学、宗教学、美术、音乐、教育学、心理学等多个学科，充分吸收近年来学术界的研究成果，多有创获。

首先是体例新颖。八个系列包含了 80 篇故事。每篇分为四个部分，即“故事”“文献”“注释”和“衍说”。每则故事，都基于作者的综合研究，用简练、诗化的现代语言讲述出来。“文献”既包括神话原典，也包括学界成果，说明前面的故事，言必有据。注释，是对故事中的一些疑难字词加以注音释义。作者在叙述中华远古神话传说演变过程中，又站在“如今”的立场，从历史学或神话学的角度，对这些神话故事进行专业“衍说”，一则交代神话故事及相关背景、历史事件、象征意义，二则阐释经典神话中的审美价值、教育意义。这种结构方式，使得这部著作别开生面，不仅能为普通读者，特别是青少年读者所接受，就是对于各行各业的成年读者，也有积极的参考意义。

其次是立意高远。这套书有别于传统的耳熟能详的神话叙述方式，而是采用多种形式，对中华远古神话进行独特深入的挖掘，拓展丰富了神话的内容和形式，揭示出我们的先民在创业过程中的艰辛劳作、丰功伟绩以及留给后人的启迪。如尧帝篇“偓佺献松子”故事，作者在“衍说”中指出，人生的价值不止于长生，甚至可以说，相对于精神的不朽，肉体的长生就显得黯然失色了。人是要有一种精神的，这是我们的基本信念。所以司马迁在《报任安书》中说：“人固有一死，或重于泰山，或轻于鸿毛……”《老子河上公章句》也说：“人所以生者，以有精神。”又如感生神话，突出母子之爱；嫘祖神话，突出勤劳勇敢、乐于助人；夔神话，突出“多行不义必自毙”；玄珠神话，突出正心诚意、无为而为；武罗神话，突出为了大我而牺牲小我的抉择。很多神话传说，蕴含着丰富的爱国主义、推己及人、悲悯人生、团结友爱、英雄主义等情怀，给现代教育增添了新的血液。

第三是雅俗共赏。作者满怀激情，通过诗意的语言，将遥远的神话传说带到当下。全书还配以大量插画，以普通民众喜闻乐见的方式传达着深刻的人生道理，充满诗情画意。人物的面貌与服饰，唯美、怪异、神秘，呈现出典型的东方色彩，营造了神秘的神话氛围，图文并茂，生动活泼。通过这些神话故事，作者试图说明，神话的美，不仅在于它的奇幻和瑰丽，更在于它所体现出来的对人类的终极关怀，反映出人类共同的心理需求，是人类把握世界、认识世界的一种方式，也是一种重要的文化力量。

读罢全书，我很自然地就会想到毛泽东同志在《论反对日本帝国主义的策略》中说过的话。在这篇文章中，他把中国工农红军的伟大长征与盘古开天、三皇五帝联系起来，说自从盘古开天地，三黄五帝到如今，“我们中华民族有同自己的敌人血战到底的气概，有在自力更生的基础上光复旧物的决心，有自立于世界民族之林的能力”。中华民族在漫长的发展进程中，逐渐形成了共有的文化血脉。维护国家的统一，追求民族的昌盛，满足人民的幸福，是我们这个古老民族的根本所系，更是我们民族的精神象征。从这个意义上说，重新解读、理解三皇五帝的故事，其实也是一种寻根，就是要从根本上追寻我们这个古老民族的文化基因，固本培元，凝心铸魂。后世的中华帝王庙，往往以炎、黄二帝作为华夏始祖，正是中华民族不忘本来、开创未来的象征。我们的文化教育工作者，就是要通过自己的专业知识，从根本上讲清楚我们国家和民族的历史传统、文化积淀、基本国情；讲清楚中华文化积淀着中华民族最深沉的精神追求，是中华民族生生不息、发展壮大的丰厚滋养；讲清楚中华优秀传统文化是中华民族的突出优势，是我们最深厚的文化软实力；讲清楚中国特色社会主义植根于中华文化沃土、反映中国人民意愿、适应中国和时代发展进步要求，有着深厚历史渊源和广泛现实基础。

诚如作者所说，神话是一个民族的“本”，是人类的“本”。我们需要从三皇五帝的故事传说中、从中华优秀传统文化中汲取养分和智慧，站稳脚跟，自觉延续文化基因，增长民族自尊心和自豪感。这是中华民族生存发展之本，凝心聚力之魂。今天的中国人，正豪迈地行进在新时代的伟大长征途中。在我们每个人的背后，都有一个长长的影子，那不仅仅是个人的身影，还有着厚重的民族文化的底色。刘彦序君通过独特的著述方式，把遥远的三皇五帝，清晰地展示在我们面前，如此贴切，如此生动，有助于我们更好地理解了我们的过去、现在和未来，也有助于我们更好地理解了自己。

正基于这样的认识，我积极推荐《中华远古神话衍说》。

（《中华远古神话衍说》，刘勤等著，三联书店 2020 年 8 月版）

《司马相如与民族精神家园论文集》序

这次研讨会的主题是“司马相如与民族精神家园”。什么是民族精神？司马相如的创作怎么体现了民族精神？这是值得我们反复讨论的。

2004年，我参加了四川师范大学文学院举办的辞赋研讨会。研讨会结束后，我本来准备到这里参加司马相如研讨会，后来临时有事，直接回了北京。此后，我也曾有机会路过蓬安，只是没有停留过。这次终于踏上蓬安热土，与蓬安有了近距离接触。我向往蓬安，原因就是这里出了司马相如。在我看来，司马相如已经不仅仅是蓬安的，也不仅仅是四川的，他是中国的，更是世界的。这里，我想结合司马相如的创作讲三点想法：

第一，司马相如的政治理想。

司马相如的政治理想是什么？这个问题值得思考。这次研讨会的主题是“司马相如与民族精神家园”，就已经暗含了司马相如的政治理想与中华民族精神的关系。他在《难蜀父老》《封禅文》中都谈到了《春秋》,《春秋》的核心问题是如何实现大一统。汉武帝用武力巩固汉朝统治后，开始着力文化建设，此时司马相如应运而生,他积极介入社会,迎合了这个时代的需要。由此看出，一位优秀的学者、一介睿智的文人，需要有政治眼光，司马相如的眼界显然高于一般文人学者。

举一个例子，汉武帝时期另外一位大文学家严助，是绍兴人。武帝即位之初，为吸引优秀人才，特设文学贤良。来自蛮夷之地的严助，第一个进入政治高层，得到朝廷关注。后来，闽越的军队攻打东瓯，东瓯求情。有人主张放弃，认为那是闽越与东瓯的问题，与中央朝廷无关。而严助别具眼光，认为一定要支持东瓯，解决边地的安稳问题。一个从边地（当时浙江还算边地）跑到政治中心的人，能够如此效忠朝廷。武帝对严助非常器重，命他派兵去救东瓯。结果，他还没到，闽越就撤军了。武帝对他委以重任，让他担任会稽太守，他从此不问政事，游山玩水。后来，汉武帝非常生气，下诏责备他，他十分害怕，赶紧求饶。可见，严助的政治抱负也就是这些。

在当时，司马相如与严助都算是边地人，严助政治抱负半途而止，而司马相如到死也没有放弃自己的理想。史书记载，司马相如死后，夫人说他曾有《封禅文》，武帝派人去取，知道这篇《封禅文》是一篇大文章，提出封泰山的问题。13 年后，此事得到落实，极大地提高了中央权威。这正是司马相如叫人敬佩的地方。他并不苟求功名利禄，没有出来做大官，但是他的文章，能够把自己的思想与国家联系起来。多年前，我曾撰写《〈子虚赋〉〈上林赋〉的分篇、创作时间及其意义》一文，通过梳理文献，发现《上林赋》应该定稿于元光元年（前134）。在这篇赋中，司马相如比较了诸侯与天子的异同，最终归结到天子，归结到一统。我认为，这就是司马相如的政治理想——春秋大义，一统天下。不管是边地，还是中原，中华一统，这就是司马相如的政治理想。

第二，司马相如的文学典范。

司马相如在前人基础上确立了大赋的基本品格。他通过自己天才的创造，对大赋作了全方位的润色，不仅仅是文字的藻饰，也不仅仅是构思时的东南西北方位，而是将大赋变为一种国家文体。历代的文学总集、文学选本，乃至个人文集，通常要把赋排在第一位。其实，赋并不好读，显然，在中国古代文人心中，赋，不仅仅是案头文学，不仅仅是娱宾遣兴的文字，它体现出一种国家意志。这是汉赋和一般文学作品不一样的地方。司马相如的文学成就，不仅仅因为他创作了《子虚赋》《上林赋》等大赋，而是创造了一种文学典范。

第三，司马相如的启示。

司马相如的政治理想、文学典范，给中国文人留下良好传统，即一个优秀的文学家，必须把自己的创作与国家、社会的需求结合起来。

好的文学要接地气，要与国家相关联。司马相如的作品，包括他的《难蜀父老》等好多作品，为什么会被中国第一部综合文章总集《昭明文选》收录？因为《昭明文选》不仅仅是一部文学选本，它还是一部政治教科书。所以司马相如给我们后世树立的典范，就是文学要与社会相关联。任何一个时代，当文学脱离了社会，脱离了民众，文学就没有了生机，这是被无数次证明了的一个事实。三国之后，西晋文学为什么走向衰落？就是因为它仅仅变成了所谓的精英文学。为什么建安文学那么感人？为什么盛唐文学那么感人？就是因为它写出了百姓的心声，写出了国家的需要，而这一点恰好是中国文人的传统。抗日战争时期，那么多的文人，在烽火连天的岁月，放弃了个人的理想，投入到国家的事业中。而在那个年代，也有一些文人，也在写他们的小文学，但是我们的文学史不再念及他们。我们中国人写的文学史，念念不忘的当然是为国家奋斗的文学家，他们用笔反映了时代的主流，社会的变迁。

司马相如具有高远的政治理想，创造了光辉的文学典范，也给中国传统文人留下了优秀的文学传统。从这个角度来看，我们讲司马相如与民族精神家园，就是家国情怀，一个民族的精神脊梁，这是司马相如带给我们的最重要的一个启示。

（《司马相如与民族精神家园论文集》，四川省司马相如研究会编，巴蜀书社2020年8月版）

《宋代杜诗文本文献研究》序

钱锺书先生在《管锥编》中说："词章中一书而为学，堪比经之有'易学''诗学'等，或《说文解字》之蔚然成'许学'者，惟'选学'与'红学'耳。"言下之意，其他如现在流行的"龙学"(《文心雕龙》)、"金学"(《金瓶梅》)等，都是现代人封的名号。

现在看来，这个论断也还有商榷的余地。《元遗山先生文集》卷三十六载有《杜诗学引》，较早提出"杜诗学"概念：

> 杜诗注六七十家，发明隐奥，不可谓无功，至于凿空架虚，旁引曲证，鳞杂米盐，反为芜累者亦多矣。要之，蜀人赵次公作《证误》，所得颇多；托名于东坡者为最妄，非托名者之过，传之者过也。
>
> 窃尝谓子美之妙，释氏所谓"学至于无学"者耳。今观其诗，如元气淋漓，随物赋形；如三江五湖，合而为海，浩浩瀚瀚，无有涯涘；如祥光庆云，千变万化，不可名状。

固学者之所以动心而骇目，及读之熟，求之深，含咀之久，则九经百氏，古人之精华，所以膏润其笔端者，犹可仿佛其余韵也。夫金屑、丹砂、芝术、参桂，识者例能指名之，至于合而为剂，其君臣佐使之互用，甘苦酸咸之相入，有不可复以金屑、丹砂、芝术、参桂而名之者矣。故谓杜诗为无一字无来处亦可也，谓不从古人中来亦可也。前人论子美用故事，有"著盐水中"之喻，固善矣。但未知九方皋之相马，得天机于灭没存亡之间，物色牝牡，人所共知者为可略耳。

先东岩君有言：近世唯山谷最知子美，以为今人读杜诗，至谓草木虫鱼皆有比兴，如试世间商度隐语然者，此最学者之病。山谷之不注杜诗，试取《大雅堂记》读之，则知此公注杜诗已竟。可为知者道，难为俗人言也。

乙酉之夏，自京师还，闲居崧山，因录先君子所教与闻之师友之间者为一书，名曰《杜诗学》，子美之传志、年谱，及唐以来论子美者在焉。候儿子辈可与言，当以告之，而不敢以示人也。六月十一日，河南元某引。

可见词章之有学，不仅"选学"与"红学"，"杜诗学"也是专门之学，宋人就有千家注杜之说，并非虚语。元好问的《杜诗学》，明人杨士奇《文渊阁书目》（卷十）、清人黄虞稷《千顷堂书目》（卷三十二）均有著录，可惜今佚。从引言推断，元好问所说的“杜诗学”，既包括知人论世的材料，也有唐代以来诸家的评骘注释，还有杜甫的生平传记资料等。

成都杜甫草堂彭燕博士非常重视这些材料，在《宋代杜诗文本文献研究》中有73处提到“杜诗学”三字。她希望通过自己的学术实践，积极推动“杜诗学”研究的深入。这部论文集收录作者近年所写有关“杜诗学”研究的20篇论文，就是这些思考结晶。作者以杜甫的思想来源、创作特色、作品流传以及与此相关的比较研究等问题作为讨论的重点，章分句析，可资稽考。在此基础上，作者又向纵横两个维度展开，纵向上以杜诗研究史为纲，横向上以巴蜀地区“杜诗学”为目，举要提纲，纵览古今，俯瞰杜甫研究的历史与现状，视野开阔，平实可据，形成了自己的“杜诗学”研究特色。

杜诗学的核心是杜甫的思想与创作。《〈诗经〉的意境，〈楚辞〉的韵味——论杜诗〈蒹葭〉的精神实质》等，论述了杜甫文学思想的来源，创作特色的形成，也就是杜甫自己所说的“亲风雅”和“攀屈宋”，以《诗经》和《楚辞》作为自己服膺的对象。在杜甫的心目，诗骚之后就是汉赋。《论汉赋对杜甫创作的影响》从学理上探讨了杜诗陈情叙事特色的重要源头。《人臣与人妇——论杜甫政治生涯的三个时期》《从杜甫的边事诗管窥唐朝与吐蕃的关系》则论述了杜甫及其诗作的复杂性。作者指出，对于权力的臣服，对于自由的向往，对于平叛战争的期冀，以及战争给人民带来的苦难，如此等等的矛盾、纠结、希望、失望，让杜甫不断地沉浸在痛苦与迷惘的漩涡中，难以解脱，激发出他沉郁顿挫的壮丽诗篇。《关于〈草堂先生杜工部诗集〉的几个问题的思考》《蔡兴宗与〈重编少陵先生集〉》等文，是对杜诗稀见版本的评述，援据慎重，多所发现。《从杜甫的题画诗看杜甫与苏轼书画艺术的审美观》等文，比较杜甫与苏轼论画的差异，认为杜甫讲骨气，苏轼更重丰腴，这不仅仅是两个人的审美差异，背后还有着唐宋不同的政治文化的背景。这种研究，由具体作品、不同概念入手，比较不同时代、不同作家的异同，并探讨其更深层的原因，具有比较文学方法论上的价值。

杜诗研究史是作者关注的重点研究领域。《褒贬抵牾：朱熹何以如是论杜甫》分析了朱熹对杜甫评价的矛盾现象，发覆决疑，可成一家之说。郭知达《九家集注杜诗》是目前所见保存最为完整的杜诗集注本，被学术界视为宋代杜诗研究的资料渊薮。《〈九家集注杜诗〉述评》《〈九家集注杜诗〉与“伪苏注”》从版本流传、各家旧注论述其价值，品骘评议，要言不烦。《杜甫研究一百年》充分吸收学术界的研究成果，站在百年学术史的高度，将杜甫研究分为民国时期、新中国成立30年以及20世纪80年代以后三个历史时期加以评述，并就“杜诗学”等问题，提出自己的见解。杜甫一生最艰难的日子是在陇右度过的，也是其思想发生重要变化的一个时期。《杜甫陇右诗创作及相关研究述略》梳理了杜甫在陇右的生活经历和创作情况，以及后人的研究业绩，抓住了杜甫研究的一个关键节点。

巴蜀地区的“杜诗学”更是作者念兹在兹的问题，这是因为，杜诗的辑存，从晚唐到五代，最终是在蜀人王琪手里形成定本。现存早期杜集注本，也以蜀人著述居多。《唐宋巴蜀地区杜集整理略论》《唐宋巴蜀地区杜诗学文献述略》《宋代巴蜀地区石刻杜诗》告诉我们，这种情况不是偶然的。杜甫一生最安定、最幸福的生活是在蜀中度过的，就从现存作品来看，也以这个时期的创作为多。因此，包括作者在内的蜀人对杜甫有着很强的认同感。《黄希、黄鹤〈补注杜诗〉师注考》《〈九家集注杜诗〉“师古注”考》《宋代蜀人师古考》《杜田小考》等文，辑录旧注，勘对排比，论述了宋代巴蜀地区杜田、师尹、师古等在杜诗研究上的贡献。在此基础上，作者以宋代蜀人三家杜诗注辑录为例，在《宋代杜诗旧注整理与研究》等文中提出进一步研究的整体构想，并以《宋代蜀人三家杜诗注整理研究》为题，进入文学研究所博士后流动站。

杜甫《戏为六绝句》说：“别裁伪体亲风雅，转益多师是汝师。”杜甫以《诗经》《楚辞》为师，转益多师，成为一代诗圣。彭燕在成都杜甫草堂工作，对杜甫这种转益多师的文学道路有着深刻的理解。她自己也是这样一路走来。硕士论文以《诗经》作为研究对象，完成了学位论文《〈诗经〉女性研究》。此后，她还长期关注汉代辞赋研究，对辞赋大家王褒及其《僮约》做过比较深入的文献整理工作。以此为基点，她最终把博士学位论文选题集中在杜甫诗歌在宋代巴蜀地区的流传及其影响方面，对宋代巴蜀地区杜诗文献的编次整理、集注刊刻、校勘编年、石刻流传等情况综合讨论，深入分析，力图发现各种杜集文献的风格特点以及它们之间的错综关系，完成了《宋代巴蜀杜诗学文献研究》，清晰地梳理出宋代巴蜀杜诗学研究文献的发展线索。该书已获得国家社科基金后期资助，将由上海古籍出版社出版。作者并不以此为满足，鼓其余勇，在文献整理上旁罗参证，安营扎寨，完成了博士后出站报告《宋代蜀人三家杜诗注整理研究》，列入凤凰出版社出版计划，亦将问世。从彭燕的研究经历和研究成果看，她的杜诗学研究，将文献考订与理论概括结合起来，有着比较宽广的历史视野。

作为博士后的合作导师，我对彭燕的研究工作比较关注，并积极推动以彭燕为中心的杜甫读书会工作。五年来，他们沿着杜甫的足迹，读万卷书，行万里路，时时感受着杜甫的陪伴，深深体会着杜甫的心境。在河南巩县，有杜甫姑母照顾两个孩子的蜡像，叫他们动容。在东岳泰山，“一览众山小”，他们也希望能像杜甫那样把酒临风，“裘马颇清狂”。长安十年，杜甫饱尝心酸，但“独耻事干谒”。在西安考察，他们有了自己的理解。在浦桥（唐代奉先），在富县（唐代鄜州），他们寻觅着杜甫写作《自京赴奉先县咏怀五百字》《羌村》三首等作品的遗迹，徘徊不忍离去。在甘肃天水、陇南地区，他们切身领悟到杜甫写作《秦州杂咏》《同谷歌》时那种忧患飘零的绝望。寄居成都，杜甫过了一段闲适的生活，但“成都万事好，岂若归吾乡”，他们又追随着杜甫沿长江来到地处高山峡谷中的夔州，感受老杜“锦江春色逐人来，巫峡清秋万壑哀”的悲凉心境。在追寻杜甫的历史足迹中，他们学到了知识，收获了感动，凝聚了力量，提升了境界。为了让更多的读者接近杜甫，理解杜甫，我建议他们选取宋元旧注五种，校订整理，汇为《宋元杜甫诗注丛刊》交由凤凰出版社出版。这五种包括：《王状元集百家注编年杜陵诗史》（曾祥波）、《黄氏补千家集注杜工部诗史》（彭燕、胡永杰）、《分门集注杜工部诗》（谷曙光）、《集千家注批点杜工部诗集》（曾绍皇）、《门类增广集注杜诗》等三种（张家壮）。我还与西南民族大学杜甫研究中心首席专家徐希平教授一起，推动组织编纂《历代杜集珍本丛书》，将杜甫作品的宋元刻本、孤本、稀见本等影印出版，化身千百，惠及学界。不仅如此，我更想组织他们辑录杜诗宋元旧注于一编，在杜诗各句之下，综贯众说，汇辑别解。我相信，这将有助于读者对杜诗文字训释、创作背景以及思想内容的理解。在这些学术活动的组织工作中，彭燕他们给了我最大的理解和支持，我们都从中感受到切磋学问的愉悦。

现在，《宋代杜诗文本文献研究》出版在即，彭燕索序于我，给我重读这些论文的机会，也由此让我回忆起许多往事，拉拉杂杂，赘语如上，权作抛砖引玉。

（《宋代杜诗文本文献研究》，彭燕著，巴蜀书社 2020 年 12 月版）

《最忆师恩》序

这些天，新冠病毒把人们都困在家里，微信成为交际联络的重要方式。我偶尔会与远在美国的俞宁教授互推文章，发现彼此有共同的兴趣，即对我们成长的那段岁月念念不忘。近年，他发表了多篇文章，回忆往事，省净耐读，很有味道。2 月 26 日，他在微信中提出要我写序的事，说：“人民文学出版社计划出版弟之怀人散文集《最忆师恩》（出版时改名《吾爱吾师》）。不知道我兄能否拨冗为之写一篇短序。如蒙赐序，请把您的邮箱地址发给弟，奉上全稿，供兄参考。”俞宁教授虚怀下问，叫我感慰兼及。我与俞宁教授既非熟人，也非同行。他文章中提到的一些学者，是我们这个行当中的大人物，我几乎没有机会接触。我与俞宁教授在学术会议上有过几次交往，彼此印象很好，有倾盖如故的感觉。他年长于我，一口京腔京味，没有丝毫的洋腔洋调。这与我见到的某些喝过洋水的人大不一样。他很客气，和我讨论问题，总是一本正经，非常虔诚。一个认真的人提出来的要求，我不能不认真对待。

于是，随后的日子，我便沉浸在他的文字里，也不时地唤起我的许多记忆。我们的经历多有相似之处，在北京长大，接触了一些文化人，自己好像也沾点文化边儿。他说自己小时候外号“猴三儿”，我很惊讶，现在很难把这个外号与俞宁教授联系起来。北京话里，“猴儿”有淘气的意思，估计，他小时候够淘的。这个词儿还有一个意思，就是“猴精猴精的”。旧话说，“老大憨，老二懒，最鬼是猴三”。俞宁的聪明应该不用多说，当年考“托福”，能拿到 663 分；此后又在美国拼搏三十多年，最终站在大学讲坛上专门讲授英美文学。恕我孤陋寡闻，我觉得这不是一般人能做到的。

说到外号，前面还有“俞家”二字，我便感到分量。在中国文史学界，俞宁的父亲，俞敏教授的大名几乎无人不晓。1934 年，陈寅恪先生发表《四声三问》，认为“佛教输入中国，其教徒转读经典时，此三声之分别亦当随之输入”。这一看法，学术界认为石破天惊。半个世纪以来，赞誉之声，腾于众口。30 年前，我撰写《门阀士族与永明文学》对此深信不疑。我还注意到《德国所藏吐鲁番梵文文献》中与“八病”相关资料，撰写了《别求新声于异邦》，曾得到启功先生的垂顾。我是后来才读到俞敏先生长篇论文《后汉三国梵汉对音谱》，叹为观止。俞敏先生力排众议，根据僧律中有关禁止“外书音声”的规定，强调指出：“谁要拿这种调儿念佛经谁就是犯罪。陈先生大约不知道他一句话就让全体佛教僧侣犯了偷兰遮罪或突吉罗了。这太可怕了。”所以，他认为陈先生的说法“简直太荒谬了”。他还说，“汉人语言里本有四声，受了声明影响，从理性上认识了这个现象，并且给它起了名字，这才是事实”。这篇文章作为第一篇，收在《俞敏语言学论文集》（商务印书馆1999年版，第43、46页），振聋发聩，叫人过目不忘。我要是早点读到，说话会留有余地。再后来，我又读到俞宁教授发表在《文史知识》上的《少年印象——我的父亲“俞师傅”》，对这位睿智、较真儿的学界前辈有了更全面的了解，由此也记住了俞宁这个名字。他的文字不仅细致耐读，还很有特点。譬如他记述俞敏先生、启功先生，第三人称的“他”，总是写成“您”，留下老北平音的印记。

俞宁赴美留学前夕，曾与父亲有过一段有趣的对话，《三十年无改父之道——和父亲的约法三章》记下这个场景：

> 父亲沉默了几天，突然对我说：“你申请出国深造，按理说我不该阻拦你。但是有几个规矩你必须遵守，如果不能，就不要去了。”我早有心理准备，就静静地站着等下文。您接着说：“第一，你出国学习英美文学，不管多难，念不下去了就回来，绝不能转行去学汉学。那样做等于宣布我和你启大爷（启功）教不了你汉学，而那些中国话说不利落的洋人汉学家却能教你。我们丢不起这个脸。”我从来没想过这种情况。仗着年轻气盛，当场点头应允。

“第二，”父亲接着说，“你不要转行学什么‘中西比较文学’。你两方面的知识都是半吊子，怎么比较？那不过是找容易出路的借口罢了。”这下说中了我的要害。我心里有应急的计划，如果英美文学实在啃不动，就换个学校读比较文学。父亲把我挤在这里，我为了得到他的放行，只好硬着头皮承诺。于是父亲再说第三点：“你既然自己选择了英美文学，就得坚持到底，把人家的东西学深、学透。出来找不到工作，就回国。中国那么多英文系，总有你一碗饭吃。”

俞敏老先生真是目光如炬，早就看透了一些虚脱的学术。到国外学习中国文化，也成为一种现象。《浦江清日记》（三联书店 1987 年版）1929 年 5 月 3 日记述陈寅恪先生给北大史学系的毕业赠言：“群趋东邻受国史，神州士夫羞欲死。”当时群趋东洋“受国史”，后来则是下西洋“学汉学”。欧美一些著名大学东亚系学生，很多来自中国。他们毕业后也努力继续留在海外讲授汉学。我听说有华裔教授还把国人的著作用英文改写出版，浪得虚名。后有好事者把它译成汉语，才让中国学术界惊讶地发现有似曾相识之感。这当然是极端的例子。

这些年，俞敏先生力劝俞宁不要轻易从事的中西比较文学，业已成为一时显学。20 世纪 80 年代初，中国大陆一位著名教授在美国讲授中西比较诗学。他以“鱼书雁帛”故事为例，说明中西文化差异之大，超出想象。汉乐府有这样两句诗“呼儿烹鲤鱼，中有尺素书”，这位教授根据《文选》五臣注发挥想象，说古人用鱼传书：捉到一条鱼，把鱼肚破开，把写着信的绢和布塞进去，然后把鱼放到水里，让它顺流而下，正好游到收信人住的地方，正好被那里的人捉住了，捉到的人发现这封信，就会把信交给收信人。再说“雁帛”的来历：捉来一只大雁，把写好的信捆绑在雁腿上，让它飞走。如果这只大雁正好飞到收信人的地方，正好被人打下来，这封信就可以到达收信人手中。这位教授信誓旦旦地说：古人传递书信，确实是这样做的。据说，这样的讲座，美国人很欢迎，作者也因此获得声誉，回国后还把讲义整理出版。我真是纳了闷，中国的鱼儿和大雁怎么那么皮实，硬是不死了，难怪洋人大开眼界。我不知道俞敏老先生是否看到这些奇谈怪论，我想他是预料到的，所以才会有上述一番叮嘱。

俞宁教授不违父命，三十年来专心攻读英美文学，不敢轻言中西比较，更不敢以汉学研究自居，最终成为一名英美文学专业的教授。不过，他回顾自己走过的路，发现洋墨水喝了多年，身上依然还保留着父辈遗传给他的文化底色，年龄越大，底色越浓，很多老人旧事常在不经意间就浮现在眼前。他写李长之先生在“改造”时扫地的模样：“把扫帚抱在怀里，靠腰部的扭动带动扫帚，划出不大的一个弧，扫清不大的一片水泥地。”这让人想起《阿Q正传》中阿Q和小D打架的场景：“四只手拔着两颗头，都弯了腰，在钱家粉墙上映出一个兰色的虹形……”在俞宁的脑海中，这样的画面一定很多。譬如，他当学徒工时的师傅，研究生时的老师，还有最让他念兹在兹的父亲“俞师傅”和朝夕相处的“启大爷”……他们的一句话，一个眼神儿，一个动作，哪怕当初叫他难堪，很不高兴，而今，在“却话巴山夜雨时”，又会变成一种温馨的记忆。他说自己渐入老境，更加理解了父辈们的教诲。他们教过的知识，他们的人生经验，岁月压不住，记忆抹不去，就像江河长流，不时会翻卷出来。他想，现在已摆脱了“两方面都是‘半吊子’的尴尬境界，有了独到的心得”，可以表而彰之，让更多的人去品味，去领悟。纪念文集中收录的《启功先生论元、白》《论诗兼论人》《吾师“周公”》等，就是这些记忆的片断，具体而微地展现了老一代学者的文化风貌，也给作者回归中国传统、认真研读唐诗提供了勇气和智慧。这些文字，干净平实，没有旁征博引，没有装腔作势，有的只是“老老实实地详解唐诗”。他说，这样做，有点像回头的“学术浪子”。言下之意，是千金都买不来的。

我就是在他“回头”的某一时刻，与他萍水相逢，结成君子之交。我学无所长，没有他那样学贯中西的渊博和漂洋过海求学讲学的经历，但成长的大环境，约略相似。从叙述中知道，他1971年初中毕业，两年以后到房管所做学徒工。我是1974年初中毕业，本应下乡。后来北京部分中学恢复高中教育，在插队和读书之间，我选择了后者。《唐山地震四十周年引起的回忆》也有我的记忆。1976年7月28日地震时，他参与编辑《抗震救灾快报》，刻蜡板，推油墨辊子。这些活儿，我们都干过。地震那天，我正在初中插队同学所在的那个村子体验生活，还梦想着当作家呢。地震把我困在了村里。那一年，大事连连，周恩来、朱德、毛泽东等伟人相继去世，唐山大地震，各种的惊心动魄。还没有回过神儿来，粉碎“四人帮”的喧天锣鼓，又把我们送到广阔天地，成为新一代的农民。

回想起来，我们这一代人，先天“营养不良”，后天更是不足。虽然没有经历上一代人的种种苦难，确实也虚度了许多时光。学工、学农、学军，进工厂，扛过枪，又下乡，有过欢乐，有过迷惘。恢复高考，我们终于抓住读书的机遇，拼命苦读，青灯黄卷，不分昼夜，如饥似渴。当我们抬起头眺望的时候，发现已近老成。俞宁教授说，他花甲之后开始尝试撰写回忆文章。这些年，这类文章特别多，立场不同，风格各异。我更喜欢汪曾祺那种学者散文的风格，隽永温润。俞宁教授的文字正是我喜欢的那种，回归本色，气定神闲。他提出让我作序，我几乎不假思索，就贸然承诺下来。这些天，借着疫情禁足的机会，我随着俞宁教授的笔触走进时光隧道，看到很多熟悉的人物，熟悉的场面，以致夜不能寐。

北京的疫情还在胶着，但已看出曙光。读罢俞宁教授的《最忆师恩》，我的思绪也逐渐散淡开来。我要努力像俞宁教授那样，早日走出户外，沐浴新春阳光，放慢脚步，缓之而行，让生活充满诗意，让记忆画满色彩。

（《吾爱吾师》，俞宁著，人民文学出版社 2021 年 2 月版）

下编

《乾隆元年博学鸿词制科一等一名刘纶试卷》序

文学所藏乾隆元年博学鸿词制科一等一名刘纶试卷，朱栏墨笔，每面六行，行二十字。顶格二十二字。凡三十六面。卷首题曰：“一 臣刘纶年二十四岁，江南常州府武进县人。廪生，应博学鸿词试。江苏巡抚顾琮保举。一 三代 曾祖维宁，已仕，殁。祖演，未仕，殁。父机，未仕，存。”作者刘纶（1711—1773），字嫛涵，号绳庵。江苏武进人。乾隆元年（1736）丙辰以廪生举博学鸿词科，得第一，授编修，累官军机大臣、兵部尚书、文渊阁大学士兼工部尚书。在军机处十年，与大学士刘统勋共同辅政，有“南刘东刘”之称。《清史稿》载其乾隆三十八年卒（《武进县志》称卒于乾隆三十七年），赠太子太傅，谥文定，祀贤良祠。有《绳庵内外集》。子图南，乾隆三十三年举人；子跃云，乾隆三十一年一甲第三名进士；子召扬，召扬子刘逢禄。

中国古代人才选拔制度分为三个阶段，先秦时期主要是世官制，秦汉六朝以来则是察举制。隋唐以后乃至明清，主要则是科举制。严格意义上说，科举制始于隋代，兴盛于唐宋，而明清以来，考试制度基本定型，即分为乡试、会试和殿试三级，每三年举行一次。只有童试中式者才有资格参加乡试，乡试中式者为举人，头名为解元；只有举人才有资格参加全国性的会试，中式者为贡士，头名为会元。而殿试由皇帝亲自主持，中式者统称为进士，实际录取分三甲，一甲三名，分别称状元、榜眼、探花，并赐进士及第。二甲赐进士出身，三甲赐同进士出身。二、三甲第一名称传胪。进士发榜用黄纸书写，故称金榜题名。

除通行科目外，朝廷还会根据不同情况安排特殊考试，或称特科，或称制科，通常由皇帝亲自称制考试。这类考试，科目繁多，举无定制，唐代就不下五十种，涉及文武、才艺、德行、政事等多方面。而在清代亦有多种，如孝廉方正、经济特科等，其中以博学宏词制科最为著名。博学宏词科始设于唐代开元年间，用以考拔能文之士。康熙十七年下诏复设此科，无论已仕未仕，皆可应考。所试为诗、赋、论、经、史、制、策等。十八年三月初一日，康熙帝亲自殿试于体仁阁下，与试者一百八十余人，其中顾炎武弟子潘耒、著名文人朱彝尊、陈维崧、李因笃、汪琬、施闰章、毛奇龄等都曾参加，并被录取，这对于当时文人有莫大的影响，甚至由此逐渐改变明末遗民对“异族”的态度。乾隆元年也曾举行过博学鸿词科考试。因为乾隆帝名弘历，弘与宏音义相近，故改为博学鸿词。根据福格《听雨丛谈》（中华书局1984年版）载，乾隆元年博学鸿词科应试者共267人，试题由大学士张廷玉拟定，为《五六天地之中合赋》与《山鸡舞镜七言排律诗》。考试结果取一等五名，二等十名，俱授馆职。在这次考试中，张廷璐举荐的刘纶年甫逾冠，脱颖而出，中一等第一名。文学研究所藏刘纶试卷为两份，即第一场辞赋《五六天地之中合赋》和第二场“经解”。

按照规定，为杜绝试卷批阅中考官与考生串通，通过字迹识别来舞弊，考生交卷后，有专门官员检阅，再将卷首记录考生姓名、籍贯等信息翻折封盖，骑缝处加盖“弥封官关防”“监临官关防”等红印。原卷通常为墨笔书写，故称墨卷。弥封编号后，由誊录生以朱笔另誊试卷，称朱卷。誊录之朱卷编号与弥封之墨卷编号完全相同。朱卷送入内帘批阅，墨卷则收存起来。至试卷（朱卷）取中后，取出原卷（墨卷）启封，按照姓名填写榜文。

刘纶这两份试卷均为墨卷，具有较高的文献价值。为了让更多的读者有机会领略当时的文化氛围，特予影印，相信会引起读者的极大兴趣。

（原载于《中国社会科学报》2010 年 9 月 2 日）

《岁月熔金——文学研究所60年记事（二编）》序

文学所成立五十周年的时候，我曾写过一篇《尔来倏忽五十年》的纪念文章，试图从学术梯队、科研成果、资料建设、参与国家重大政治文化活动以及文学普及工作等方面回顾文学所半个世纪的发展历程。那个时候，我刚刚接触文学所史料，只是见树不见林，对于文学所的理解和认识，还是很肤浅的。

此后十年，我开始沉下心来组织编纂文学所大事编年和文学所志初稿，原以为比较简单。随着工作的深入，才发现这项工作异常繁难。查阅档案资料，所获不多。很多基本史实，回忆文章也众说不一。一晃十年过去了，文学所业已进入六十甲子，建所初期的老人渐渐离去。这时，我越发感到系统地整理文学研究所史料的迫切性。2012 年初，我在所长办公会上提出，六十年所庆，与其在形式上搞得轰轰烈烈，还不如做一些基本资料的收集整理工作。初步设想要编好四部书，第一部的内容是文学所志初稿、六十年纪事初编以及全所人员名录，第二部的内容是文学所老同志的访谈录，第三部的内容是给中央领导同志讲古典文学专题的部分讲稿，第四部的内容就是我们这里重点推介的《岁月熔金》的第二编。

文学所成立的时候，我还没有出生，那段历史，只能从老同志的回忆文章中去感知。近一段时间，我反反复复地浏览十年前编选的《岁月熔金——文学研究所五十年记事》，还有新近征集来的这二十多篇新作，尽管很多内容都很熟悉，但依然是常读常新，浮想联翩。徜徉在这片充满生机的学术丛林中，在感受学术震撼的同时，我更有一种感动，一种为自己成为文学所一员而自豪的精神力量。从这次阅读中，我意外地捕获到一个值得回味的新词，叫“文学所精神”。我的联想和感动，或许就是源于这种精神的感召吧。

我不是一个赶时髦的人，不想刻意为文学所冠以某种人为的所谓精神，而让其丰富多彩的历史变得苍白乏味。但不可否认，在六十年风雨历程中，文学所自身确有其一以贯之的精神脉络。这种精神的东西，有时只能意会，难以言传，所以见仁见智。而在我看来，何其芳同志在1954年建所之初提出的“谦虚的、刻苦的、实事求是的工作作风”，或许可以视为文学所精神的一个基本内涵。谦虚，是就为人而言，低调做人，和谐共事；刻苦，是就做事而言，焚膏继晷，钻仰终身；而实事求是，则是做人做事必须遵循的原则，是这种工作作风的核心所在。正是在这种精神的引导下，六十年来，文学所艰辛地探索出一条独特的发展道路，形成自己的传统。

首先，贯彻执行党的正确路线，发挥国家级科研机构的引领示范作用，这是文学所成立六十年最基本的经验，也是最重要的特色。

20世纪五六十年代的中国，各种思想文化方面的论争，可谓风起云涌，此起彼伏。譬如1954年关于《红楼梦》大讨论，文学所是全国学术界关注的焦点。何其芳坚持实事求是的工作原则，他在很多场合反复强调，这是学术批评，不同的意见可以争论。这与其他单位的大批判氛围颇有不同。既要服务大局，又要区分政治与学术的复杂关系。这种分寸感，在当时实在不易把握。文学所较好地处理两者的关系，为人才培养和学术发展奠定了良好基础。此后，文学所还发起或直接参与了若干重大的学术讨论。譬如1954年关于陶渊明的大讨论，1955年关于《琵琶记》、李煜词的大讨论，1958年关于“革命的现实主义和革命的浪漫主义相结合”创作方法的大讨论，1959年关于蔡文姬和《胡笳十八拍》的大讨论以及关于诗歌形式的讨论，1960年前后关于文学上的“共鸣”问题和山水诗问题的大讨论，以及关于题材问题的大讨论等，涉及范围之广，讨论问题之深入，在共和国初期的学术探索中留下深刻印记。何其芳还曾在毛泽东主席直接指导下，组织文学研究所编辑《不怕鬼的故事》。1961年，毛主席对何其芳撰写的该书序言先后两次亲自进行修改，并批示出版，具有重要的政治意义。

粉碎“四人帮”以后，文学研究所组织全所乃至全国文学界就实践是检验真理标准等问题展开讨论，并且对“文革”以后文学研究队伍、研究现状及课题情况进行摸底调查，重建基本作者队伍，确定科研发展方向，在促进文艺界的思想解放以及恢复文学研究生机等方面发挥了不可替代的积极作用。

其次，遵循学术规律，整合团队力量，夯实学科基础，这是文学研究所在学术界保持较高学术声誉的根本保障。

老所长何其芳同志曾提出要在十年内完成七项任务，包括：研究我国当前文艺运动中的问题，经常发表评论，并定期整理出一些资料；研究并编出一部包括新的研究成果和少数民族文学的多卷本的中国文学史；编选出一些中国文学的选集和有关文学史的参考资料；在外国文学方面，研究各主要国家的文学，并将研究成果按照时代编出一些论文集，作为将来编写外国文学史的准备；编订汉译外国文学名著丛书，每部作品都冠以帮助一般读者理解和欣赏的序文；研究文艺理论，并编写出一部较为通俗、结合中国实际的文艺学著作；编订汉译外国文艺理论名著丛书，等等。经过六十年的不懈努力，何其芳所长提出的目标早已实现。

新中国成立之初，党和国家第一代领导人非常重视文艺工作，在一些重要会议上发表了一系列的讲话。文学所老一代科研工作者，围绕着文学作品和文学理论问题，积极参与到文学理论的研究与当代文学批评实践中，对于《林海雪原》《红日》《红旗谱》《苦菜花》《青春之歌》等作品进行比较广泛深入的研究，撰写出大量的、富有创见的文学评论和文学理论著作。60年代，蔡仪主编的《文学概论》，毛星、朱寨等人编写的《十年来的新中国文学》集中反映文学所对文学理论和当代文学的整体把握。

改革开放之初，邓小平同志在中国文学艺术工作者第四次代表大会上发表重要讲话，提出“文学为人民服务，为社会主义服务”的基本方针，指明了我国文学艺术创作的发展方向。这一时期，文学所围绕着我国新时期文学与人性、人道主义、文学方法论、文学主体性、文学史学建构等问题展开深入讨论。当代文学研究室集体撰写的《新时期文学十年》，朱寨主编的《中国当代文学思潮》、张炯主编的《新中国文学五十年》《20世纪中国文学经验》等著作，文艺理论研究室王春元、钱中文、杜书瀛等分别撰著的《文学原理·作品论》《发展论》《创作论》等，在80年代的学术热潮中引领时代的风尚。

文学史研究方面，余冠英、钱锺书、范宁等人主持编纂的三卷本《中国文学史》，唐弢主编的《中国现代文学史》，毛星主编的《中国少数民族文学》，祁连休等主编的《中华民间文学史》，邓绍基、刘世德、沈玉成主编的多卷本《中国文学通史》，张炯、樊骏、邓绍基主编的《中华文学通史》以及文学所集体编纂的《中国大百科全书·中国文学卷》等研究项目，多带有集成的特色，时获殊荣与赞誉，在海内外产生广泛的影响。

在文学史料收集与整理方面，郑振铎、吴晓铃等人组织编选的《古本戏曲丛刊》创始于50年代，计划出版九集。到1958年郑振铎先生不幸空难牺牲前，已出版了四辑共收录四百多种作品。1982年，在文学研究所主持下，重建编辑委员会，继续开展辑印工作。1986年，上海古籍出版社又出版第五集。这套丛刊汇集了我国古代戏曲之珍本和孤本，极大地方便了戏曲研究工作者。而今，我们正在重新组织力量，力争尽快完成后几集的编辑出版工作。此外，由郑振铎主持的《中国古代版画丛刊》也出版五函十六种。1958年文学研究所与中国民间文艺研究会合作，对我国少数民族民间文学进行调查，选编了一百多种资料。由刘世德、石昌渝、陈庆浩主编的《古本小说丛刊》已由中华书局出版。由近代文学研究室发起并主持编纂的《中国近代文学研究资料丛书》，分为小说卷、戏曲卷、诗文卷等，已由中国社会科学出版社等多家出版单位陆续出版。由现代文学室发起并主持的《中国现代文学史资料汇编》，有全国四十多家单位的专家教授参与编选，二十余家出版社负责出版。由当代文学研究室发起并主持的《中国当代文学研究资料》丛书，出版当代文学和作家研究资料八十余种。这些基础性的工作，我们还将继续做下去。

在外国文学资料的翻译介绍方面，20世纪五六十年代，文学所西方文学组和苏东组翻译介绍希腊戏剧、易卜生戏剧、莎士比亚戏剧、莫里哀戏剧以及英国、法国、俄国的小说、诗歌等作品，为中国读者认识世界打开了一扇窗户。1959年，在何其芳倡议下，由叶水夫牵头，编辑出版两辑《苏联文艺理论译丛》。1961年，在何其芳领导下，制定了三套名著丛书的编选计划，初步确定《外国古典文学名著丛书》120 种，《外国古典文艺理论丛书》39 种，《马克思主义文艺理论丛书》12 种，有计划、有重点地介绍世界各国的美学及文艺学理论著作，为我国文艺理论界提供参考资料。从 1958 年到 1964 年 4 月，已出版 36 种，颇受全国广大读者欢迎，成为公认的不可或缺的资料库。1963 年，还专门成立《现代文艺理论译丛》编辑部。后来，这项编译工作主要移交给刚刚成立的外国文学研究所负责。

80 年代中期，当时成立不久的文艺新学科研究室发起并主持的“文艺新学科建设工程”，先后出版《文艺新学科导论》《主体论文艺学》《系统美学》等论著，以及《当代艺术科学新潮》《阅读行为》《女权主义文学理论》《比较文学类型研究》等译著。由原“国外中国学（文学）研究组”编辑的《〈楚辞〉资料海外编》已由湖北人民出版社出版。此外，还有内部刊物《文学研究动态》在当时也起到传播信息的重要作用。近年文学理论研究室又组织编译《西方经典文论导读》（两卷）、《西方文论选》（六卷），还接手编辑《外国美学》集刊。同时，一批学者还以更加开放的视野胸襟，从事不同文明的比较研究，在海内外学术界产生了积极的影响。

第三，尊重学术个性，鼓励广大科研人员潜心研究，撰写传世之作。而要做到这一点，最根本的一条还是坚持实事求是的原则。

文学所建立之初，郑振铎、何其芳根据每位学者特长安排工作，发挥作用。王伯祥研究《史记》、李白，其《史记选》在学术界产生广泛影响。俞平伯研究《红楼梦》和唐宋诗词，其《红楼梦八十回校本》《俞平伯论诗词曲杂著》为一代名著。孙楷第研究古典小说，其《中国通俗小说书目》《日本东京所见小说书目》《大连图书馆所见小说书目》为该学科的奠基之作。余冠英研究古典诗歌，完成了《诗经选》等一系列诗歌选本的注释工作。钱锺书兼顾中西，有《管锥编》问世。蔡仪先生的《新美学》，吴世昌先生的《罗音室学术论著》、唐弢先生的《西方影响与民族风格》《鲁迅论集》等也都已成为各自学科的经典著作。何其芳本人《论〈红楼梦〉》亦被推为学术名著。

在老一辈学者的感召下，文学所的科研人员，以学术创新为终身追求，孜孜不倦，勤于著述。胡念贻《先秦文学论集》《中国古代文学论稿》，曹道衡《中古文学史论文集》、《南北朝文学史》（与沈玉成合著），樊骏《中国现代文学论集》，陈毓罴、刘世德、邓绍基《〈红楼梦〉论丛》，敏泽《中国美学思想史》，蒋和森《〈红楼梦〉论稿》，钱中文《新理性精神文学论》，张炯《走向世纪之交》等，代表着20世纪五六十年代进入文学所的那一代学者的时代水平。

恢复高考后的第一代研究生和大学毕业生，组成了文学所的新生力量，杨义、赵园、董乃斌、陶文鹏、刘扬忠、石昌渝、尹恭弘、程广林、钱竞、胡明、王飚、么书仪、胡小伟、李少雍、周发祥、韦凤娟、毛崇杰、许明等学者有着丰富的人生阅历，勇于探索，成为新一代学术领军人物。我本人是七七级的大学生，文学所有很多我的同龄人。当时尚属年轻一辈，而今业已成为在职人员中的老同志，毕业三十多年来，以前辈学者为榜样，传承文学所精神，也不辱使命。总结文学所学术成功的经验，归根结底还是那句话，遵循实事求是的学术传统。

第四，文学研究所成立六十年来，贯彻“双百”方针，坚持“二为”方向，始终把编选优秀的古今文学读本作为一项重要的学术工作。

“问渠哪得清如许，为有源头活水来。”华夏五千年文明，是我们民族生生不已的活水源头，更是我们民族卓然独立的生存之根。为探寻这活水源头，为培植这生存之根，中国社会科学院文学研究所成立六十年来，一直把文化普及工作放在相当重要的位置，并为此作了大量的、卓有成效的工作。20世纪五六十年代，余冠英先生的《乐府诗选》《三曹诗选》《汉魏六朝诗选》，王伯祥先生的《史记选》，钱锺书先生的《宋诗选注》，俞平伯先生的《唐宋词选释》，以及在余冠英等老一代学者主持下编选的《唐诗选》等文学读本先后问世，印行数十万册，在社会上产生了广泛而又深远的影响。

进入新的历史时期，文学研究所秉承传统，又陆续编选了《古今文学名篇》《唐宋名篇》《台湾爱国诗鉴》《文学所文史讲座丛书》等，并在修订《不怕鬼的故事》的基础上新编《不信神的故事》等，赢得了各个方面的赞誉。

以上涉及的四个方面的学术传统，还只是一个印象式的描述，概括也不一定准确，但其中所体现出来的那种敏锐的政治意识和宽阔的学术视野，还是显而易见，值得骄傲的。这些成就的取得，原因当然很多，而老所长何其芳倡导的“谦虚的、刻苦的、实事求是的工作作风”则是其中最重要的原因。这也是我为什么要把这种工作作风视为文学所精神的重要考虑。回顾建所六十年历程，什么时候坚持了这个原则，就一定可以开创好的局面；如果背离这个原则，难免要走弯路，遭遇挫折。

在整理文学所史料过程中，我常常陷入深思。六十年间，在取得上述业绩的同时，我们也不无可议之处，很多人受过伤害，感到委屈。但无论如何，大家还是那样热爱文学所，都希望通过自己的努力再创辉煌。在文学所同人看来，这里已不单单是托身之所，更是我们的精神家园。

“托身亦得所，千载不相违。”共同生活在这样一个大家庭中，每个成员都有充分表达自己的空间。可能由于时间紧迫，很多人还没有来得及记录下自己的感受。这没有关系，《岁月熔金》还会继续编下去，文学所精神也必将伴随着我们勇往前行。

（《岁月熔金——文学研究所60年记事（二编）》，中国社会科学院文学研究所编，中国社会科学出版社2013年6月版）

《翰苑易知录——中国古代文学演讲集》序

这部演讲集，是 2007 年到 2012 年间，文学研究所古典文学专家给中央领导同志讲课的部分记录。最初计划十二讲，并有如下说明：

一、《诗经》：这部最古老的诗歌总集，历来被称为中国古典诗歌的重要源头。“诗三百”汇集西周初年到春秋中叶，即公元前 11 世纪到公元前 6 世纪五百多年间，流传于黄河、江汉流域的诗歌。古有“孔子删诗”之说，但《诗经》的编纂、传播，由民间采集到成为礼乐文明的载体，情形异常复杂。《诗经》以赋、比、兴多种手法表达先民的生活、风俗、爱情、战争和祭祀情景，富有艺术成就，对后代文学观念和诗歌发展有着深刻的影响。

二、《楚辞》：《诗》《骚》并举，开创了中国古典诗歌的两大源流。《诗经》大致属于黄河文明，而《楚辞》更具有长江文明的色彩。屈、宋辞赋，既保留了南方的神话想象、语言方式和民间祭祀诗歌体制，又开创了文人创作与民间创作互动的传统，堪与日月争光。美人香草，情思幽渺；爱国情怀，流芳百世。

三、建安风骨与“三曹”父子：以慷慨悲歌、风骨峻拔著称的建安文学，在中国文学史上占有崇高地位。它的出现是个奇迹，因为当时三国鼎立，群雄并驰，然而文学家们却都几乎云集在曹魏政权之下。东吴、西蜀几乎找不出一个足与“三曹”及“建安七子”（王粲、刘桢、陈琳、阮瑀、孔融、应玚、徐幹）相抗衡的作家。作为诗坛领袖，“三曹”（曹操、曹丕、曹植）的风格各不相同。曹操的诗以英雄气魄取胜，曹丕则是以诗人的细腻感受而见长，曹植是才子想象丰富，文采纷呈。曹操诗风“霸气”，曹植辞赋蕴藉，都为中国诗赋历史增彩添色。

四、陶渊明：提起陶渊明，我们很自然地就会想起他的名句“采菊东篱下，悠然见南山”，也很容易想起他的名文《桃花源记》，诗人那飘逸的身影由此浮现在我们眼前。因此，他曾被称为千古隐逸之宗。然而，历史上那些真假隐士并不一定欣赏陶渊明，相反，倒是那些壮怀激烈的仁人志士如苏轼、辛弃疾、龚自珍等却都成了陶渊明的异代知己。通过陶氏与陶诗的命运，可以透视其身上所呈现出的两重矛盾的色彩，即在飘逸静穆的同时，时时流露出金刚目怒的另一面。

五、唐诗：唐朝的诗，已成“一国之艺”。要理解唐诗，也须探讨诗的唐朝、探讨唐代文化高度繁荣的思想文化背景以及诗歌发展的历程。按照传统的看法，唐诗分为初、盛、中、晚四个时期，风格迥异。“宁为百夫长，胜作一书生”所展示的是初唐气象，即开国初年到唐玄宗上台前90年间，大约是7世纪。“欲穷千里目，更上一层楼”则是盛唐气象，即唐玄宗、唐肃宗在位期间的50年间，大约是8世纪，是唐诗的高峰时期。“天意君须会，人间要好诗”则是中唐气象，自安史之乱后的唐代宗到唐文宗的70年间，大约是8世纪末、9世纪初。“夕阳无限好，只是近黄昏”则是晚唐气象，即唐武宗到唐代灭亡的60年间，大约9世纪上半叶。在历史递变中，唐代文坛，名家辈出，诗派纷呈，是中国文学发展史上的黄金时代。

六、李白与杜甫：李、杜在8世纪同时出现，标志着唐代诗坛的极度繁荣。李白的诗反映了盛唐气象，而杜甫的诗则反映了安史之乱后大唐帝国由盛而衰的历史过程。李白身上有西北胡地的气质和长江文明的情怀，而杜甫则是中原文化的产物。两位伟大诗人的作品把这段由盛而衰的历史转折时期的特点充分地展示出来。李白生前名满天下，流誉八方，而杜甫则不为世人所重，默默无闻地度过他59岁年华。李杜并称，是诗人谢世四十余年以后的事。中唐大诗人韩愈说：“李杜文章在，光焰万丈长。”与此同时，元稹又应杜甫后人之请，作《唐故工部员外郎杜君墓系铭并序》，视杜甫为集大成者。晚唐孟棨《本事诗》又称杜诗为“诗史”，也就是说，杜甫的诗歌既反映了唐代历史的发展，同时也反映了他自己生活的历史。李、杜为唐代诗坛的双子星座，是中华民族的旷世珍宝。

七、宋词：在“一代有一代之文学”的历史演化中，宋词代表了宋代文学的主要形式。两宋三百余年间很大一部分知识分子把自己最真实的情感与胸怀寄托在这种文学形式中，创造出中国古典文学一段最辉煌的成绩。从某种程度说，宋词的审美经验大大超过宋文与宋诗，影响了一代又一代中国文学的风情意趣。

八、苏轼：苏轼是中国古代文学家最杰出的代表之一。他的诗、文、词、赋，他的哲学思想与美学理想，深深地影响其后几乎所有的人文知识分子。理解了苏轼，也就走进了中国古代文学家的精神世界。

九、《牡丹亭》与《桃花扇》：明代的《牡丹亭》与清代的《桃花扇》是明清戏曲中最灿烂的两朵奇葩。她们传播出的“情”与“理”的纠结，她们演化出的生命动力，至今仍流淌在中国人文历史的血脉中，不时地激活着现代中国人的艺术情怀，催生着文化遗产的演进更新。

十、《水浒传》与《水浒传》研究：《水浒传》究竟是一部怎样的书，是宣扬“忠义”的书，还是公开“诲盗”的书？是歌颂农民起义，还是鼓吹“招安”，宣扬“投降主义”？这是《水浒传》阅读与《水浒传》研究不能回避的问题。围绕着《水浒传》的作者、版本、成书年代、流传线索等多方面的问题，学术界曾展开过多次论争。而关于《水浒传》主题的认识与判断则最引人注目、最发人深思，引发的纷争也最为尖锐激烈。

十一、《红楼梦》与“红学”：《红楼梦》不仅是中国古典文学形式体制的集大成作品，而且也是中国传统历史文化的百科全书。18世纪以来的中国知识分子，由于阅历经验、知识修养、胸襟怀抱、审美趣味与文化立场的不同，阅读《红楼梦》时便产生了不同的感悟与体认，做出了不同的解读与阐释，这也正是250多年来"红学"异常兴盛的主要原因。近百年来"红学"领域，学术论争，风波激荡，实际上正是中国人文知识分子对既定的历史意识形态和自身的文化生存状态有不同的价值评估的曲折反映。

十二、中国古代的女性文学：同中国古代政治史、思想史、文化史的普遍陈述一样，中国古代的文学史上，女性扮演的角色很不明显，女性文学的相关章节过于单薄。事实当然并不如此。中国女性文学自涂山氏、有娀氏以来至少也有三千余年的历史。而今的中国古代女性文学的讲述与研究主要落实在两条线索上：一条是三千余年来中国女性文学创作队伍的检阅巡礼；一条是中国古代女性文学的表现形态与精神风貌的描述。文学史家通常关注中国古代女性文学选择的体裁与形式，热衷表现的题材与主旨，并由此探寻中国古代女性的文学理念与现代女性的差异，以及这种历史比较中的审美启示。

2007年4月10日开始筹划讲座。18日先由陶文鹏和刘扬忠两位教授主讲，介绍旧体诗的欣赏与创作技巧，开局很好。当时就约定，没有特殊情况，每周三上午讲座。讲座的内容并不完全按照文学史的发现线索，可以根据情况随时调整。我记得徐公持教授讲建安文学，杨义教授讲盛唐诗歌，陈祖美教授讲宋词，王筱芸教授讲柳永和李清照，石昌渝教授讲《水浒传》，刘世德教授讲《三国演义》，邓绍基教授讲《牡丹亭》，胡明教授讲中国古代的女性文学创作。我本人讲《诗经》和《楚辞》，还围绕着“汉音”与“魏响”这样一个主题，讲过“三曹”“七子”，还有陶渊明。

这次讲座，据反馈意见，效果还不错。于是，2008年秋天，又安排了第二阶段的讲座。文学研究所另外准备了二十个专题，即：一、《论语》与《孟子》。二、《老子》与《庄子》。三、楚辞。四、汉赋。五、《史记》。六、乐府诗。七、李白。八、杜甫。九、白居易。十、田园诗。十一、边塞诗。十二、韩愈与柳宗元。十三、李商隐与杜牧。十四、李后主。十五、婉约词。十六、苏东坡与辛弃疾。十七、萨都剌与元代文学。十八、《圆圆曲》与《桃花扇》。十九、梁启超与林琴南。二十、胡适。

计划中的第二阶段文学讲座时间安排在翌年1月。为扩大学术讲座的影响，我们先在文学研究所安排“古典文学名家讲座”，前后举办了14场。在此基础上，2012年又扩大范围，更名为“名家讲座”，首先请学部委员、老专家作主讲人，结合他们的学术研究，讲人生境界，讲学术心得。根据第一阶段的讲座经验，这次还特别制作了若干课件，以增强立体效果。2012年的5月25日，文学研究所又接到任务，由王学泰研究员围绕着郑板桥与扬州八怪作专题演讲。

五年来，在文学所内外，总共安排了30多场讲座，从先秦《诗经》《楚辞》，到近代文学，论题是非常广泛的。这些讲座与一般课堂讲授颇有不同，很多情况下，更像是学术讨论，而这些话题的背后，又常常牵涉到如何理解古典文学的传统价值和当代意义。

我们知道，文学是人类的精神产品，与物质产品一样，是人类社会发展不可或缺的重要组成部分。一个民族，物质上不能贫困，精神上也不能贫困，只有物质和精神都富有，才能成为一个有强大生命力和凝聚力的民族[①]。就我个人经历而言，我曾长期在清华大学讲授中国古典诗歌，每期听众都有数百人。同学们对此课充满热情，给予积极评价。作为教师，我感到欣慰，同时也深切地感受到中国古典文学对于更年轻一代的巨大感召力。若干年前，我们配合教育部门制作了古典诗歌讲授的录像公开出版；近年，还配合中央相关部门组织编写干部人文教育读本，配合出版部门撰写各类普及读物。做这些工作会占去很多研究时间和精力，但我们认为这项工作有意义，值得花费心血投入。

在研读和讲授古典文学作品时，我们时常为之感动，也体会到古典文学传统在我们民族生存与发展过程中的不同寻常的意义。中国文学，是华夏各民族心灵的反映。中国古代文学史上的屈原、李白、杜甫、苏轼、曹雪芹等之所以获得后人的广泛尊重与爱戴，最重要的原因就在于，他们把自己一腔的理想、抱负与

① 江泽民《在中央精神文明建设指导委员会第一次全体会议上的讲话》（1997年5月26日），见《江泽民论有中国特色社会主义（专题摘编）》，中央文献出版社2002年版，第382页。

国家、人民的利益紧密地联系在一起，贴近生活、贴近人民，这就使得他们的人格得到升华与净化，就使得他们的作品真实地反映了各自时代的风貌，反映了人民的理想与追求，反映了时代的苦难与抗争，具有深刻的人民性和现实感。

古典文学的意义，还远不止于此，在凝聚民族精神，推动社会主义文化事业建设方面，也蕴含着强大的精神活力。一个国家、一个民族的发展与振兴，需要综合实力来支撑。所谓综合实力，至少包括看得见摸得着的有形实力，或曰硬实力，如科技、军事、经济等方面；还包括更深层次的精神追求和行为准则的无形实力，或曰软实力。硬实力就如同一个人的骨架，高矮之分，强弱之别，一目了然。但是，生命的意义更在于活的灵魂。没有血液的流淌，没有精神的支撑，就没有生存的价值。作为文化的重要组成部分，中国文学凝聚着这个民族对于世界的认知和对于生命的感受，因此也可以说是我们民族的血脉和灵魂。都说中国是礼乐之邦，文学，是传播礼乐观念的重要载体，在中国人的生活中占据极其重要的位置。贾谊《陈政事疏》说："凡人之智，能见已然，不能见将然。夫礼者禁于将然之前，而法者禁于已然之后。是故法之所用易见，而礼之所为生难知也。"礼隐而法显，礼昭示于前，而法惩戒于后。防患于未然，所以要崇尚伦理教化，更要注重人文修养。法则具有鲜明的实践品格，是确保社会稳定的最后防线。礼与法的关系，是人文科学与社会科学关系的缩影，是综合实力的重要组成部分。

由此我们意识到，在社会主义核心价值观的建构过程中，人文学者也可以且应当肩负起自己应有的职责，充分挖掘中国传统文化中的丰富资源，为当代精神文明建设服务。正是基于这样的认识，我们拟将过去五年的讲稿集中起来，提供给广大的读者。需要说明的是，一些讲座，仅有大纲，即兴发挥，尚未成稿。这里所收录的，还只是部分讲稿。仅此，也可以大致领略到中国文学的精华。

发稿在即，特作如上说明。我们诚挚地期待着广大读者的批评指正。

（《翰苑易知录——中国古代文学演讲集》，中国社会科学院文学研究所编，社会科学文献出版社2013年6月版）

《〈文学遗产〉六十年纪念文汇》序

《文学遗产》已经走过60年风雨历程。她创刊于1954年3月。最初由中国作家协会古典文学部主办，以《光明日报》副刊的形式刊行。1956年2月，中国作家协会古典文学部撤销，《文学遗产》改由当时还隶属于中国科学院的文学研究所主办，陈翔鹤任主编，继续在《光明日报》开辟专栏发表文章。1966年，“文化大革命”开始，被迫停刊。1980年，经多方努力，《文学遗产》以学术杂志形式复刊，为季刊，仍由文学研究所主办，余冠英出任主编，中国社会科学院主管。1985年至1988年间，刊物一度改为双月刊，1989年至1993年间，复为季刊。从1994年开始，改为双月刊，延续至今。

为庆祝创刊六十周年，我们将举办一系列纪念活动。编纂这部文集，就是其中一项工作。这一设想，得到学术界一如既往的支持，共征集文稿60余篇。作者队伍很有代表性，既有创刊初期的编辑、作者，也有20世纪60年代和70年代以后出生的新锐。

文章的编排，以作者年龄为序，五世同堂，让人感慨。

这些文章，多数介绍作者自己的成长历程，或学界前辈与《文学遗产》的关系，也有的文章回顾《文学遗产》组织或者参与的重要学术活动，还有一些专题性论文，宏论迭见，异彩纷呈，代表了历年在本刊发表论文的三千多位作者的心声，从一个侧面展示了建国六十多年来中国古代文学研究的总体成就。正如本书一位作者所说，《文学遗产》这份刊物本身就已成为一份珍贵的文化遗产。

60 年前，《文学遗产》创刊词这样写道："我们中华民族是一个历史悠久的民族。我们的文学遗产，由于很多卓越的前代作家不断地创造和努力，也是极其光辉灿烂的。从《诗经》《楚辞》起，一直到'五四'时代新文学奠定者鲁迅先生的作品为止，差不多每一朝代都有杰出的作家，在不同的文学种类中都有独特的成就。但是这些文学的宝藏，不仅在封建社会里面不可能得到正确的评价，就是到了'五四'以后，它们的价值和意义也还未能获得充分的科学的阐明。因此，用科学的观点来研究我们的文学遗产这一工作，就十分有待于新中国的文学研究工作者们来认真地进行。"所谓"科学的观点"，就是以马克思主义思想方法为指导，坚持"文学必须为人民服务、为社会主义服务"的"二为"方向和"百花齐放、百家争鸣"的"双百"方针，实事求是地评价古代文学遗产，总结和汲取古代文学精华，弘扬民族精神，为繁荣具有中国特色、中国气派的社会主义文化事业服务。这是《文学遗产》创刊60年来一以贯之的基本立场，业已成为中国古典文学研究工作者的共同追求。经过几代学者的艰辛努力，中国古代文学研究已初步建立具有中国特色的理论体系，其核心主张是:关注中国文学与现实生活的密切关系，体察中国文学家强烈的忧国忧民的情怀，满足中国人民对文学的精神需求，发挥中国文学在弘扬民族精神、构建社会主义核心价值体系方面的重要作用。回顾60年来的编辑实践，我们深切感到，推进中国古典文学研究事业的繁荣发展，必须坚决贯彻执行党的正确的方针路线，必须紧密依靠学界同仁的充分的信任支持，必须时刻倾听广大读者的建议性的意见。这是一条最基本也是最重要的办刊经验。

60年来，《文学遗产》坚持学术研究的时代性、科学性、建设性原则，积极组织发表大量具有原创性的学术论文，阐释传统文学经典，辨析不同阶层文化，充分展现中国文学反映出来的不同时期、不同区域的民众生活和精神风貌，深度挖掘中国文学历久弥新的丰富底蕴。同时，我们经常举办各种学术会议，论辩交锋，以文会友。20世纪50年代关于中国古代文学名著的讨论，80年代关于宏观文学史观的探索，90年代关于中国文学研究学科建设与学术史的回顾等，都在学术界产生重要影响。新世纪以来，《文学遗产》更在下列三个方面有所推进：第一是更新研究理念，推陈出新，加强对传统文献学、中国文体学，尤其是对文学经典的研究。第二是拓展时空维度，海纳百川，将华夏各民族文学纳入中华民族文学研究的大视野。第三是强化综合比较，旁罗参证，将物质文化、制度文化、地域文化、媒体文化以及性别文化等不同专业知识和研究方法引进文学研究领域，将古今文学与中外文学联系起来，将文学艺术与相关学科贯通起来。通过这些努力，我们希望有助于重构中国文学史体系，并在文学理论研究方面有所突破，有所建树，为当代文学理论建设和文学创作实践提供丰富的文化资源。

60 年来，《文学遗产》高度重视学术思想的传承，通过“学者研究”等栏目，及时总结前辈学者的治学经验，传播他们的治学理念，金针度人，启迪后学，让学术薪火代代相传。同时，借助通讯员制度，开辟“博士新人谱”等栏目，为青年学者搭建学术平台，展示他们的最新成果。这是《文学遗产》高质量稿件源源不断的制度保障。

60 年来，《文学遗产》努力拓宽学术研究的视野，开辟“海外学术信息”“海外学者访谈”等栏目，沟通中外学术信息，强化中外学术交流，呈现开放的办刊理念。我们认为，中国的学术文化不仅仅属于中国，而是全人类共享的精神财富；中国文学必将得到越来越多国外学者的重视，这是和平崛起的中国必然要引领的一种历史趋势。这是一种文化的自信。这种自信，源于悠久的文化传统，源于改革开放的伟大实践，源于学术界同仁的研究成果。鲁迅先生曾经说过：“将来的光明，必将证明我们不但是文艺上的遗产的保存者，而且也是开拓者和建设者。”（《集外集拾遗·〈引玉集〉后记》，1934 年 1 月 20 日）

古代文学研究工作者的基本任务是研习和传承中国古代文化精华。保护和继承是发展的前提，开拓和建设才是根本。习近平同志在曲阜孔子研究院座谈会上，曾引用毛泽东主席的话说：“清理古代文化的发展过程，剔除其封建性的糟粕，吸收其民主性的精华，是发展民族新文化、提高民族自信心的必要条件；但是决不能无批判地兼收并蓄。”关于如何发展民族新文化，习总书记指出要走中国化的道路。他说：“办好中国的事情，要用符合中国国情的方法。对本土化的东西要很好地总结。”文学研究也必须要在批判性地兼收并蓄的基础上，寻求一条适合中国文学的发展道路，努力实现古代文学研究的现代转化。这是时代向我们提出的要求。为此，《文学遗产》将一如既往，认真总结历史经验，努力开拓研究空间，积极完善学术规范，为建构中国化的文学研究体系贡献绵薄之力。

从 1954 年到 2014 年，又是一个甲午的轮回。历史在发展，现代中国正经历着前所未有的深刻变化。登高望远，中国人民比历史上任何时期都更接近中华民族伟大复兴的目标，比历史上任何时期都更有信心、有能力实现这个目标。在这样的历史背景下，《文学遗产》将在继承传统文化、服务当代社会方面肩负起更大的责任，再创新的辉煌。

（《〈文学遗产〉六十年纪念文汇》，《文学遗产》编辑部编，社会科学文献出版社 2014 年 9 月版）

《〈文学评论〉六十年纪念文选》《〈文学评论〉六十年纪念文汇》序

这几年，文学研究所相继迎来三个“六十年”纪念日，感念之情，油然而生。

2013 年，文学研究所建所六十周年。为此，我们主持编辑五部纪念文集：一是访谈录《甲子春秋——我与文学所六十年》，二是资料集《文学研究所所志》，三是《告别一个时代——樊骏先生纪念文集》，四是演讲集《翰苑易知录》，五是在所庆五十周年纪念集《岁月熔金》基础上形成的新编。在《岁月熔金（二编）》序言中，我试图梳理文学研究所的传统，认为何其芳同志在 1954 年建所之初提出的“谦虚的、刻苦的、实事求是的工作作风”，或许可以视为文学研究所精神的一个基本内涵。谦虚，是就为人而言，低调做人，和谐共事。刻苦，是就做事而言，焚膏继晷，钻研终身。而实事求是，则是做人做事都必须遵循的准则，是这种工作作风的核心所在。正是在这种精神引领下，文学研究所探索出一条独特的发展道路，形成了自己的传统。首先，贯彻执行党的正确路线，发挥国家级科研机构的示范作用，这是文学研究所成立60年最基本的经验，也是最重要的特色。其次，遵循学术规律，整合团队力量，夯实学科基础，这是文学研究所在学术界保持较高学术声誉的根本保障。其三，尊重学术个性，鼓励广大科研人员潜心研究，撰写传世之作。其四，贯彻“双百”方针，坚持“二为”方向，遵循“双创”原则，把编选优秀的古今文学读本作为一项重要的学术工作来做。

2014年,《文学遗产》创刊六十周年。我们又编辑了两部著作:一是《〈文学遗产〉创刊六十年纪念文汇》，二是《〈文学遗产〉六十年纪事初编》。在《纪念文汇》序言中，我着重阐发了《文学遗产》创刊以来在三个方面的重要推进：一是更新研究理念，推陈出新，加强对传统文献学、中国文体学，尤其是对文学经典的研究；二是拓展时空维度，海纳百川，将华夏各民族文学纳入中华文学研究的大视野中；三是强化综合比较研究，旁罗参证，将物质文化、制度文化、地域文化、媒体文化以及性别文化等不同专业知识和研究方法引进文学研究领域，将古今文学与中外文学联系起来，将文学艺术与相关学科贯通起来。

2017年，我们又迎来文学研究所第三个“六十年”，即《文学评论》创刊六十周年。我们一如既往，组织编选三部纪念文集：一是《〈文学评论〉六十年纪念文选》,从已刊发的六千多篇文章中，选录百余篇，按照文艺理论、古代文学、现代文学、当代文学、比较文学五大板块编排，虽不免挂一漏万之讥，但总体上可以从一个侧面展现60年来中国文学研究的风貌；二是《〈文学评论〉六十年纪念文汇》,收录70多位作者的回忆性文章,记录作者与《文学评论》的渊源关系以及与此相关的风云际会故事；三是《〈文学评论〉六十年论文总目、编后记、编委名录》，虽为资料汇编，存而不论，但从中依然可以读出很多有趣的信息。王保生先生的《〈文学评论〉编年史稿（1957—2010）》对这些信息多有解读。为此，我们征得作者同意，这次一并列入纪念文丛，希望为学术界提供经过系统整理的资料。

在组织编辑的过程中，我有机会系统地阅读这些文献，收获良多，感慨也很多。就其荦荦大者而言，我认为，《文学评论》至少有三个重要特色值得关注。

60年来，密切关注现实，把握时代脉搏，体现国家主流意识形态，这是《文学评论》最鲜明的思想品格。《文学评论》的前身是《文学研究》季刊，创刊于1957年。何其芳同志在创刊号《编后记》中强调，《文学研究》“将以较大的篇幅来发表全国的文学研究工作者的长期的专门的研究结果。许多文学历史和文学理论上的重大问题，都不是依靠短促的无准备的谈论就能很好地解决的，需要有一些人进行持久而辛勤的研究，并展开更为认真而时间也较长的讨论。”就像《历史研究》《哲学研究》《经济研究》一样，《文学研究》非常注重专业性和前沿性：一是研究队伍，是专业的“文学研究工作者”；二是研究对象，是“文学历史和文学理论上的重大问题”；三是研究途径，是“持久而辛勤的研究”。

1959 年，随着新中国成立十周年庆典的临近，1958 年《文学研究》第 4 期《编后记》“要求全国的作者从各个方面来总结我国这伟大的 10 年来社会主义文学的经验”。为体现出文学研究的现实性、战斗性，翌年将此刊更名为《文学评论》，用大部分篇幅刊载对当代作家作品与文学现象的评论文章。即便是古代文学研究，重点讨论的也是如何继承与发展以及古为今用等亟待回答的重要现实问题。

1978 年，《文学评论》复刊，依然坚持面向当代的办刊方针。在《致读者》中明确提出：“《文学评论》当前时期的首要工作，就是要从理论上、从总结社会主义文艺的成就和经验上，深入批判‘四人帮’在文艺方面所制造的种种谬论，特别是‘文艺黑线专政’论。”改革开放初期，《文学评论》积极参与拨乱反正工作，参与“实践是检验真理的唯一标准”的大讨论，总结新中国成立 30 年文艺运动的经验教训。积极组织召开座谈会，讨论刘心武短篇小说《班主任》，并刊登系列评论文章，为“伤痕文学”“反思文学”和“改革文学”等鸣锣开道，专辟“新书新作评价”“中篇小说笔谈”“关于当前文艺思潮的笔谈”等栏目。此后，又专辟“新时期文学十年研究”“新时期 30 年中国文学研究”“台港及海外学人园地”“世界华文文学”等栏目，拓展研究空间。还围绕着“两个崛起”“朦胧诗”“先锋小说”“新历史小说”“新写实小说”“女性写作”“网络文学”“莫言研究”等话题，组织专题文章，展开深入讨论，推进当代文学研究，总结中国文学经验。

60 年来，围绕重大的理论问题与现实问题，开展积极的思想交锋，始终走在学术的前沿，这是《文学评论》最重要的学术特色。1957 年在创刊号的《编后记》中写道："我们深信，我们的学术水平，我们这个刊物的质量，都只有在'百家争鸣'的方针下广泛发表各类意见和自由竞赛，然后有可能逐渐提高。在任何学术部门，一家独鸣都是只会带来思想停滞和思想僵化的。"创刊之初，《文学评论》结合文学发展的实际，围绕着现实主义与浪漫主义、典型性格与典型人物、历史剧创作与理论、政治标准与艺术标准以及诗歌格律等基本理论问题展开讨论。

1961 年，《文学评论》第 3 期刊发严家炎《谈〈创业史〉中梁三老汉的形象》引发了广泛的讨论，把关注的重点全面引向当代文学创作领域。这场讨论，不仅仅限于研究者之间，创作者也参与其中，发表了针锋相对的意见。①2005 年，刘纳发表《写得怎样：关于作品的文学评价——重读〈创业史〉并以其为例》（《文学评论》2005 年第 4 期），又引发新一轮争论。可惜《创业史》的作者早已离世，不能亲自作答。在纪念柳青诞辰一百周年学术研讨会以及最近召开的"新语境、新方法、新视野下的柳青研究"

① 柳青说："他的文章离开了事实，夸大书中的缺点，又要做出很切实际、全面的样子，想说服别人就有困难。"见刘可风《柳青传》，人民文学出版社2016年版。

国际学术研讨会上，[1] 这个话题一直是学者讨论的核心议题之一。可见，这场持续半个多世纪的讨论，其意义已远远超出《创业史》本身，实际上牵涉到创作者与研究者、文学理论与文学实践的关系问题。柳青坚持认为，文学理论研究、美学研究，必须结合艺术创作实践才会有说服力，否则只是纸上谈兵，并无实际意义。此后，由批判“人性论”“人道主义”等话题逐渐引申到文学上的共鸣现象、山水诗和自然美的问题；又由历史剧创作引发关于历史与历史剧的论争。这些话题，时至今日依然有值得讨论的空间。

1978 年，《文学评论》复刊第 1 期刊发毛主席给陈毅同志谈诗的一封信，同一期，还刊发王朝闻的《艺术创作有特殊规律》，引发学术界关于艺术规律、形象思维问题的大讨论。[2]《文学评论》持续关注，相继刊发陈涌《马克思、恩格斯的美学和历史的批评》（《文学评论》1983 年第 1 期）、李衍柱《美的规律与典型化原则》（《文学评论》1991 年第 5 期）等论文，就这些问题展开深入探索。他们提出的一些论点，今天看来也许已不新鲜，但在当时特定背景下，确有振聋发聩的意义。

20 世纪 80 年代以来，随着西方思潮的涌入，社会—历史批评、

① 参见《柳青诞辰100周年全国学术研讨会论文集》，陕西人民出版社2017年版。2017年6月，文学研究所与陕西省作协、榆林学院联合举办"新语境、新方法、新视野下的柳青研究"国际学术研讨会。

② 外国文学研究所编《外国理论家、作家论形象思维》，中国社会科学出版社1979年版。

精神分析批评、结构主义批评、比较文学批评、文体形式批评、印象批评、文化研究等新的研究方法纷至沓来，众声喧哗，一时间被推为显学。《文学评论》为此专辟“外国文艺理论评介”“发展马克思主义文艺理论笔谈”“当代中国文艺理论新建设”等专栏，积极开展学术论争。早在1962年，钱锺书就在《文学评论》上发表《论通感》（1962年第1期）一文，较早运用心理学方法，比较亚里斯多德的《心灵论》与中国的《乐论》，比较唐宋诗词与西方古典诗歌中的通感现象。他指出，把事物的无声的姿态描摹成好像有声音，表示他们在视觉里仿佛获得了听觉的感受，用现代心理学或语言学的术语来说，就是“通感”或“感觉移借”。这些观点，成为后来文艺心理学研究的理论先声。郑敏《解构思维与文化传统》（《文学评论》1997年第2期）比较系统地论述了法国哲学家德里达的解构理论，认为解构主义强调歧异的存在是多元的必然，也是事物发展的动力，在差异的运动中，由于变是不可停止的，矛盾成为互补而非绝对对抗。这种理论有其合理性的内涵，可以藉此批判西方中心主义，并引发女权主义思潮，有助于后殖民主义对文化侵略的批判，也有助于后现代主义艺术观对无序、无整体宇宙观的形成和表达。林兴宅《论系统科学方法论在文艺研究中的运用》（《文学评论》1986年第1期）较早地从方法论角度论述我国文艺研究、文艺批评的变革过程，认为系统科学方法论的核心在于有机整体观念。强调整体性观念，这在今天看来可能已是常识，而在当时，他运用系统科学方法论讨论文学问题，让人感觉耳目一新。

听觉文化与视觉文化的比较研究也备受瞩目。早在20世纪80年代，美国学者鲁道夫·阿恩海姆《艺术与视知觉》就被介绍到中国，重点分析视觉艺术心理学问题。傅修延《为什么麦克卢汉说中国人是“听觉人”》（《文学评论》2016年第1期）进一步指出，以拼音文字为主体的西方文化，对于“图像”非常重视，甚至成为视觉文化的核心概念。相比较而言，以形声文字为主体的中国文化传统，对于听觉形象更加关注。看字听声，“闻声知情”，这是中国文化的特点。明清小说中存在着的“草蛇灰线”的艺术手法，强调艺术结构要有“连”有“断”。这与西方艺术更专注于一以贯之的“连”有所不同。陈平原《有声的中国——演说与近现代中国文章变革》（《文学评论》2007年第3期）从近现代的“演说”入手，着重讨论“演说”在新文化运动中的作用，别开生面。[①]

近代以来，随着自然科学的高度发达，后工业化的西方社会，出现了种种畸形和矛盾，打破了上帝创世的神话，打破了理性万能的说法。当人们有意识地发现丑，表现丑，把丑当作美的时候，荒诞便代替了崇高，非理性也就成为一时的审美思潮。蒋孔阳《说丑》（《文学评论》1990年第6期）一文指出，作为美的对立面，

① 平田昌司《“看”的文学革命·“听”的文学革命——1920年中国的听众与“国语”实验》也有异曲同工之妙。作者把1917年《新青年》刊发《文学改良刍议》视为开启“看”的文学革命。随后，现代戏剧、广播、有声电影等声音媒介迅速涌现，“听”的文学革命就开始了。该文刊于《文化制度和汉语史》，北京大学出版社2016年版。

丑，自有其积极意义。问题不在于写什么，而是站在什么立场来写，要表达什么样的审美追求。美与丑，滑稽与崇高，这些曾经的老话题，在审美追求日益多元化的今天，依然有重新思考的必要。

文学创作、文学理论的本土化，中国古代文论的现代化，也是持续不断的讨论话题。黄浩的《文学失语症》（《文学评论》1990年第2期）认为新小说患上了“运动性失语”，“通俗一点讲，就是：新小说说话困难”。由此延伸，古代文论也面临着现代转化的难题。季羡林《门外中外文论絮语》（《文学评论》1996年第6期）强调我们应当秉承“不薄西方爱东方”的态度，“让这两种话语并驾齐驱，共同发展”。为此，《文学评论》编辑部在1997年第1期特设专栏，精心择选四篇论文与一篇报道，引导“中国古代文论的现代转换”“重建中国文论话语”的学术讨论。

世纪之交，文化研究理论与实践问题逐渐引起学界的格外关注。面对新世纪以来中国文论转型过程中呈现出来的重大理论问题，文学研究所适时承担院重大课题“新世纪全球化格局与中国人文建设”项目，系统回应急剧变化中的中国社会文化现实问题。[①]同时，又组织专家按照类别编选“新世纪文论读本”，选录近十年来重要的理论文章。[②]《文学评论》也积极跟进，组织“20世纪文学回顾”“文学史史学笔谈”“中国当代文学史写作笔谈”“关于中国古代文论的现代转化的讨论”“全球化趋势中的文学与

① 这套丛书已由山东教育出版社于2009年出版。

② 这套丛书已由中国社会科学出版社于2011年出版。

人”“社会文化转型与文艺美学研究”“中国传统文学与经济生活”“关于文学理论边界的讨论”等栏目，重新审视传统文学思想的价值和20世纪中国文学研究的成就与不足，回答人们关切的问题。从这些学术活动中可以看出，文学研究所的科研人员既要坚持“文以载道”悠久传统，又不能放弃研究者应有的文学立场和人文情怀。钱中文就坚持认为，过度强调文化研究的价值其实是泛化了“文学性”，取缔了文学自主研究和独立的学科价值，一味的关注文学外部研究，最终将导致文学的消亡。站在今天的立场看，这场论争还刚刚开始，今天学术界热衷讨论的生态美学、比较文化等论题，已向传统文艺学、当代文学批评等领域延伸，影响不可小觑。

60年来，《文学评论》不拘一格扶持青年学人，确保优秀稿件源源不断，这是《文学评论》最根本的制度保障。从《〈文学评论〉六十年纪念文汇》所收文章可以看出，很多青年学者的处女作，就发表在《文学评论》上。我对本书七十多位作者略作统计：20世纪30年代出生的有8人，40年代和60年代出生的各占15人。50年代出生的居多，有30人。70年代出生的5人。这五代人，是目前《文学评论》的主要作者。30年代出生的作者多为新中国成立前期培养起来的，四五十年代出生的作者，多为改革开放初期的研究生，或者是七七、七八、七九所谓新三届大学生。而今，这些作者大多年过耳顺，陆陆续续退居二线。在纪念文章作者队伍中，70后虽然仅占很小比例，但他们正奋战在科研一线，已经成为《文学评论》的最重要的作者群体，代表着中国文学研究界的未来。当然，随着学术环境的变化，很多刊物都面临着潜伏的危机。《文学评论》能否承担起名刊的责任，能否不断激发思想的活跃，能否持续推动学术的进步，都是我们面临的新问题、新挑战。我们期待着年轻一代的学者给予更多的支持。

在历史的长河中，60 年只是短暂的瞬间，可能无足轻重，而在共和国的学术发展史上，文学所的 60 年，《文学遗产》《文学评论》的 60 年却在其中占据着独特位置，扮演了重要角色。我们在感念前辈学者艰辛创业的同时，更感到肩上责任的重大。我们一定不忘初心，在广大作者和读者的鼓励下，勇于面对现实，积极迎接挑战，在新的世纪，再创辉煌。

（《〈文学评论〉六十年纪念文选》《〈文学评论〉六十年纪念文汇》，中国社会科学院文学研究所编，社会科学文献出版社 2017 年 9 月版）

《走上丝绸之路的中国文学》序

丝绸之路在新疆按其路线分为南、中、北三道，而史学界又因其上下跨越两千多年的历史，所以按历史划分为先秦、汉唐、宋元、明清四个时期；同时，丝绸之路又涉及陆路和海路，所以按线路分又有陆上丝绸之路与海上丝绸之路之别。陆上丝绸之路因地理走向不一，又分为北方丝绸之路与南方丝绸之路。本书所收论文，涉及的范围很宽，覆盖了以上丝绸之路概念的全部内涵。这里谨就有关问题，略为点评，期收导读之效。

一

开通丝绸之路，既是顺势而为，也是迫不得已。战国时期，诸侯列国纷纷修筑长城以抵御外敌。秦始皇统一中国过程中，曾使蒙恬派二十多万人将这些城墙连接起来，西起临洮，东至辽东，绵延万余里。虽然短暂地延缓了外侵压力，但是并未根除隐患。

到秦二世元年（前 209），匈奴冒顿夺得单于位，控弦之士三十余万，东灭东胡，西击月氏，南并楼兰，统领西域三十六国，并不断地侵扰中原。汉高祖七年（前 200），刘邦将兵追击韩王信，至平城，结果被匈奴包围。幸亏陈平设计，刘邦狼狈逃出。面对匈奴如此强大之势，刘邦无可奈何地接受了娄敬的建议，确定了汉与匈奴的和亲政策，基本内容是“约结和亲，赂遗单于，冀以救安边境”。高帝八年、惠帝三年、文帝前六年、景帝前五年，四次以宗室女为公主嫁给单于。这毕竟是城下之盟，颇多屈辱。但是没有别的选择，刚刚建立起来的西汉王朝还没有能力与匈奴一决雌雄。不仅如此，修筑长城，并不能根本解决边患问题，反而给人民带来沉重负担。晋人杨泉《物理论》记载的长城之歌流传至今：“生男慎勿举，生女哺用餔。不见长城下，尸骸相支拄。”依靠长城作被动的防御，屈辱和亲作无奈的让步，这终究不是长久之计。任何一个强大的王朝，要想保持中原枢纽的优势，就必须控制四周局势。河西走廊集战略、贸易、文化为一体，直接关系国运的兴衰。汉武帝即位第三年，就派遣张骞出使西域，并用了二十多年的时间，建立河西四郡，打通西域通道，斩断匈奴臂膀。匈奴从此失去焉支山和祁连山这两个天然屏障，被迫远遁。借用贾谊《过秦论》的话说：“却匈奴七百余里，胡人不敢南下而牧马，士不敢弯弓而报怨。”《史记·匈奴列传》之《正义》《索隐》都引到《西河旧事》所记载的一首匈奴悲歌：“亡我祁连山，使我六畜不蕃息。失我焉支山，使我妇女无颜色。”这“无颜色”

三字比较含蓄，清人黄仲则《拟饮马长城窟》则驰骋想象，说是“绝漠愁胡眼流血”。确实，河西四郡的建立，从根本上改变了汉帝国被动防御的局面，为其日后繁荣发展奠定了稳固的基础。本书第一篇《河西四郡的建置与西北文学的繁荣》即以此为背景展开论述。

此后两千多年，潮涨潮落，其间虽有被迫闭关锁国的经历，但从总的发展趋势看，中国一直在积极拓展自己的影响力，甚至曾经在相当长一段时间里，引领着世界发展的潮流。

东汉前期，受命出征西域的戊己校尉耿恭，得到当地土著“车师后部”民众支持，自汉明帝永平十八年（75）至汉章帝建初元年（76），历时九个月，舍生忘死，守卫疏勒城，使匈奴切断丝绸古道的企图成为泡影。《走上丝绸之路的中国文学》的作者敏锐地注意到，《昭明文选》中所收潘岳《关中诗》“重违克解，危城载色”句下，有李善注引班固的《耿恭守疏勒城赋》，虽然仅存一句，却是耿恭守护疏勒城的文学记录，与上述两首歌谣一样，成为中国文学与丝绸之路发生不解之缘的历史见证。

车师国这个名称始见于《史记·大宛列传》，其立国或在秦汉之前。汉代车师国在今新疆吐鲁番西北，扼西域门户，控丝路要道，土地饶美，形势险要，为汉与匈奴必争之地。汉武帝凿空西域，车师为重要军事要地。作为首任西域都护使的郑吉，多次出兵交河城，力图控制这块战略要地。所以《汉书·郑吉传》说，控制西域，“始自张骞，而成于郑吉”。陈君《汉代车师国史表》

是一部资料考订著作，始于前汉武帝元封三年（前108），止于后汉献帝初平二年（191），首尾共300年，用具体生动的材料，诠释了这块战略要地的历史纷争。

外来文化的进入，极大地激活了传统文化的生命力，道家思想以及道教也获得新的生机。在丝绸之路要地敦煌，保存了大量道经残卷。20世纪30年代，著名学者姜亮夫先生在法国抄录残卷，并作了初步的整理研究。郜同麟《敦煌道经残卷拾遗》一文，在姜先生等前辈学者研究基础上，对新发现的三十余种敦煌道经写卷逐一考释，昭示出这样一个值得关注的史实：两汉之际、汉魏转折时期以及隋唐时代，以河西走廊为中心的西部地区云集了大批文人学者，保存了多元的文化信息，因而，这里也就成为当时中国文化版图上最具特色的区域之一，并为魏晋南北朝乃至隋唐时期的文化发展，提供了一个重要的文化资源。文章朴实无华，而引发的问题却值得深思。

通往欧亚大陆，除传统的西域丝绸之路外，还有一条广阔的草原丝绸之路。《穆天子传》说，周穆王从今天的长安出发，经由河套地区，西行至昆仑山，到西王母国。这些记载可能含有文学想象的成分，但从蒙古草原地带通往欧亚大陆的交流活动确实是很早就已开始，应当是古代丝绸之路重要组成部分。从历史文献记载看，这条线路大体从中原地区向北，越过古阴山（今大青山）、燕山一带的长城沿线，穿越蒙古高原、南俄草原、中西亚北部，直达地中海北陆的欧洲地区。在这广袤的大地上，各种文化交流活动异常活跃,《昭明文选》卷四十所收繁钦《与魏文帝笺》就展现了边地音乐的独特魅力。范子烨《呼麦与胡笳：建安文学中的草原音乐书写》一文，追踪蹑迹，章分句析，将诗歌、音乐、舞蹈融汇一体，为我们带来草原丝绸之路上的无限风情。

汉魏以后，匈奴逐渐衰落，分裂为南北二部，一部分西迁远遁，一部分南下归汉。此后，由大兴安岭发迹的鲜卑族南下，一度统一北方大部分地区。此外，突厥人、契丹人、金人、蒙古人等先后控制北方，中原地区与边疆地区的联系更加密切。特别是唐代，边塞已经作为一个重要符号，成为诗人竞相吟咏的对象，成为有志之士建功立业的地方。李桃《〈历代西域诗钞〉中的皇甫冉和戴叔伦》以丰富的史料告诉我们，即便是那些从未到过边疆的诗人，也多写边塞诗，描绘想象中的边塞风情。晚唐五代以后，北方少数民族日渐强大，逐渐挺进中原，相继建立了辽、金、元等三个非汉族统治的政权。郑永晓《辽金元帝王与贵族的汉语言诗词创作及在思想史上的意义》一文，通过大量材料强调说明，在中国历史进程中，辽、金、元三代是北方少数民族与中原汉民族交互影响与文化融合的重要时期。民族、地域、宗教、政治等多种因素与文化交织在一处，对中国诗歌发展产生新的影响。陈才智《元代西域诗人对白居易的受容》以白居易为例，段海蓉《元代西域文人学习中国传统文化途径探析》以乃贤、金哈剌为例，具体而微地论证了元代文学如何汲取前代诗人的旧营养，走出自己雄浑独特的新轨迹。

乌日古木勒《卫拉特蒙古〈青蛙儿子〉故事研究》则为我们展现另外一幅图景。如果说前此所述皆为历史线索，这篇文章则以卫拉特蒙古地区广泛流传的青蛙儿子故事为中心，论述了蒙古史诗和英雄故事中的古老母题，给这一世界性民间故事类型增加很多新的因素，丰富了其中的文化内涵。

二

两千多年前，广西合浦县是百越重要分支骆越人聚居之地，也是当时海上贸易的重要港口，素有“南珠故郡，海角名区”之称。秦始皇三十三年（前214）统一百越，设置南海、桂林、象郡，合浦是象郡辖地。秦末汉初，赵佗占据南海、桂林、象郡三郡称王，号称南越国。汉武帝元鼎五年（前112）四月，南越宰相吕嘉造反，杀死汉朝使者。同年秋，汉武帝派遣伏波将军路博德、楼船将军杨仆等人讨伐南越。元鼎六年十月灭南越，设立九郡。在南海、象郡交接的地方设置合浦郡，管辖徐闻、合浦、高凉、临允、朱卢五县，归交趾刺史部，郡治所在地就在合浦。因此，合浦成为中原腹地与东南亚、南亚诸国交往贸易的远洋航线，海上丝绸之路的最早始发港之一，当为我国南部边疆较早的繁华都会。继合浦港之后，广州港从公元3世纪就成为海上丝绸之路的主要港口，至今长盛不衰。宋元时期，福建泉州刺桐港又异军突起，成为东方第一大港。这里，至今依然保存大量的文化遗存，如佛教的开元寺，伊斯兰教的清净寺、三贤四贤墓，摩尼教的草庵摩尼光佛造像等，泉州也由此有了“世界宗教博物馆”之称。

海上丝绸之路的开通，将中国与东南亚乃至欧洲大陆连接起来，中西文化交流从此开启新的局面。在合浦已经发掘的陈袤墓中，出土大量珍贵的琉璃、琥珀、玛瑙、水晶、绿松石等装饰品，还有印度、希腊风格的黄金饰品，完全可与大致同时期意大利庞贝古城遗址的出土文物相媲美。出土的琥珀，有相当一部分产于欧洲的大秦国（即罗马帝国），可以说是东西通商史上的重要见证。合浦本地不出产玛瑙，但汉墓出土了很多玛瑙器皿，种类繁多。这些经合浦进口的精美的装饰品，很快就流传到内地。魏文帝曹丕有《马瑙勒赋》称其“出自西域”，美轮美奂，他赞不绝口。王敏庆《并出似分身，相看如照镜——南朝新风、宫体诗与梁武帝广交南海》一文，以南北朝时期的广交南海作为讨论的背景，论述南朝由大画家张僧繇所创立的一种有别于前代的、被画史称为“疏体”的绘画新风。如果这种风气仅仅限于绘画，可能不会引起我们的特别关注。问题是，《玉台新咏》也收录大量所谓宫体诗，颇为直观地反映出张僧繇所开一代新风的绘画特色。30年前，我在从事南朝文学研究时注意到，南齐永明年间，沈约、谢朓、王融等人的诗歌创作偶尔涉及到类似于宫体诗的题材，但还没有形成风气，造成影响。齐梁之际，年已六十开外的沈约却开始广泛涉猎这个题材。依据常情，似不合逻辑。因此，我们不能简单地从沈约个人身上寻找原因。再说萧纲，他在《诫当阳公大心书》中明确说“立身先须谨重，文章且须放荡”，也是把做人和写诗分别开来。从齐梁嬗代到萧纲继立为皇太子，前后不过30年；就在这30年间，众多文人似乎殊途同归地对这一题材抱有浓郁兴趣，这显然不是哪一个人的倡导就可以奏效的，一定是有某种外在的影响，推动了这一思潮的形成。这种外在的影响，就是当时中外文化的交流。梁武帝从印度、南海诸国积极引进佛教艺术，随之而来的还有印度及东南亚的世俗文化。梁朝广交南海，不仅促成了南朝艺术新风的出现，也对宫体诗产生了一定的影响。《南朝新风、宫体诗与梁武帝广交南海》一文指出，梁武帝通南海的路线，也正是今日所说的海上丝绸之路。

对此，我深表赞同，还可以补充若干资料。根据传统的看法，僧侣本来不准观看一切娱乐性的节目。《四分律》卷三十四就明确记载佛教戒律，其中之一就是“不得歌舞倡伎及往观听”。隋代智颉《童蒙止观》也说，凡欲坐禅修习，必须诃责五欲，即色、声、香、味、触。声欲排在第二，“所谓箜篌、筝、笛、丝竹、金石音乐之声及男女歌咏赞诵等声”，均谓之声欲。《摩诃僧祇律》《十诵律》等都有相近内容。在佛教看来，声欲足以使人心醉狂乱。但是，我们对这些戒律也不能过分绝对化。佛教传入中国以后，为了让更多的人理解教义、接近教义，往往利用变文、宝卷等民间说唱手段以及雕塑绘画等艺术吸引大众。英国学者约翰·马歇尔的名著《犍陀罗佛教艺术》有几组彩女睡眠浮雕，雕出的女像体态匀称丰满，薄薄的紧身外衣能很好地透出她们苗条的身段，极富韵味。这种描写女性睡眠的艺术，我们在《玉台新咏》中经常看到。需要说明的是，梁武帝时期，犍陀罗艺术已经衰落，梁武帝直接接触到的是继犍陀罗艺术之后属于印度本土的笈多艺术范式。但笈多艺术与犍陀罗关系密切，可以说没有犍陀罗艺术就没有笈多艺术。由此可以推断，印度传来的佛教文化与梁代中期盛行的宫体诗创作，应当有着某种内在联系。

15 世纪前后，海上丝绸之路被卷入新的世界贸易体系与国际海洋网络中，欧洲的商人、传教士不断来到东方，中国文化、伊斯兰文化与欧洲文化的碰撞成就了海上丝绸之路的新篇章。明代永乐年间，郑和七下西洋，从太仓出发，率领两百多艘海船、两万多人远航西太平洋和印度洋，造访爪哇、苏门答腊、古里、暹罗、阿丹、左法尔等三十多个国家，最远甚至到达波斯湾、红海和非洲东部地区，前所未有地拓展了海上丝路。当时，很多文人学者，围绕这一重大事件，创作了很多诗歌。郭万金《明代丝路的诗歌观照》围绕这样一个主题，梳理资料，展开论述，再现江山一统、四海咸宾的天朝气象。

清代旅居噶喇吧（即今印度尼西亚首都雅加达，亦被称为吧城）多年的福建漳州华侨程日炌和王大海分别著有《噶喇吧纪略》与《海岛逸志》，记述了乾隆年间噶喇吧及其周边地区的自然风貌、日常习俗、社会结构、种族关系以及华侨社会生活和殖民统治状况等。李晨《早期华侨文学中的东南亚地区殖民地状况》一文，通过这两部华侨海外见闻录，得出三点非常重要的论断：第一，东南亚地区无论在政治、经济，还是文化方面，都与古代中国有着非常紧密的联系。第二，随着明清海禁政策的影响，海上丝绸之路逐渐衰歇，中国的海外贸易急剧萎缩，对东南亚地区的掌控力也日益丧失。第三，闭关锁国的结果，就是国民视野的狭隘，综合国力的衰微。

近代以来，很多有识之士已经注意到海洋战略的重要性。魏源著《海国图志》，极力改变传统的以西北大陆为重心的关注倾向，呼吁人们重视南洋在军事、商业、政治和文化上的重要地位。张重岗《南洋之为枢纽：亚洲想象与区域文化网络的重建》即由此入手，针对西方和日本有关南洋论述，反思历史，梳理近代以来中国关于南洋和东南亚问题的历史思考。

三

如前所述，长城的修建与丝绸之路的开通，安危相易，攻守异势。这一历史的经验告诉我们，中国的发展，与其被动防御，不如积极拓展。从张骞出使西域、玄奘西行，到鉴真东渡、郑和下西洋，中华文化确实有这样一种海纳百川、有容乃大的大国气度。2013 年，中国国家主席习近平提出共建“丝绸之路经济带”和“21 世纪海上丝绸之路”的重大倡议，唤醒了世界各国对古代丝绸之路辉煌历史的丰富记忆，从历史的高度展示了中华民族从汉唐盛世走向伟大复兴的光明前景。孙少华《“一带一路”：研究“中华文学”的新契机》指出，这一战略构想为我们从更广阔的范围审视中华文化在边疆地区、周边各国互相传播交流的脉络，提供了前所未有的大视野，意义非凡。本书最后一组文章，尽管立场不同，出发点不同，但所论多与边疆有关。中国的丝绸之路，最初就是从长安出发，经过河西走廊，进入新疆，走向欧亚大陆。新疆，是古丝绸之路的核心地带。我们都曾有过这样的体验，只有亲历新疆，才能真正体会中国之大，真正理解中国文化的丰富性。古往今来，很多探险家、政治家、文人学者，都曾有过到访新疆的经历，在他们的人生轨迹中留下重要烙印。

清嘉庆四年（1799）八月，洪亮吉上书言事，惹怒嘉庆帝，被发配到新疆伊犁，翌年二月抵达贬所。居住不到 100 天，又收到赦书。五月启程，九月回到阳湖家中。可见当年由京城到新疆，慢则半年，快也得三四个月。这样长的旅途劳顿，写诗可能是较好的排遣乡愁的方式。刘京臣《振笔欲增西域记》即以洪亮吉《万里荷戈集》为中心，依托 GIS 技术，在数字地图上进行标注，力求还原历史场景。后来的林则徐有《荷戈纪程》，其实也可以用这项技术加以还原，更加形象具体。

1906 年（日本明治三十九年）7 月，日野强（1866—1920）接到日军参谋本部下达的到新疆搜集情报的密令，开始了一年零十四天的新疆考察之旅。探险结束一年半之后的 1909 年 5 月，博文馆出版发行他的《伊犁纪行》，上卷按照行程逐日记录旅途中的见闻、感受，下卷为“地志之部”，是分类记述沿途各地的自然、社会、民族、宗教、教育、行政等状况。董炳月《日野强〈伊犁纪行〉中的汉诗》主要讨论该书的文学创作特色。作者另有《两种〈西域旅行日记〉的知识谱系》，以渡边哲信和堀贤雄两人日记为线索，探讨1902年（日本明治三十五年），以日本大谷光瑞（1876—1948）为主的新疆探险之旅，文化碰撞、异民族交流等问题。可惜限于篇幅，这篇长文未能收录。

民国初年，奉中央政府之命前往新疆视察的官员，多有新疆行记之类的著作。署名单骑的《新疆旅行记》不能说最早，至少是较早的一部。郭道平《民国时期的首部新疆行记》特别指出，单骑留心矿产资源，重视交通建设，建议徙民边疆，呼吁官方有所作为。所有这一切，都是笼罩在明确的"中国"意识之下，偶尔也会流露出晚清难得一见的国家自豪感。

中国古代文学史上，描写丝绸之路的作品异彩纷呈，然而在传统的水墨画里，却难以看到西北风情。当代著名画家张仃晚年创作的《巨木赞》和《昆仑颂》填补了艺术史的空白。1981年秋，张仃赴新疆采风，千年不死、千年不倒、千年不朽的胡杨给他留下极为深刻的印记，于是创作了焦墨巨幅《巨木赞》。如果说《巨木赞》是据实写生，《昆仑颂》则是情感的凝聚。作者将天山与昆仑山合而为一，凸显出昆仑山在中华民族文化史上所享有的"万山之祖"的崇高地位，遂成登峰造极之作。李兆忠《从〈巨木赞〉到〈昆仑颂〉》一文对此作了有意义的探索。

当代作家张曼菱生在风景秀丽的云南，当她跨入新疆土地时，竟有一种跨文化的体验，极大地影响了她的文学观和写作方向。田泥《激情的样式》指出，张曼菱的新疆行，不仅仅是单纯的个人行为，也是作家介入社会现实的一种有效方式，更是一种释放生命激情的样式。

在当代内地学者中，恐怕没有人能像杨镰先生那样对新疆如此留恋。他作为知青在伊吾军马场度过青春时代，离开新疆后又近百次赴新疆作实地调查与研究。本书最后两篇评述杨镰先生的学术贡献和《全元诗》的学术价值，对他的业绩表而彰之。正如本书编后记所说，这本论文集与杨镰先生密切相关。可惜，他未及见到本书编成就意外离去，迄今整整一年。行文至此，益添宿草之叹。好在学术长存，本书借杨镰先生论文题目作为书名，既是切题，也藉此略表纪念之意。

（《走上丝绸之路的中国文学》，中国社会科学院文学研究所编，社会科学文献出版社 2017 年 7 月版）

《文学研究与海外视野——文学研究所对外学术交流论文集》序

2009年底，我们编选了一部《走向世界的中国文学研究》，总结新世纪以来文学研究所对外学术交流的成就。我在“编者的话”中特别强调说：新世纪十年，文学研究所科研人员的出访交流更突出了“以我为主”的意识。在来访学者逐年增加的情况下，我们的出访交流更具有针对性、选择性和主动性，合作研究领域更广泛，关系更为平等。有些学者还在国际学术机构任职，在世界范围内文学研究的学术舞台上发出了更多的中国声音。

近十年来，国内外形势都发生了很大变化，文学研究所对外学术交流活动日益呈现出整体性、系统性特点，组织了很多大型学术活动。譬如，此前已经举办五十多场的“亚洲文化论坛”，近年改为“亚洲文学文化研究”，把科研重点放在国际视野下的中国现代革命与中国文学的关系上来，回到历史现场，重读红色经典，将有系列成果出版；文学研究所还积极参与院级“青年汉学家研修班”“中韩人文交流论坛”“中韩人文交流政策论坛”、中国社会科学论坛等活动，在对外学术交流方面发挥重要作用。2008年我院与荷兰教科部签署的双方科学合作交流谅解备忘录，确立双方开展联合科学专题研究项目（JSTP），并于2009年开始实施。2011年，文学研究所首次承办以英语为会议语言的国际学术会议“中荷文化交流：文学、美学与历史”论坛（Forum of Cultural Exchange between China and the Netherlands: Literature, Aesthetics and History）；2012年，参与组织策划“美学与艺术：传统与当代”国际学术研讨会。2016年，中国社会科学院与澳大利亚人文科学院主办、文学研究所承办“文学与文化：传统与现代”学术研讨会；等等，都取得丰硕成果。近年，我们还与日本大东文化大学、佛教大学先后签署战略合作协议，主办“东西方文化交流时代的中日文学、历史与思想”（2013）、“全球化时代的人文学科诸项研究——当代中日、东西交流的启发》”（2017）等会议。2017年5月，中俄两国领导人共同决定将2016年和2017年确定为中俄媒体交流年，在政治上互为信任，在文化上对话沟通。为此，文学研究所与鲁迅文化基金会共同举办中俄文学对话会，推荐两国名著，2018年还将继续举办中法文学对话会。

回顾过去十年对外学术交流活动，有一些新的特点值得关注，譬如学术交流主体日益年轻化，彰显学术创新特色，保持与国际学术发展同步态势。这应当是最重要的变化。综合研究方兴未艾，传统意义上的学科划分面临着巨大挑战。分久必合，合久必分，这句老话也可以移用于现代学科建设方面。学界同仁普遍认识到，研究文学，必须走出文学；要想更好地理解中国文学，必须站在世界文化格局下才能看得更清楚。所谓工夫在诗外，讲的就是这个道理。

近年来，我们编选了若干专集，收录双边乃至多边合作研究成果。而个人的来访、出访的研究成果，尚付阙如。这部论文集的编选，对此有所弥补。社会科学文献出版社与文学研究所一直保持着良好的合作关系，文学研究所创办60年，《文学遗产》《文学评论》创刊60年等系列纪念文丛，就由该社出版，责任编辑张倩郢为此付出大量心血。这部论文集的编辑工作，依然由张倩郢负责。论文集的编选、附录撰写等具体工作由程朝霞负责。我对于她们的辛勤工作，表示由衷谢意。

（《文学研究与海外视野——文学研究所对外学术交流论文集》，中国社会科学院文学研究所编，社会科学文献出版社2018年10月版）

《多维视野下的中日文学研究》序

“缘”是佛教文化的核心理念，充满辩证色彩。这个命题，似乎不言自喻，稍加辞色，便落言筌。但要给予确切解说，却又茫然无绪。诚如各位先生所说，佛有佛缘，道有道缘，儒有儒缘，当然，文也有文缘。

佛教与中国文学结缘，肇自两汉之际。自兹以降，佛教对于中国文学的影响既广且深；若作概括，荦荦大者至少有如下数端：第一，佛教改变了中国文学的发展发向；第二，佛教拓宽了中国文学的思维空间；第三，佛教丰富了中国文学的体裁题材。譬如长沙马王堆一号汉墓出土的T型帛画所表现出来的上天、人间和地狱观念还比较简单，甚至还有一种幽暗的美。而王琰《冥祥记》及大足石刻所表现的地狱就非常恐怖，令人不寒而栗。过去，我们的文学作品里常常有《大言赋》《小言赋》之类的题材，极尽夸张之能事，然而与志怪小说中幻化情节相比，实乃小巫见大巫，不足论列。至于文学体裁及题材方面的例证，如近体诗的出现，如魏晋志怪小说的繁荣，更是举不胜举。对此，学术界多有论述，这里可以存而不论。

过去往往将汉唐文学并称，其实汉、唐很不相同。汉代融汇中原各个地区文明的精华，铸成中华文明外儒内霸的特质；而唐代则融汇周边少数民族文化特别是西域文明的精华，涵养中华文明有容乃大的胸襟。作为一种外来文明，佛教与中国文学的结缘，可以给我们很多启示。

第一，中华文化以其深厚的底蕴和博大的风采，具有强大的民族亲合力。

中华文明在其开创初期，实际已经包容着黄河、长江、漠北、岭南的多元区域性格，并在其历史发展中，呈现出向中原内向汇聚以及中原文化向四周辐射的双向性认同趋势。佛教进入中国，其实也是一种双向选择：佛教选择了中国，中国也选择了佛教，并使之融入中华文明的血脉，与儒家学说、道家思想一起，为民族亲合力的形成起到了深刻的润滑作用。隋唐统一和五代十国混乱而进入宋代之后，辽、金崛起于北方，元、清统一而疆域辽阔，均为少数民族占据最高政治舞台，但依然继承着、丰富着和推进着中华文化的血脉，而没有出现世界其他地方出现过的文明中绝的野蛮时代。辽代疆域极盛时期，实行北南两面官制，“以国制治契丹，以汉制治汉人”。元代开国，采纳耶律楚材的主张，“以儒治国，以佛治心”。忽必烈的周围形成儒士幕僚集团，甚至他本人也被尊为“儒教大宗师”。在改朝换代、民族冲突转剧之际，多元文化成为了中华民族精神生生不息的黏合剂，互借所长，融合再生，使整个民族文化在痛苦中重获新的辉煌，这是世界文化史上很难看到的奇观。

第二，中华文化以其中和的气质和集美的胸襟，具有对不同文化智慧甚至宗教派别的强大的兼容性。

中国文化吸收了印度佛教，同时又改造了印度佛教，吸收外来文化，不仅不会使自己原来的文化传统中断，而且还会大大促进自身文化传统更快、更丰富、更健康的发展。由于中国地大族众，各民族的精神信仰有很大的区别，没有文化上的兼容哲学，势必国无宁日。凭借着中国文化的中和精神和兼容哲学，各文化流派和宗教流派往往能够在长期的共存和冲突中，逐渐发现和汲取对方的长处，寻找和重释相互可以沟通的精神脉络，在某种特殊的文化张力和渗透中寻找共同发展的可能。魏晋玄学实现了儒道的合流，唐朝三教并重，宋代则真正完成了儒、佛、道三教的融合。逐渐成为官方意识形态的程朱理学，“出入于释、老，反求诸六经”，受到过佛学的启发，甚至吸收和改造了佛学的某些因素，这是人所共知的事实。金、元时代与儒者关系极深的道教全真派，创教之初就“欲援儒、释为辅”，丘处机拜会成吉思汗时，建议向儒者垂询治国之道，“以敬天爱民为本”。这种描述，并不是说他们创造的教派和学理有何等高明之处，而是说中国文化的内质中存在着化解冲突、走向共存的因素。尤其在当今民族冲突、宗教冲突、文化冲突日益成为困扰世界的焦点问题时，这种兼容精神就显得更加难能可贵。

第三，中华文化以其向外开拓发展和进行形式转移的强大功能，为自己扩大了可资利用的智慧资源，加强了自己在新领域的创新性。

佛教是一种外来文化，进入中国以后，迅速大众化与本土化，转化成为中国文化的重要资源。不可否认，由宋至清的官方正统或道统文化具有崇古守旧的弊端，但是民间文化和介于雅、俗之间的诸多文化形态却保存着相当活跃的智慧流通、转移和创新的成份。在文学方面，一种文体发展到极致而转向僵化、衰落的时候，往往有一批敏锐的、有才华的文人把智慧拓展和投入到另一种尚处于民间的文体之中，从而打开了一片创新的天下。正如鲁迅所说："旧文学衰颓时，因为摄取民间文学或外国文学而起一个新的转变，这例子是常见于文学史上的。"作为时代性文体的宋词，是隋朝把西域胡人的俗乐转化为燕乐，初、盛唐时期流传于教坊，由无名氏依曲填词，中、晚唐有著名诗人参与其事，最终大盛于两宋的。元曲据说是由"近代教坊院本之外，再变而为杂剧"。所谓"院本"就是流行于伶人聚居的行院中的戏曲底本，可见也是民间艺术形式刺激了文人创作"新声"的灵感。成为明清时代标志性文体的小说，在晚唐五代接受了佛教俗讲的影响，于宋元时期流行于民间，在明代由富于创造力的文人参与，才出现《三国演义》《水浒传》《西游记》和《金瓶梅》等"四大奇书"的。这一系列重大的由俗入雅、以雅化俗的文体转移和创新的现象，说明中国文化最有创造性的部分不是封闭的，而是开放的，向不同的文化层面开放。这一点是与“五四”新文化运动以后，中国文化向外国文化开放，从而推动自身的现代化进程，可以后先辉映的。

第四，中华文化讲究事物和艺术的整体性和有机性，注意事物的内在联系和外在联系，在文化创造中强调人与自然的协调与和谐。

佛教强调众相因缘，儒家强调天人关系，老子强调事物法则。“人法地，地法天，天法道，道法自然。”中国医学讲究把人体作为有机整体，人体又作为自然整体的一部分。宋朝太医局翰林医官铸造第一具针灸铜人，清朝宫廷太医使用《明堂经络图》，都是把人体内外各组织器官看作不可分割的有机整体，由一症状而作全息透视，牵一发而动全身，通过局部刺激而调动全身的内在潜能。中国绘画不拘泥于定点透视，而讲究流动视点的统合观察，山水云林，远近浓淡，都以心和自然直接相对，从中体悟出诗趣画境。园林艺术讲究“虽由人作，宛自天开”，讲究曲折错落布局，达到曲径通幽的诗趣。又巧妙运用“借景”，把远近山峦塔影、河湖树木借来与园内之景相映成趣。中华文化精华中这种对人、对艺术、对天地万象的协调性和整体性的理解，与现代环境保护意识有相通之处，甚至在这种意识中平添一点诗意。

第五，更重要的是，中华文化在继承传统与吸收外来文明的发展过程中，创造性地开拓了自己的思维空间和理论体系。

两千年来，佛教文明与中华文明的结缘已经修成正果。现在面临的问题是西方文明与中华文明的碰撞与交融。生活在19世纪中叶的梁章钜（1775—1849）在其《浪迹丛谈》中有这样一则笔记，是用音译的方式记述英文12个月份的发音。这则笔记题曰“外夷月日”，由此不难看出作者的猎奇和轻蔑的态度。他当然不会想到，就在他辞世不过半个世纪的时间，以英语为主要载体的的西方文化就大踏步地挺进中国，并深刻地影响了中国一个世纪。中国文学研究，当然也打上了西方文明的深刻烙印：19世纪末到20世纪中期约五十年间，以进化论思潮为核心的西方文明强烈地冲击着中国思想界和学术界；20世纪中期以后占据主流地位的马克思主义思潮，又从根本上改变了中国的面貌；世纪之交，中国文学研究汲取百年精华，从外来文明与传统文明的交融中正悄然经历着第三次意义深远的历史转型。

过去一百多年，作为强势文化代表的西文论著，我们多有译介，而中国的著述却很少对外传播，这当然是一种不对等的文化交往，正如佛教初期传入中国一样。随着西方文明的广泛传播，中国文化同时也在积极寻找着自主创新的发展道路。改革开放近三十年来，一个日益强大的中国，在文化形态上，自然不再甘心于套用某种舶来的观念去解读中国文化，而是要将这种外来文明的精华融入到中国文化的血脉中，这显然是一种进步。在这样一个历史背景下，重新回首佛教和中国文学的因缘际会，确实可以从中得到很多有益的启示。最重要的一点，立足于本民族的伟大传统，以开放的胸襟容纳百川，这是中国文化走向世界、走向未来的必由之路。

（《多维视野下的中日文学研究》，中国社会科学院文学研究所编，社会科学文献出版社 2018 年 11 月版）

《学境——二十世纪学术大家名家研究》序

在20世纪中国古典文学研究向现代化转型的历程中，先后涌现出梁启超、王国维、鲁迅、胡适、陈寅恪、俞平伯、钱锺书等开辟学术新局面的大家，还有更多的在学术上卓有建树的名家。为了及时地总结他们的学术成就和治学方法，为后来的研究者提供值得学习借鉴的学术范式，并为这百年学术的发展变迁保存先贤的学术足迹，《文学遗产》杂志从1986年第6期起，开辟了“学者研究”这一专栏，不定期地发表对学术大家和名家进行深入研究的论文，描述他们的治学道路，总结他们的学术成就，提炼他们的学术精华，当然也不回避他们的学术教训。收入本书的43篇研究38位学者的论文，基本上就是《文学遗产》1986年至2005年“学者研究”专栏上所发表的论文的结集。

俞平伯先生在《唐宋词选释》前言中指出：“从来论诗，有大家名家之别。所谓‘大家’者，广而且深；所谓‘名家’者，深而欠广。”引申到学问领域，博大而精深是大师的境界；而杰出的学者则侧重于精深一面。事实上，不论大家也好，名家也好，也不论他们用什么样的方法从事研究工作，凡是能够在各自不同的学术领域取得令世人瞩目成就的，又总有一些相同或者相近的特点。从本书中所论及的那些大家和名家的治学经历来看，他们对于自己所从事的研究工作始终抱有一种敬畏的态度，把学术作为毕生的事业来追求，甚至视学术为生命。这是他们的共性，也是最叫人感动的地方。其次，他们都有着广博的学术视野。也许他们所研究的对象可能是一个很小的题目，但是在这课题的背后，你却感受到坚实厚重的学术支撑。这道理其实并不难理解："天下有博而不精者，未有不博而精者也。"（《杨守敬评碑评帖记》）更重要的是，他们敏锐而果敢地抓住了他们所处时代提供的前所未有的历史机遇，"用新的眼光、新的时代精神、新的学术思想和治学方法照亮了他们所从事的具体研究对象"（王瑶主编《中国文学研究现代化进程·小引》），从而为20世纪的古典文学研究事业开创了全新的局面。

20世纪已经成为历史。然而前辈学者的道德文章是不会轻易地随着时间的推移而淡出学术舞台，因为他们的创新思想，他们的学术规范，他们的治学方法，都已经作为丰富的历史积淀而永远滋润着学术的长青树。我们今天纪念前辈学者，当然不是在"发思古之幽情"，而是从他们的治学经历中汲取前进的力量。如果说20世纪是古典文学研究向现代化转型的世纪，那么21世纪则是古典文学研究确立自身范式的世纪。可以毫不夸张地说，我们又赶上了一个发现的时代，一个期待创新而又有可能创新的时代。电子文献的横空出世，出土文献的层出不穷，国外文献的频频激荡，都为我们的学术发展提供了一个广袤的空间。如何把握这样一个难得的历史机遇，我们想到了王国维曾说过的一段话：“大抵学问常不悬目的而自生目的，有大志者未必成功，而慢慢努力者反有意外之创获。”（姚明达《哀余断忆》之二，载述学社《国学月报》第二卷，1927 年 10 月）这是他一生学术生涯的总结，对于新世纪的学术研究也具有莫大的启发意义。从当时的学术状况看，王国维传统学术根基也许不是最雄厚的，某些坚守传统学术领域的学者对于王国维似乎不以为然，批评他在汉唐注疏方面功力不够。而趋新学者则认为王国维不过是一个伟大的半成品，对其评价也有所保留。但是 20 世纪的学术发展实践证明，王国维目光如炬，他的“预流”之作引领了一个时代的潮流。这说明了一个深刻的道理，推动学术进步固然需要文献的积累，但根本因素还是观念的更新。马克思主义的传入，从根本上改变了中国学术的面貌。就我们所供职的文学研究所而言，1953 年成立之初就明确规定了治所的根本方针任务：“以马列主义、毛泽东思想的观点，对中国和外国从古代到现代的文学的发展及其主要作家主要作品进行有步骤有重点的研究、整理和介绍。”1954 年，《文学遗产》创刊时也强调要“用科学的观点来研究我们的文学遗产”。这里所说的“科学的观念”，就是马列主义的观点和思想方法。20 世纪的学术实践证明，凡是在中国古典文学研究方面真正做出贡献的人，无不在文学观念上有所突破，在文献积累方面厚积薄发，并勇于在求实中创新。

我们在充分肯定20世纪古典文学研究成就的同时，也不必讳言存在的问题。近现代以来，随着学术观念的变化，以论带史等理念先行观念竟然成了文学研究的主流意识。似乎文学史家的任务主要就是依据某种或某些理论主张去梳理文学史的发展线索。其结果必然是自主创新意识的日益淡漠。在经历了“东倒西歪”的震荡之后，我们突然发现失去了理论方向，过去所熟知的东西变得隔膜起来，过去很明晰的观念也变得模糊起来。于是，新的世纪，我们在反思，古典文学研究工作者的任务难道仅仅是为某种现成理论作注疏吗？事实上，一个有出息的文学史家在细心梳理文学史发展过程的同时，也应当努力从中归纳出若干新鲜而切实的理论。因此，很多文学理论家往往就是文学史家；或者反过来说，文学史家往往又是出色的文学理论家。譬如刘勰和他的《文心雕龙》，钟嵘和他的《诗品》，就是一身而兼二任的典型代表。从这个意义上说，创建中国文学理论体系，构筑古典文学研究范式，就不仅仅是一个实践问题，更是一个亟待突破的理论问题了。

新的时代呼唤新的学问。我们没有资格妄自尊大，但也没有必要妄自菲薄。重温20世纪古典文学研究的历史，我们固然强烈地感受到学术高山的压力，但也日益强烈地意识到历史所赐的机遇。2004年，中共中央发表《关于进一步繁荣发展哲学社会科学的意见》，体现了党中央对于哲学社会科学的高度重视。在这样一个背景下，我们古典文学研究界应当积极抓住历史机遇，充分发挥自身积淀深厚的学术优势，以马克思主义的唯物辩证法和科学发展观作为指导思想，把文献学和文艺学、形象思维和逻辑思维很好地结合起来，从文学、历史与哲学的贯通中，追求古典文学研究的历史真实；从中学和西学的交融中，确立古典文学研究的坐标位置；从古代文学与现当代文学的结合中，挖掘古典文学研究的现代意义。只有这样，我们的研究成果才会具有坚实的文献功底，才会具有文学性、学术性和当代性，才会具有与时俱进的时代品格。

学术要有追求，也要有层次，更要有崇高的境界。这是我们编完这部论文集后的最深切感受。我们深信，读过本书，哪怕是只读其中的一篇，广大读者也一定会结合自身的经历，从书中获取更深刻的人生启迪。

（《学境——二十世纪学术大家名家研究》，中国社会科学院《文学遗产》编辑部编，本文为陶文鹏、刘跃进合撰，上海古籍出版社2006年11月版）

《古代诗词典藏本》总序

改革开放三十多年来，中国古代文学研究取得了举世瞩目的成就。相比较而言，我们在普及工作方面做得还很不够。尽管各类选注本层出不穷，但精品甚少。很多学者不屑于做普及工作，认为体现不出研究水平；即便有水平的人去做，也很难得到同行认可。这样一种偏见，必须改变。

从学术发展的历史看，真正在学术史上确立地位的学者，都与其尽心致力于学术普及工作密切相关。汉代对于经典的注释、唐代对于古注的疏证以及清代乾嘉诸老对于历代经典的重新阐释，其出发点多是普及经典知识。现代学术研究又何尝不该如此？即以我供职的中国社会科学院文学研究所为例，六十多年前所刚刚筹划建立的时候，最初主要的工作就是选注历代文学经典作品。近来翻阅《王伯祥日记》，里面详细记载了郑振铎、何其芳等人如何精心策划《诗经选》《史记选》《汉魏六朝诗选》《三曹诗选》《唐诗选》《宋诗选注》的工作，印象深刻。每一部书的编纂，从篇目的确定，到注释的推敲，都经过反复打磨。然后内部油印，送到国内相关研究单位、高等院校，广泛征求学术界同行的意见。经过这样几个回合，才最后定稿，公开出版。这样的书，阐释经典，其本身也成为一种经典，多数印行在数十万册以上，在社会上产生了广泛影响。而这些作者的名字和声誉，也逐渐走出学术圈，为广大读者所熟知。前辈学者的工作给我们很多有益的启示。

启示之一，我们必须对文学研究的普及工作有一种正确的认识。处理好普及与提高的关系，说易行难。毛泽东同志《在延安文艺座谈会上的讲话》明确指出："人民要求普及，跟着也就要求提高，要求逐年逐月地提高。在这里，普及是人民的普及，提高也是人民的提高。而这种提高，不是从空中提高，不是关门提高，而是在普及基础上的提高。这种提高，为普及所决定，同时又给普及以指导。"学术研究真正服务于人民大众，首先就是要做好普及工作。没有普及，何来提高？但提高的最终目的仍然是为了更好的普及。现在，不少学者宁愿躲进象牙塔中做专精研究，也不愿意做点文化普及工作。这种观念值得商榷。毫无疑问，专精研究当然应当鼓励，给予尊重，这个社会也确实需要一批专精的研究者，去做专业性很强的研究，尽管这种研究可能对社会现实没有直接作用，但是对我们整个文化发展来说又是必不可少的。其中的道理不言自明。但同时，我们更需要一批人出来宣讲传统文化，让专家的研究成果尽可能地为大众所认知。学术工作者来自人民群众，学术研究的本质要求也必须关注社会、依靠群众。

如果我们的学术脱离人民群众，那就成了无根之木，难免凋零枯索的命运。

启示之二，做好文学研究的普及工作，首先要求作者具有深厚的学术积累。康德《逻辑学讲义·导论》说过："学术的讲述是通俗讲述的基础。因为只有能够彻底讲述某物的人，才能以通俗的方式讲述它。"这段话把提高与普及的关系讲得非常明白。提高在前，普及在后。普及不是随意发挥，一定是在提高基础上的普及才有价值。真正的普及工作者或者说一个好的普及工作者，必须是在他这个领域掌握了丰富知识的研究者。没有深入的研究，哪来生动的普及？王伯祥、余冠英、钱锺书等人的学术普及工作就是成功的典范。对学者而言，深入易，浅出难。浅出所以难，是对作者要求高，他必须真正读懂经典作品，才不至于把经念歪。我们可能都有过这样的体验，专注于某一学术领域，遇到不懂的地方，偷懒的办法就是绕过去，而要讲给大众听，就无法藏拙。因此，做好普及工作，仅有良好的愿望是远远不够的，必须积学储宝、研阅穷照。只有这样，我们的普及工作才会更有实效，也才会更有意义。

启示之三，文学研究的普及工作，其意义还不仅仅是传播文化知识，更是传递一种理念，一种理想，甚至还可以说，是在从事一项民族文化集体认同的凝聚工作。大家都认同这样的观点，即传统文化是一个民族的命脉和灵魂。一个不知本来的民族，是绝对没有未来的希望的。在经济全球化的背景下，强调文化的多元性显得尤为重要。人类历史的发展告诉我们，物质文化可以全球化，而精神文化却有其强烈的向心力和凝聚力。文学研究工作者，有必要深入总结我们民族的传统特性和现实追求，并把这种特殊的文化基因固化为人民大众的行为准则和共同梦想。这样的民族是不可战胜的，将会永久地傲立于世界民族之林。

由上述几点启示来看，商务印书馆策划出版的这套"古代诗词典藏本"，恰逢其时，其意义自不必多说。编者的态度是认真的，他们以"阐释经典本身也要成为经典"为追求，其选家皆术业有专攻者，在其所选评方面具有相当的专精研究与学术影响，从而保证了选本的专业性与权威性。

正是由于每位选注者的研究领域、研究特点不同，因此"古代诗词典藏本"最大的特点就是不强求整套丛书风格整齐划一，而允许各选本有自己的个性特色。现在仅就率先推出的这几本来看：李山教授的《诗经选》，仿佛带领读者作了一次重回"诗经世界"的新旅——重新审读其字句、篇章，重新考订其创作年代，勾勒其礼乐背景，体味其文化意蕴，欣赏其风雅艺术，考察其歌唱方式。《王维诗选》的作者王志清教授认为，王维诗乃诗之哲学，亦可谓哲学之诗。故其选评，敏于感悟，精于赏玩；其评赏文字，巧于切入，工于辞采。邓乔彬、刘兴晖两位先生的《晚唐五代词选》，展现了早期文人词的多彩多姿：闺阁相思、伤高念远、怀古咏史、身世悲慨，不同地域的风物、人情、景色皆呈现出来；尤其是其长达 3 万多字的《导言》，对历时百余年，跨越晚唐、五代共 24

名词人的作品加以阐释、解说，庶几就是一部晚唐五代的简明词史。过常宝教授的《柳永词选》，则着重揭示了词人的生命体验是如何的深邃真挚，情感意蕴是如何的浓郁深沉，艺术境界又是如何的澄澈隽永。他特别指出，柳永是一个用生命写词的人；柳词呈现出最为本真的人生姿态。《李清照诗词选》的作者陈祖美先生，在历代学术研究成果的基础上，更贴近窥见了李清照的种种内心隐秘，从而细绎出易安的十余种“心事”——幼年失恃、党争株连、婕妤之叹，以及终生无嗣的庄姜之悲等等，提出了许多新人耳目的独到见解。可以说，此书系作者近半个世纪研究李清照的“集成”之作，而不仅仅只是个选注本。

以上对即将面世的5本书的简略介绍，却已充分显示出选注者的学术个性。这一点，近于文学所编写经典读本的传统。钱锺书先生的《宋诗选注》，就特别强调自己“注”的特色，而与其他选本略有不同。希望这种不拘一格、力避匠气的文风与学风，贯彻丛书始终，从而涌现出更多的既拥有学术品位又文采斐然，既不乏前沿理论、自出己见又深入浅出的精品选本。

丛书付梓在即，编者希望我就上述特色发表感想，以便于让更多的读者理解，这种信任让我感动。确实，好书好序，相得益彰。如果翻开一部新书，上来就是一篇乏味的序言，就好像刚出门，便遇上障碍物，诚可谓“出门即有碍，谁谓天地宽”，叫人眉蹙。顾炎武《日知录》早就告诫：“凡书有所发明，序可也；无所发明，但纪成书之岁可也。人之患在好为人序。”贸然作序，对读者可能会是一种冒犯。但我想，好书确实需要介绍，好意也要有所表达。我真诚地呼吁我们的同行，在努力攀登学术高峰的同时，不要忘记为社会尽些心力，为国家文化建设奉献我们的绵薄之力。

60年前，文学研究所推出的经典读本，以著者自己研究为基础，广泛借鉴吸收前人成果，取得空前成就，影响至今。我们相信，商务印书馆推出的这套“古代诗词典藏本”，也一定能在学术普及工作方面推陈出新，为广大读者所认可。

（《古代诗词典藏本》，袁行霈、刘跃进编，商务印书馆2015年4月陆续出版）

《现代学术视野下的〈文选〉研究》序

当前，文学研究乃至整个人文学术研究正面临着重要转变，或者说正处在历史变局中。最近三十年，学术发展狂飙猛进。首先是研究队伍逐渐扩大。据说，仅古代文学研究从业者就多达三万多人。其次是研究成果异常丰富。这几年年均出版物就多达四十万种，其中不乏文学研究工作者的贡献。不可否认，随着科学技术的迅猛发展，信息的获得日益便捷，写书的人越来越多，贪多求快，急功近利，跑马圈地，造成学术生态的恶化。这是我们面临的第一个历史变局。

上溯一百年，1915 年 9 月，《青年》杂志（第二卷更名《新青年》）创刊，倡导建设新文化、摧毁传统旧文化，由此揭开新文化运动的序幕。1917 年 7 月，《新青年》杂志第 3 卷第 5 号“通讯”一栏发表钱玄同致陈独秀信，信中说：“惟《选》学妖孽所推崇之六朝文，桐城谬种所尊崇之唐宋文，则实在不必选读。”

这就是后来盛行的“选学妖孽，桐城谬种”的由来。[①] 近百年来，中国学术文化发生了翻天覆地的变化。现代学科体制的建立和学术观念的变化，是其中显而易见的变化。文学、历史、哲学从此分开，中文系又分为语言、文学两大块。文学研究分为古代、现代、当代等。各种方法纷至沓来，不绝如缕。20 世纪前半叶，有进化论的观念；50 年代以后，有历史唯物主义观念；八九十年代，有新方法论、老三论、新三论、现代派、后现代派等。问题是，由于学科壁垒的制约，学术研究越来越匠气化，越来越技术化，越来越八股化。而今，项目体、学位体造就了一代学者，读书人没有耐心读书，只有翻书的工夫。学者也是为写论文而写论文，多平面克隆自己，越做越琐碎，背离了人文学术研究本质。这是我们面临的第二个历史变局。

历史还可以上溯到东汉前期，那时佛教刚刚以比较柔和的方式进入中土。从那以后到 7 世纪鉴真和尚数次东渡扶桑求法传法。前后七百余年，佛教文化融入中国社会，改造中国文化。相比较而言，另外一个中西交融就不那么温柔敦厚了。19 世纪下半叶，现代西方列强以血与火的方式强势进入中国，西方文化正在深刻地改变着中国文化。不管你如何看待，这种历史进程刚刚开始。一些历史学家认为，这是中国近三千年来未有之变局。

在上述三个历史变局中，如何面对外来文化，一直是无法回

① “妖孽”二字见于陈琳《为袁绍檄豫州文》：“司空曹操祖父中常侍腾，与左悺、徐璜并作妖孽，饕餮放横，伤化虐民”。

避的问题。历史上，或西化之风甚嚣尘上，或复古思潮尘渣泛起。无论哪一种思潮，都与近百年的学术思潮密切相关。必须认识到，五四运动影响下的学术研究，有“反传统”的一面，更有注重对“优秀传统”继承与发扬的主流一面。就文学研究而言，可以这样说，在五四精神影响下，中国文学研究已达到空前的高度，引入西方研究方法固然重要，中华优秀的传统文化基因，是促成近百年来中国文学发展繁荣不同于西方的根本动力。从发展的眼光看问题，任何极端的选择都行不通。我们只有放平心态，不仰视，不俯视，既不能食古不化，也不能食洋不化，坚定地走自己的路，也许才是正途。

2015年春，在柳宏院长的支持下，中华文学史料学学会在《文选》学重镇扬州举办“《文选》· 文章学 · 学术史”学术研讨会。同年秋，中国社会科学院文学研究所又在桐城派发祥地安徽安庆师范学院的支持下，召开了“桐城派 · 文章学 · 学术史”学术研讨会，并在方锡球院长的支持下，出版《桐城派暨古典文化的传承研究》一书。在同一年，两个会议把“选学”和“桐城派”联系起来，目标只有一个，就是反思近百年来的学术发展道路，探讨中国古代文学研究的思路与方法，为新世纪文学研究提供思考和拓展的空间。

扬州是《文选》研究的故乡，早在隋唐时期，扬州的曹宪、李善奠定了《文选》研究的基础，清代扬州学派阮元等大儒也有《文选》相关文章，近代扬州学者刘师培、李审言等都有不少《文选》

研究的经典论著。因此，本次会议在扬州召开有着非同寻常的纪念意义。

会议共收到65篇学术论文，有60多位专家学者向大会作学术报告，围绕着“《文选》、文章学、学术史”这三个议题展开研讨。会后，宋展云博士协助主编广泛听取各位专家意见，从中精选出27篇论文汇编成集，虽不免有遗珠之憾，但大体可以涵盖这次学术会议的总体面貌。论文集分为“综合研究”和“《文选》研究”上下两编，具体内容可以概括为下列三个方面：

第一是文章学及相关问题研究。当代中国学者，面对丰富的中国古代文章，还找不到合适的学术话语来评说。5篇论文努力从文章学本身入手，梳理文章概念，分析写作方法，辨析文章与政治、经学以及历史文化背景的关系等问题。这些论文材料详实，视角多样，为文章学研究提供了多种可能性。

第二是学术史研究。这类研究论文多选取文史大家的研究成果作为研究对象，涵括文献学、文学理论、义理考据、史学与文学诸多方面。作者在纵横比较中，分析这些大家的研究方法、学术贡献及当下启示，总结前辈学者的学术特色，多有启发意义。

第三是《文选》学研究。15篇论文涉及《文选》版本、校勘、征引文献、《文选》学史、《文选》评点以及经典作家、作品的个案研究，提供新的资料，体现出较高的文本细读与研究能力。这些论文对于推进《文选》研究的深入以及开辟《文选》研究新方向，皆有参考意义。

上述研究既重视古典文献整理，又能够反思近代学术名家的治学路径，诸多话题切实而不乏新意，体现出扎实的学风和较高的研究水准。由此说明，中国文学研究，不可能也不应该“照搬西方”“全盘西化”。离开了中国本土优秀的文化元素，中国文学研究就会迷失自我。

那么，中国本土文化最核心的元素是什么呢？顾炎武《日知录》所倡导的，文章必须“有益于天下，有益于将来”应当可以视之为结论。两个“有益于”，首先要有益于学术，其次要有益于社会。有益于学术，就要有一种献身学术的精神。现在，很多人只是抱有一种实用主义的态度从事学术研究，写论文，报项目，评职称，很少从一个更高的学术层面上思考问题。有益于社会，就要求我们的人文研究工作者，要把所学的知识反馈给哺育我们的人民大众，更要为我们的民族认同做出自己的贡献。

我们研究学问，理应有这样的情怀，有这样的理性。我们编选会议论文集，也是出于这样的学术目的，是否如愿，还希望广大读者给予评判。

（《现代学术视野下的〈文选〉研究》，刘跃进、柳宏主编，中国社会科学出版社2016年7月版）

《早期文本的生成与传播——周秦汉唐读书会文汇》序

周秦汉唐是中国传统经典产生的最重要时期，同时也是中国古籍传播史上具有象征意义的“钞本时代”。关于这个时期的经典文本研究，主要涉及两个问题：一是学术研究的价值取向，二是文学研究的学科边界。与此相关联，就是如何对待经典的问题。

文学所主办、《文学遗产》承办的“周秦汉唐经典文本读书会”召开的时候，恰逢《文学遗产》创刊六十周年，可以算是我们刊庆的系列活动之一。几个重点高校研究周秦汉唐文学的青年学者，以“座谈会”的形式聚在一起商讨学术，确实别开生面。《文学遗产》每年都要举办各种学术会议，全国性的综合性的大会，也经常召开。专题会议，如论坛，每年也都要举办若干次。每个论坛都有专门话题，譬如小说戏曲方面的，唐代文学、佛教文学等等，不一而足。但这样的会，好像还是第一次。再看高校，虽说多有自己的座谈会、工作坊、读书会，但像这种跨校际的学术研讨方式似乎还不多见。所以，我说别开生面，具有特殊意义。参加读书会的青年学者，具有一定代表性，大家对学术都充满探索的兴趣，都怀有一种敬畏精神，这是走到一起的学术动力。

长期以来，周秦汉唐文学研究，选题很散，缺乏热点，少有共同的话题。通过“读书会”的形式，就共同关心的话题，展开讨论，开一时风气，不无益处。尤其是各位来自五湖四海、四面八方，大家从事的研究方向也各不相同，但“读书会”让大家聚在一起，就有了“形散神不散”的意味。学术研究的“形散”，是好事，说明学术研究没有一定之规，百花齐放。问题是，“神”在哪里？读书会的目的，就是通过深入讨论，追寻周秦汉唐文学的“神”。

客观地说，周秦汉唐文学研究，正面临很多困境。大家都意识到这个问题，于是很多优秀的青年学者在继承传统研究方法基础上，努力借鉴海外汉学研究经验，希望有所拓展、有所深入、有所成就，尤其是希望在研究中，逐渐树立一种大家共同认可的学术价值观。毕竟，我们是一个学术共同体。如果没有共同的学术追求，学术共同体的意义便不复存在。

最近几十年，我们的学术共同体有点涣散，原因之一就是缺少主流的、共同认可的学术价值观。周秦汉唐文学研究，需要建立起一种能够唤醒民族意识、文化自信的学术价值观，需要倡导一种人文情怀和现实担当精神。学术是有价值观的，这个价值观，首先体现在学术含量上。问题是什么样的学术含量会叫我们共同认可？现在还是问题。20世纪五六十年代，有马列主义作为共同的价值追求。到了八九十年代，倡导宏观文学史，探寻历史规律，这也是一种学术共同体的追求。但是最近二十年，这种追求越来越少，大家只关心自己的研究领域，试图精耕细作，但是由于脱离社会，脱离现实，这种成果，又有多少价值，还真是一个问题。一些人认为，学术研究应当独立，不应当成为时代的传声筒，更不能简单地为政治服务。这个想法看来很美，但是，学术能离开政治吗？不论怎么做，不论站在什么样的角度说话，不论自以为做着多么纯正的学问，不论如何标榜自己的学问脱离政治，而你的价值观、你的世界观总会左右你的学术，想超然于社会现实之外做学问，就像鲁迅所说，拔着自己的头发离开地球一样不现实。古代的大学问家，没有一个脱离政治的，哪怕是那些看起来跟政治最没有关系的学术家，比如郑玄、孔颖达等，也与政治保持着千丝万缕的联系。现代学术界的一代宗师，像陈寅恪、王国维、梁启超、胡适等，他们的学术，如果脱离现实，也不可能有这么大的成就和影响。可以说，一个学者，要想提高学问境界，就不可能仅仅在文字上、在材料上兜圈子，必须探索学问的真谛，探索历史的灵魂。

历史是由人创造的，有人的地方，就有价值观和世界观，这背后具有政治内容。当然，这里所说的政治不是有意贴标签，贴标签的政治没有价值。真正懂政治的人，其实就是懂得这个社会。我们常说，一个学者要想了解中国社会，就必须了解中国政治。

这个政治，当然是广义的政治。

说到学科边界问题，周秦汉唐文学研究尤其凸显。长期以来，我们古典文学内部各说各话、各自为战，不利于学术研究的健康发展。同时，各学科之间，也需要打破彼此的成见，互相沟通、互相借鉴、共同发展。文史哲分家以后，“鸡犬之声相闻，老死不相往来”。文学、历史、哲学，各说各话。从事文学研究的人对历史常有偏见，觉得他们见物不见人；从事历史研究的人对文学界也有成见，认为文学研究是见人不见物；从事哲学研究的人认为文学仅仅是对客观世界甚至是对哲学的间接折射，不能直接揭示宇宙与社会的本质与真理。当然，文学、历史学界，也有人认为哲学研究没有学问，因为他们物、人皆不见，只讨论形而上的东西。其实，这些都是偏见。历史可以为文学提供直接素材，文学也可以是历史与哲学的反映。学术界对于先秦两汉历史文化的研究，所用材料大体是相同的，不同的主要是观察的角度。譬如谈到屈原，我们想到的不仅仅是屈原的思想和形象，还有他的时代，他的生存环境，还有楚地风物等等，涉及到历史学、地理学、哲学、人类文化学、社会学等多学科的知识与方法。从这个意义上说，打破内部藩篱，进行跨学科研究，就很有必要。问题是，这些话题说了很多遍，学术界也多有尝试，但成功者有限。这就昭示我们：跨界研究确有风险。

风险就在学科的边界问题上。有的文学研究工作者，从古代文学研究到现当代文学、民间文学，最后还会研究到史学、哲学甚至政治、经济学，每一部成果都可能引起一定的社会轰动效应，但时过境迁，多数所谓成果如天边游云一样散去，还会有多少人记起他们的作品？还有的文学研究工作者，爱用训诂学上的“一声之转”的方法，动不动就一声之转，转来转去，由甲到乙，由乙到丙，由丙到丁，这样一来，似乎古代任何作家的任何作品，都有可能产生关系。学术研究允许合理的想象，根据一些材料发挥适当的想象是可以的，就像跳远，脚踏实地，跳出一步，对古人抱以同情的理解。但仅此而已，不能再据以进行三级跳。学术研究不是学术创作。多学科跨界研究在方法论上容易犯的一个毛病，就是忽视了学术有边界、学术有内涵的基本道理，忽视了外延不能无限扩展的问题。这样的综合性的跨学科研究可能会让个人研究暂时声誉大噪，但是其他学科基础知识的匮乏或基础学术方法训练的缺失，会使得此类研究后继乏力，其成果也很难长久保存下去，浪得虚名于一时，却付出一生的代价。从这个意义上说，这种多学科跨界研究的风险确实比较大。我们提倡文史哲不分，并非要求文学研究者去从事历史学、哲学工作者的研究任务，还要注意学科边界问题。所以，文史哲不分也是个难题，既要讲究文史哲的综合，又要避免跨界的风险，难度很大。

以往，我们的学科观念（或者说专业观念）意识太强了，强大到融化到我们的血液中，变成了我们的灵魂，使得我们做什么事都有专业观念，这也是在本质上制约我们的一个因素。可是如果我们没有学科意识，又容易发生危险。这不仅仅是我们小学科的问题，而是整个学术界的问题，是整个教育界的问题。大家都想打破学科界限和传统的专业观念，但是如何打开？打开到什么样的程度？还不清楚。就古代文学研究而言，唐宋以后的文学研究还好办。而先唐文学研究正处在十字路口。对于现状，大家都不满足，都想四处扩张，努力拓宽研究领域。与此同时，又缺乏底气，不知如何伸展，伸展到什么地方。如前所说，稍微不慎，这种扩张就容易闹出笑话。看来，我们与其纠缠在这种理念或观念上的探索，不如抓住一些个案，具体进行分析。例如，我们可以将历代成功的文人，解剖若干个案，追问他们成功的秘诀。我所说的成功是真正的成功，不是那种浪得虚名的学术，而是要经得起历史检验。

这就需要回归传统、重读经典、阐释经典、还原历史。目前，青年学者们倡导的“周秦汉唐读书会”，这个概念很好，很有气势，因为周秦汉唐是中国人向往的盛世。例如两周时期，“郁郁乎文哉”，想都不敢想像的时代。秦朝虽然短命，但是毕竟也是大一统的开始。所以我觉得周秦汉唐更有气派。甚至还可以叫“周秦汉唐经典读书会”，或叫经典研究会。当然，经典的含义很宽。今天看到的周秦汉唐的文献，多数都已成为经典。这里包括出土文献，如马王堆出土的文献，当然是经典。周秦汉唐保存下来的文献，当然也都是经典，都应成为我们研究的对象。学术走到今天，人们不愿意再奢谈方法问题，而是不约而同地想到了经典。只有抓住经典，才能抓住学术的灵魂。

我的理解，经典有两类：一是传统文化的经典，一是马克思主义经典。我在很多场合说过这样的话，正本清源，就是回归传统文化；拨乱反正，就是重读马克思主义经典。马列经典，这里暂且不论。就正本清源而言，首先要从基本观念说起，反思我们的文学概论。这样说不是危言耸听，而是确有所感。什么叫文学？什么叫好的文学？什么叫文学的体裁？文学的分类？文学的作用？如此等等，这些问题似乎说滥了，但仔细想想，依然还存在着这样或那样的问题，并没有很好的解决。学术界一直在呼吁建构中国自己的研究系统，对先唐文学研究来讲，这里可能有比较大的发展空间。先唐文学研究的最大问题，不是材料，而是研究观念。观念一变，材料翻新。观念不变，材料永远都是旧材料。所以我觉得观念问题非常重要。经典读书会，就是以经典为中心、以周秦汉唐为中心，慢慢地延续下去、坚持下去，就会有生机、有成果。

我希望这个成果有两类：一是让大众知道的普及性成果，一是高精尖的学术成果。这个时代要求我们应该承担起传播文明的使命。如果我们这些人能踏踏实实地做一些类似于当年王伯祥、余冠英那样的文学普及工作，把周秦汉唐的精华继承下来，就是一个很大贡献。学术研究，不能离开学者所处的时代，要顺应时代的要求、满足人们对于精神文化的需要。一种学问，如果社会不需要，如果人民不接受，只是限于个人的自娱自乐，自以为小把戏玩得挺好、挺精致，其实是挺无聊的。我们要用学术的方式为社会服务、为国家服务，同时也是为自己服务，给自己留下一点学术发展的空间。

这次学术讨论会，可以形成三点共识：

第一个问题，是钞本与定本的关系。目前，钞本研究是西方汉学界一个热点话题。周秦汉唐是钞本时代，宋代则开辟了刻本时代。因此，读书会将研究对象的下限界定在唐代，是可行的。有人可能会质疑说，这种做法与以往的文学史划分不一样，应该先秦是一段、两汉魏晋南北朝是一段、唐宋是一段。我们的回答可以说是依据文献保存的方式而定。学术界普遍认为，已发现最早的刻本是唐代咸通九年（868）印制的《金刚经》。此后刻书便像长江大河一样，滔滔不绝。因此，咸通九年的刻本，可以算是一个具有划时代意义的标志性事件。与此相关联的是钞本和定本的关系问题。表面看，这只是形式的不同，其实涉及到一个更加根本的话题，那就是如何对待经典的问题。

按照后现代理论讲，钞本时代的经典都存在不断叠加完成的情况，因此，今天的文本有很多不可靠，很复杂，仅靠现有文本去理解先秦，理解魏晋，这样的文本“不可靠”。既然如此，就必须抛开现存的观念，根据钞本还原历史，重新解构经典。这种观点，有点类似于20世纪前期的古史辨派的主张，带有思想史的意味，否定是为了更好的拓展。另外一种观点则认为，定本也是建构在钞本的基础上的，两者有前后继承关系，而不是断裂关系。前者是解构经典，后者是守望经典，都有着强烈的学术话语权的背景。我们强调守望经典，更多的是从学术的层面考虑问题，可能有点抱残守缺的意味，具有悲壮的色彩。

第二个问题，是文学史的写法问题。民国初年，文学研究明显分为两派，一是传统的章（太炎）、黄（侃）学派，强调学术研究贵在发明。客观地说，章太炎、黄侃对中国文学的理解非常深刻、精到。黄侃研究《文选》，就非常出色，常有独到见解。章太炎的《国故论衡》，也讨论了很多文学史问题。但不可否认，章、黄学派，带有明显的江湖习气。另外一派则是北大、清华新派学者，强调学术研究贵在发现，对于传统的文学研究，重在探索历史背后的人的因素。这些问题，也都值得重新思考。学术史的发展证明，后者引领了潮流。这说明了一个基本道理，学术研究，必须与时俱进。

第三个问题，是物质文化与精神文明的综合研究。大家讨论的制造史、造物史、行为史，说到底，就是物质与精神的关系、整体和个体的关系。文学史的核心问题，就是文学、文献、批评，就是文学史的文心问题。研究文学史，就是探讨古今文心的沟通，探讨古代文学作品，其实就是走近古人，深入文心。钱锺书在《谈艺录》说过一句话，“东海西海，心理攸同；南学北学，道术未裂”。所谓心理，就是审美心理；所谓道术，就是学术方法。方法是为探索文心服务的，探索文心，又是为探索人心服务的。一个完美的社会，应当是物质与精神同步发展，没有文学发展的社会，绝对不是完美的社会。

第一次读书会的主题是“钞本时代”的经典研读。将来的读书会还可以依托《文学遗产》网络版，组织学术活动，展示学术成果，营造学术氛围，目的是召集志同道合者，回归经典，守望传统。期待第二次研讨会的召开，希望能就这些问题展开更深入的讨论。

（《早期文本的生成与传播（周秦汉唐读书会文汇 第一辑）》，刘跃进、程苏东主编，中华书局2017年12月版）

《汉魏六朝集部珍本丛刊》前言

《汉魏六朝集部珍本丛刊》为国家社科基金重大项目“汉魏六朝集部文献集成”的重要成果之一。所收典籍，起于北宋天圣明道刻本《文选》，讫于清钞本《文章缘起》，总计收书261种，其中，宋元本16种，明刻本160种，明活字本3种，稿本、精钞本、名家批校本一百二十余种（与上述各本有重合），精椠名校，汇为百册，蔚为大观，是迄今为止收录汉魏六朝集部文献最为系统、最为丰赡的大型丛书。在选目方面，全书尽可能地呈现存世汉魏六朝集部典籍的整体风貌，所选底本绝大多数是现存最早的版本，或有名家批校题跋，兼具研究和收藏的价值。

汉魏六朝以来，中国传统文献通常按照经、史、子、集四部分类。西汉以前，并无文集之名。东汉前期，班固依据刘歆《七略》而编的《汉书·艺文志》，有“诗赋略”而无文集类。《隋书·经籍志》云：“别集之名，盖汉东京之所创也。自灵均已降，属文之士众矣，然其志尚不同，风流殊别。后之君子，欲观其体势，而见其心灵，故别聚焉，名之为集。”所谓志尚不同，即古人著述，多能推阐义理，自成一家之言。而记录作家个人心灵活动的文字就是集部文献，以《楚辞》为首创，可以归诸“诗赋略”。由此看来，古人虽不立集部，而《楚辞》类著述已隐含集部意义。故《四库全书总目·集部总叙》云：“集部之目，《楚辞》最古，别集次之，总集次之，诗文评又晚出，词曲则其闰余也。”中国传统目录学中的四部分类，始于郑默而成于荀勖，《隋书·经籍志》乃集其大成。其中集部，即以《楚辞》为首（10部，29卷），次别集（437部，4381卷），次总集（107部，2213卷）等。按照书籍编纂的一般规律，先有别集，再有总集，《隋书·经籍志》集部编排的次序非常恰当。不过，站在今天的立场看，汉魏六朝集部文献流传与整理又有其特殊性。这是因为，目前所存汉魏六朝别集，均成于宋元以后。当时，可能还有旧编别集存留世间。但从现存资料看，多数别集是编者根据此前的总集、类书等群籍汇纂而成。从一定意义上说，总集、类书，往往是汉魏六朝别集编纂的资料渊薮。因此，这次编纂《汉魏六朝集部珍本丛刊》（以下简称《丛刊》），就把总集放在前面，其次是别集。在《隋书·经籍志》中，《文章流别集》《文心雕龙》《诗品》等著作归入总集类。这也符合实际情况。汉魏六朝时期，专门的诗文评论著述还比较有限，多以总集或选本形式呈现，附以评论，具有文学批评功能，其自身尚不足以自成一类。这次，我们把诗文评著作独立出来，放在最后。至于《楚辞》类研究著作，因与丛书体例不符，没有收录。

总集有21种。其中，《文选》4种，包括北宋天圣明道刻本、南宋赣州州学刻宋元明递修本、南宋杭州开笺纸马铺钟家刻本残卷、南宋建阳陈八郎本等，将会满足《文选》研究的基本需求。《玉台新咏》8种，包括明嘉靖十九年（1540）郑玄抚刻本、明汲古阁本、袁宏道批明天启刻本、明崇祯二年（1629）冯班钞本（冯班、何士龙校跋）、明崇祯六年（1633）赵均刻本、明五云溪馆铜活字印本、纪昀校正稿本、徐乃昌札记稿本等，都是校理《玉台新咏》不可或缺的文献资料。《古文苑》用南宋端平三年（1236）常州军刻、淳祐六年（1246）盛如杞重修本，是传世最早的《古文苑》章樵注本。《六朝诗集》2种，其中明嘉靖刻本，学者或认为直接出自宋本，或认为是明人所编。结论虽有不同，但此书在研究汉魏六朝集部成书层次和文本变异方面所具有的参考价值，已成为学界共识。《古诗十九首》诠释著述5种，集中展现了清人研究《古诗十九首》的成果。此外，清光绪十五年（1889）枕溢书屋刻本《六朝文絜笺注》亦号称善本。

明清以来，汉魏六朝别集的汇编，主要有汪士贤《汉魏六朝二十一名家集》、张燮《七十二家集》和张溥《汉魏六朝百三家集》等。其中，《汉魏六朝百三家集》最为完备，上自贾谊，下迄薛道衡，凡103家。《丛刊》又有所调整，多有增补，不仅作者人数增加到126人，同一著作，在兼顾系统性的基础上，特别注重珍稀版本、精校精刻本、批校评点本或重要研究著述的广泛收录，总数多达226种。珍稀版本方面，如《曹子建集》用现存最早的宋刻本，《陆士衡集》用清影宋本《晋二俊文集》作底本，保留了宋本陆机集面貌，可以看到陆机集据《文选》重编的内证。《陆士龙文集》十卷，用南宋庆元六年（1200）华亭县学刻本，是现存陆云集最早的版本。明崇祯年间潘璁刻《阮陶合集》本之《阮嗣宗集》二卷，保留了阮籍十三首完整的四言《咏怀诗》，为存世版本中所独有。明毛氏汲古阁影宋钞本《鲍氏集》，可以让读者直接了解到宋本鲍照集的原貌，明刻本《江文通文集》保留了删削未净的宋代讳字，是出自宋本的旁证。明钞本《梁陶贞白先生文集》，所据为南宋绍兴本。《常州先哲遗书》和《玉海堂影宋丛书》中的《梁昭明太子文集》，皆云出自宋本。《王司空诗集注》不分卷（北周王褒撰），为清段朝端注，是王褒研究的草创性著作。精校精刻方面，编者尽力搜罗存世的精善之本。如明正德十年（1515）华坚兰雪堂铜活字印本《蔡中郎文集》十卷，有黄丕烈跋，是现存蔡邕集最早版本，也是存世比较早的中国活字印刷本之一。清咸丰二年（1852）杨氏海源阁所刻《蔡中郎集》，校勘精审，辑录篇目齐备，有赵之谦跋，庶几可作为整理蔡邕集的底本使用。清人吴志忠《校蔡中郎文集疏证》，既可反映乾嘉时期的治学风气，也为今人的校注整理奠定了基础。《丛刊》收录的陶渊明集多达10种，其中宋元刻本5种，包括宋刻递修本（明州本）《陶渊明集》，为现存陶渊明集最早的版本，保存了大量的古本陶集异文。另外还收录清代重要的陶集注疏著作，如詹夔锡《陶诗集注》(管庭芬过录何焯、查慎行批)、吴瞻泰辑《陶诗汇注》、马璞辑注《陶诗本义》、陶澍集注《靖节先生集》(莫友芝校并跋)、陈澧撰《陶诗编年》等。批校评点方面,《丛刊》选入版本中多有名家批校题跋,有赵怀玉、翁同书、傅以礼、盛凤翔、傅增湘等人的校记;有何绍基的评点;有吴骞、黄丕烈、邵渊耀、翁同书、莫友芝、唐翰题、赵之谦、丁丙、汪骏昌、宋康济、缪荃孙、王颂蔚、莫棠、傅增湘、郑振铎、赵元方等人的题跋;有校跋并存的著作,出自冯舒、周亮工、毛扆、王芑孙、严元照、莫友芝、周星诒、傅增湘等人之手。还有些本子过录以往的题跋批校成果,包括文嘉、叶奕、彭元瑞、张燕昌、黄丕烈等人的题跋以及陆贻典、查慎行、何焯、卢文弨等人的批校。汉魏六朝作家别集经过这些名家巨擘的点染评析,足以让人萌生一种先睹为快的阅读激情。

诗文评著作15种。其中,《文心雕龙》7种,《诗品》5种,《文章缘起》3种。敦煌石室所藏唐写本《文心雕龙》残卷,为现存最早的《文心雕龙》版本,可以说最接近《文心雕龙》原貌。宋刊《太平御览》所收《文心雕龙》,所据可能就是隋唐以来的钞本。元代至正本《文心雕龙》则保留元刊本旧貌。明人注释或批点《文心雕龙》,也收录3种。《诗品》有明正德元年(1506)退翁书院钞本(黄丕烈跋),曾被视为"影宋钞本"。元本《山堂考索》全文收录《诗品》,保留了《诗品》的宋元旧本面貌。《得天爵斋丛书》本中的《文章缘起订误》一卷、《文章缘起补》一卷，为清人钱方琦校订本，很有参考价值。另外，明陈懋仁补注、清吴骞校的《文章缘起》，亦为世人所稀见。

在印制方面，这些深庋密锁、积久尘封的珍贵典籍，经过高精彩色扫描，灰度制版印行，化身千百，走向大众。书中的批校题签，一仍其旧；贴签影响原文的，采用技术手段酌情处理，兼顾到原文与批校的内容，可以相互参酌。凡原书封面或封底、衬叶有书名、印张等有效信息，一概保留。原书缺页，尽力找同版本补齐。需要说明的是，何绍基批校本《汉魏六朝百三家集》的主要价值在何氏圈点批校，原文较为常见，故其原缺者不作补配。

《丛刊》的编纂，孙少华负责书目的初选，刘明负责内容提要的撰写，南江涛负责底本的收集。作为主编，我对于他们的辛勤付出，表示由衷感谢。我们的工作，还得到中国国家图书馆、上海图书馆、南京图书馆、首都图书馆、中国科学院文献情报中心、中国社会科学院文学研究所图书馆等近十家收藏单位以及国家图书馆出版社领导和责编的大力支持，其高情雅意，让我们感念不忘。由于众所周知的原因，有些重要善本，虽知深藏某处，却无缘收录，不无遗憾。我们也只能寄希望于来日，再续新编。

（《汉魏六朝集部珍本丛刊》，刘跃进主编，孙少华、刘明副主编，国家图书馆出版社 2019 年 10 月版）

《明小宛堂覆宋本〈玉台新咏〉》影印说明

一、《玉台新咏》的作者

《玉台新咏》是陈朝（557—589）徐陵所编的一部诗歌选集。全书收录汉魏六朝百余位作家共六百七十余篇作品，[①]分为十卷：第一卷为乐府诗，第二卷至第八卷为五言诗，第九卷为七言、杂言诗，第十卷为绝句。此书最早著录于《隋书·经籍志》，题徐陵撰。但是《陈书·徐陵传》却未著录此书。加之现存版本所收徐陵诗，作者均题作“徐孝穆”，徐陵字孝穆。如果《玉台新咏》确系徐陵所编，似不应称字。因此有人怀疑《玉台新咏》非徐陵所著。但是,《艺文类聚》卷五十五也题此书为徐陵所撰。《隋书·经籍志》与《艺文类聚》均成于初唐，尤其是《艺文类聚》的编者

① 《玉台新咏》原本的具体篇目今已无从考索，就今天所得到的材料，宋刻《玉台新咏》收诗情况有三种记载：一是吴兆宜记载的收诗691首，二是据赵均覆宋刻统计而得的654首，三是据屠本记录宋本篇数得689首。这些，与唐人所见《玉台新咏》收诗670首大体接近。

欧阳询乃陈代官员欧阳纥（537—570）之子。欧阳纥于陈宣帝太建二年因叛陈被杀，欧阳询虽“以年幼免”（《陈书·欧阳纥传》），从这一年起到陈亡，还有19年的时间。而徐陵之死，则在陈后主至德元年（583）。就是说，公元570年欧阳询“年幼”至583年已过去13年。徐陵死时，欧阳询已成为青少年。这时的徐陵，官位文名均显赫一时，可见欧阳询对徐陵的情况不大可能弄错。因此，《玉台新咏》为徐陵所编当是信而有据的。

二、《玉台新咏》成书年代

《玉台新咏》卷首下题署作者官位是“陈尚书左仆射太子少傅东海徐陵孝穆撰”。据此，《玉台新咏》当作于陈代。但是，自唐代以来，有许多材料否定此说。《郡斋读书志》著录《玉台新咏》时，征引唐代李康成（与李白、杜甫同时代人）《玉台后集序》，称：“昔陵在梁世，父子俱事东朝，特见优遇。时承平好文，雅尚宫体，故采西汉以来词人所著乐府艳诗，以备讽览，且为之序。”刘肃《大唐新语》（自序作于“元和丁亥”，807）卷三“公直第五”也提到《玉台新咏》说：“先是，梁简文帝为太子，好作艳诗，境内化之，浸以成俗，谓之宫体。晚年改作，追之不及，乃令徐陵撰《玉台集》，以大其体。”根据这些材料，明末吴兆宜《玉台新咏笺注》、《四库全书总目》等并以为此书编于梁朝萧纲（503—551）为太子期间。至于徐陵陈代官名乃后人所加。

还有学者根据《法宝连璧序》所列38位编者的排列次序，把《玉台新咏》的成书年代限定在中大通六年（534）前后。[①] 不过，现存文献资料和版本资料颇多问题，也有学者认为，《玉台新咏》成书于陈代的传统记载未必有误。相关讨论，可以参看拙著《〈玉台新咏〉研究》第二篇《〈玉台新咏〉成书年代新证》。[②]

三、《玉台新咏》的性质

《玉台新咏》是一部诗歌总集，历来的史传目录均归入集部总集类，自是题中之义。唯有晁公武（1102？—1187？）《郡斋读书志》例外，将《玉台新咏》与《乐府诗集》《古乐府》并列收入乐类中。这种分类似本于唐朝李康成。如前所引，李氏《玉台后集序》特别强调该书乃“采西汉以来词人所著乐府艳诗以备讽览”。晁公武著录《玉台后集》时说：“唐李康成采梁萧子范迄唐张赴二百九人所著乐府歌诗六百七十首，以续陵编。”这里，说《玉台新咏》收录的是“乐府艳诗”，《玉台后集》收录的是“乐府歌诗”，强调“乐府”，即从入乐角度来看《玉台新咏》。以往论及《玉台新咏》的特点，往往关注所收诗歌的描写内容，即以女性为主，而忽略了这部诗集的入乐特点。从某种意义上说，

① 参见日本学者兴膳宏《〈玉台新咏〉成书考》，译文载《中国古典文学丛考》第一辑，复旦大学出版社1985年版。

② 《〈玉台新咏〉研究》，中华书局2000年版，第65页。

《玉台新咏》实际上是一部歌辞总集。这一点与《文选》迥然有别。再看《玉台新咏序》，所论多与歌辞演唱有关。可见，《玉台新咏》之编录，本意在度曲，而非像萧统（501—531）那样有更多的目的性。作为歌辞，而不是案头的读物，《玉台新咏》所收诗歌，在内容方面主要是以歌咏相思离别为主要题材，而不可能像《文选》那样总是表现较为严肃的主题。在形式方面，更是注重自然流丽，便于传唱，而不可能过于雕琢，这些都是由于它的性质所决定的。譬如卷三所收晋杨方《合欢诗》，卷十贾充《与妻李夫人联句》、孙绰《情人碧玉歌》、王献之《诗二首》、桃叶《答王团扇歌三首》、谢灵运《东阳溪中赠答》等都是典型的对歌，其体裁为一酬一答，各唱两句或四句，每句为五言。如贾充与夫人联句，贾先唱五言两句一联，夫人唱两句答联；贾又唱两句一联，李再答；贾再唱，李再续。内容是两情的互相保证：贾说："我心子所达，子心我所知。"李说："若能不食言，与子同所宜。"全诗六联十二句六十字。又如谢灵运诗，只有一酬一答，每首四句，每句也是五言，也是男唱女答。杨方《合欢诗》也是两人作品，一酬一答，每联意义相当。体裁是当时盛行的五言[①]。把握住《玉台新咏》的这种特殊性质，我们也就容易理解为什么要把古乐府列在卷首的原因了。最后一卷是绝句，也是古乐府列于卷首。根

① 参见吴世昌《晋杨方〈合欢诗〉发微》，《文史》第二十五辑，中华书局，1985年。另外，朱谦之《中国音乐文学史》第五章"论乐府"也对《玉台新咏》的音乐性质作了初步的探索，1989年重印本。

据这种特殊的性质，我们有理由断定，通行本将繁钦《定情诗》、陈琳《饮马长城窟行》排在第一卷《古诗为焦仲卿妻作》之前，从体例上说是有问题的。而明代郑玄抚刻本系统将二人诗列在卷二，似更符合于徐陵的原意。

因为徐陵是从乐府的角度收录古代诗歌，所以，《文选》中许多遗漏的重要诗歌得以入选，比如吴声歌和西曲歌，还有大量的文人拟乐府，多赖《玉台新咏》的收录而保存下来。比如《古诗为焦仲卿妻作》、曹植《弃妇篇》、庾信《七夕诗》等就仅见于本集。另外，许多传世已久的作品，也可以用此集作为校勘，或研究文献。比如书中所收苏伯玉《盘中诗》，《玉台新咏》诸本的排列颇有歧异，这是我们考证这首诗年代最主要的依据了。又如“古诗十九首”中有九首诗收在《玉台新咏》中，题作枚乘（？—前 140）作，为我们提供了进一步探讨的资料线索。特别值得我们重视的是，这部诗集主要是从入乐的角度收录作品，所以在声韵方面，较之《文选》就更为讲求，这对于我们研究齐梁诗向隋唐近体诗的演变，具有极重要的参考价值。此外，在诗体方面，卷九主要是歌行，卷十是五言绝句，而古体向近体的演变，除了声韵方面的讲求外，最重要的特征莫过于句式的定型了。《玉台新咏》为我们提供了具体的作品。

四、《玉台新咏》的版本

《玉台新咏》现存最早的版本是敦煌石室所藏唐写本，收在《鸣沙石室古籍丛残》中，起张华《情诗》第五篇，讫《王明君辞》，凡五十一行，前后尚有残字七行。书题已佚，据所录诸诗，都在《玉台新咏》第二卷之末，其次第与今各本相同，由是知为《玉台新咏》残卷。值得注意的是，潘岳诗之前，此本先题“潘岳诗四首”下小字夹注“内顾二首，悼亡二首”，其《内顾诗》前别出题目，《悼亡诗》前亦然。由此而知，《玉台新咏》的体例，先题作者姓名及总篇数，下分注各篇篇数，每诗之前仍各冠以本篇题目。今本则但书潘岳《内顾诗二首》，而总篇数及小注皆削去。赖此本保存旧例。此本不避“隆”字，如张华《杂诗》“怀思岂不隆”，潘岳《内顾诗》“隆冬不易故”。又“适”字不讳，如石崇《王明君辞》“我本汉家子，将适单于庭”。如果确定其为唐抄，至少抄在德宗李适朝之后。

《玉台新咏》宋刻现已不得一见。现存刻本最早为明刻，大致可分为两大系统，一是宋人陈玉父刻本系统，二是明人郑玄抚刻本系统。

陈玉父系统的最大特点就是书后所附陈玉父跋，见载于赵均小宛堂覆宋本、五云溪馆本及万历张嗣修巾箱本等：

右《玉台新咏集》十卷。幼时至外家李氏，于废书中得之，旧京本也。宋已失一叶，间复多错谬，版亦时有刓者，欲求他本是正，多不获。嘉定乙亥，在会稽，始从人借得豫章刻本，财五卷。盖至刻者中徙，故弗毕也。又闻有得石氏所藏录本者，复求观之，以补亡校脱。于是其书复全，可缮写。

由此来看，《玉台新咏》至少在南宋初年即已残佚。陈玉父刻本所依据的是豫章刻本，而且仅存五卷。这五卷，据说是“旧京本”，当是指北宋刻本。五卷之中还有缺页。后五卷是从另一“录本”配齐的。这录本据何而来，是否也是北宋旧本，现已不得而知。

属于这个系统的五云溪馆本是现存诸明刻中问世最早的一种，有《四部丛刊》影印无锡孙氏小绿天藏铜活字本。而影响最大的则是现在影印出版的明代崇祯三年寒山赵均小宛堂覆宋陈玉父刻本。自明代冯舒、清代的纪晓岚以迄近现代的学者，对于这个版本无不推崇有加，以为“赵刻要为天壤祖本矣”（张尔田跋语）。确实，此本确有其他版本所缺少的优势，比如说，此本严格避宋讳，于“殷”“玄”“匡”“敬”“惊”“镜”“慎”“贞”等字或缺笔，或换字，可以证明确为宋人所传刻。此外，此本收诗共654首，[①] 与原本大体接近。唯其如此，此本历来为藏书家所珍重，

---

① 由于统计方法不尽相同，各人统计可能篇数有所不同，如徐幹《室思》六章，这里算作一首，张衡《四愁诗》及傅玄、张载《拟四愁诗》也各以一首来统计。

诸家宝之，秘不示人。诚如邓之诚跋（中国科学院图书馆藏本）称：“艺风丈昔年见语，世贵赵刻如宋元，其直昂甚，不可问津。”如今，很多善本古籍已归国有，据《全国善本书目》集部著录，现存赵均刻本《玉台新咏》，没有任何批校的就多达24种，另外，还有前人批校本不下10种，总计三十余种。而且，这个著录并不完备，因据笔者所知，还有些赵刻本并未入善，如中国国家图书馆分馆就藏有三部赵刻，可能是因为印刷较差而未入善；有些书商，割裂赵均跋以充古本，故近时著录，多有称明刻云云，而实际就是赵刻者，其例颇夥。如北京大学图书馆收录有明刻《玉台新咏》，仅有陈玉父跋，其实就是赵刻本。另外，日本森立之《经籍访古志》卷六著录有“明嘉靖中翻雕宋本，求古楼藏本。首有徐陵序，每半板十五行，行三十字。界长六寸七分，幅四寸五分。末有嘉定乙亥陈玉父跋，知依嘉定本重雕者”。此云嘉靖重雕本，实与赵均本完全相同，疑即赵本。这也从另一个侧面反映了赵本的价值和影响。这是因为，此后传钞刻的《玉台新咏》多以此本为嚆矢，如中国国家图书馆所藏冯班抄本、康熙五十三年（1714）冯鳌砚丰斋梓虞山二冯先生校阅本、乾隆二十六年（1761）华绮保元堂刻本、日本文化三年（1806）刻本及中国国家图书馆善本室所藏诸清人抄本，均源于此本。吴兆宜注本一依赵均刻本，而将郑玄抚刻本中多出部分悉附各卷之后，注明“以下宋刻不收”等字样。纪昀《玉台新咏校正》稿本也以赵均本为工作底本，并参校众本而成。

明代嘉靖十九年（1540）郑玄抚刻本为另一版本系统的代表。明代很多刻本，如嘉靖二十二年张世美刻本、万历七年（1579）茅元祯刻本、陈垣芳刻本等并源于此。

最后，不妨就这两个版本系统作一对比，可以概括如下几点：

第一，就收录篇数而言，陈本 654 篇，较郑本 817 篇似更接近于《玉台新咏》的原貌。

第二，就作者而言，陈本共 112 人，郑本 127 人，多 15 人。这比李康成《玉台后集》所收作者 209 人都要少得多。

第三，就编排次第而言，郑本从第五卷开始以梁武帝居首，以下依次为皇太子、诸王及王公大臣，依照古代编书的体例，这较之陈本似更合情理。

第四，就具体篇目收录而言，两本各有所长。如《盘中诗》，陈本收在卷九傅玄《拟四愁诗》之后，张载《拟四愁诗》之前，在编排上颇显得突兀，照诗的顺序，傅玄、张载为同题作品，时代又紧承，二人同为西晋人，并且诗体又完全相同，理应紧接，何以中间插进《盘中诗》呢？这甚至会使人怀疑《盘中诗》是宋人的补遗，并非徐陵所编《玉台新咏》所原有，故目录不载。《北堂书钞》卷一四五引三韵，题作"古诗"，也许并非没有道理。今传郑玄抚刻本系统，《盘中诗》均列在汉武帝时乌孙公主《悲歌》之后，汉成帝时童谣之前，据此可以推断《盘中诗》成于西汉中期。这也许可备一说。又比如，陈本未收梁昭明太子萧统的诗歌，无论如何都难以理解。而郑本则收录了 5 篇。尽管作者还有异说，但是总还为我们提供了继续研讨的线索。

文学古籍刊行社 1955 年曾据明崇祯六年（1633）寒山赵均小宛堂覆刊宋陈玉父本《玉台新咏》加以影印，读者称便。赵均（1591—1640），苏州寒山人，赵宧光之子，字灵均，号墨丘生。寒山，位于苏州城西，乃支硎山南麓的一个小山，明万历间赵宧光买下寒山，建茔葬父。原书前有“振绮堂兵燹后所藏书”印，“兵燹”，似指咸丰十年（1860）二月二十七日，李秀成率精兵攻克杭州事。振绮堂，清代杭州著名藏书楼，由汪宪（1721—1771）创建于乾隆年间；汪璐（1746—1813）、汪诚、汪远孙（1789—1835）四代致力于藏书及整理，声名甲于浙右。振绮堂收藏此书当在 1860 年之后。书序下和后叙有“南陵徐乃昌校勘经籍记”章，卷一下有“积学斋徐乃昌藏书”章，知其曾为徐乃昌（1854—1939）所藏。书后赵均跋语后有“赵氏元方”章，则曾为藏书家赵元方（1905 年生，20 世纪 80 年代尚在世）所收藏。《赵元方先生“文革”中被抄书籍及物品清单》（2007 年第一期嘉德四季拍卖会）未阅，不知其中有无著录此书。赵元方生平，见雷梦水《北京藏书家赵元方》（《中国典籍与文化》1994 年第 1 期）、郑伟章《文献家通考》卷二十九“赵元方”条。后归向达（1900—1966），现藏北京大学图书馆。

应学术研究的需要，人民文学出版社决定重新影印此书，并委托我就相关问题说明如上。讹误不当之处，敬请广大读者批评。

（《明小宛堂覆宋本〈玉台新咏〉》，徐陵编，人民文学出版社 2010 年 2 月版）

《邺城考古与文化论集》序

2018年10月17日，中华文学史料学学会、中共临漳县委、临漳县人民政府、中国社会科学院考古研究所邺城考古队联合主办了“首届中国邺城·建安·诗歌文化节”。开幕式上，我曾代表文学所致辞，谈了三点浅见：

第一，建安文化的根在邺城。

古代邺城遗址，在今邯郸所辖临漳县，是河北省最南端的城市，地理位置十分重要，处于晋、冀、鲁、豫四省要冲。《水经注·浊漳水》说：“魏文侯七年，始封此地，故曰魏也。”西门豹治邺，破除了当地“为河伯娶妇”的陋习，大力发展生产，邺城也因此名扬后世。东汉末叶，袁绍以此为中心，称霸一方。公元196年，汉献帝改元建安，曹操接受颍川荀彧的建议，将汉献帝接到许都，从此，动辄“奉辞伐罪”，占据道义制高点。建安五年（200），官渡大战，曹操胜，袁绍败。建安九年（204），曹操攻克邺城，遂将政治文化中心从许昌迁到邺城。直至曹操去世，曹丕代汉而迁都洛阳，曹魏政权在此经营 17 年，南征北战，开疆拓土。西晋愍帝司马邺建兴元年（313），为避晋帝讳，改建邺为建康，邺为临漳。临漳者，临漳河而为名也。后赵、冉魏、前燕、东魏、北齐割据政权先后在此建都。说到这些往事，临漳县的父老乡亲无不以家乡悠久的历史而自豪。

这里又是佛教胜地，二祖寺驰名天下。禅宗二祖慧可大师，俗姓姬，本名姬光，河南虎牢人，生于北魏孝文帝太和十一年（487）。他皈依佛门后，取法名神光。四十岁时在嵩山遇到禅宗初祖达摩大师，立誓拜师。达摩说："如果让我传法，除非天降红血。"神光毫无犹豫，断臂溅血，遂拜入达摩门下，是为禅宗二祖。唐代贞观年间修建二祖寺供奉神光法师。东魏北齐时期，邺城寺庙多达四千余所，僧尼八万多人。中国社会科学院考古研究所邺城考古工作队的朱岩石教授告诉我们，仅在 2012 年，这里就出土了皇家收藏的佛教造像 2895 件，精美绝伦，举世惊艳。为此，临漳县专门修建了邺城文化博物馆收藏这些文物。

第二，建安文化的魂是风骨。

建安九年（204），曹操占据邺城。这一年，孔融 52 岁，曹操 50 岁，陈琳 48 岁，阮瑀 38 岁，徐幹 34 岁，应玚 30 岁，刘桢 30 岁，王粲 28 岁。蔡文姬大约在建安十二年（207）前后也来到邺下。左思《三都赋》中的魏都，不是许昌，不是洛阳，而是邺下。曹操在邺下修筑铜雀台、金虎台、冰井台，在南北征战之余，组织文人游宴赋诗，君臣遇合，其乐融融，在历史上留下一段举世闻名的邺下风流。建安七子中，孔融死于建安十三年（208），阮瑀死于建安十七年（212），其他几位都死于建安二十一年（216）开始的那场史所罕见的大瘟疫。三曹七子的重要作品，大都完成于这个时期。后人用“建安风骨”来概括他们的创作成就。

“建安风骨”最鲜明的特征是崇尚力量，崇尚英雄，崇尚个性。刘劭《人物志》专辟《英雄》一节，认为“草之精秀者为英，兽之特群者为雄。故人之文武茂异，取名于此。是故聪明秀出谓之英，胆力过人谓之雄，此其大体之别名也。”《说郛》（宛委山堂一百二十卷本）卷五十七载王粲《英雄记钞》，虽是残本，也辑录了刘表、刘焉、刘范、刘璋、刘备、袁成、袁绍、袁谭、董卓、公孙瓒、周毖、伍琼、诸葛亮、逢纪、闵贡、何苗、李傕、郭汜、丁原、吕布、杨及、高顺、刘虞、张瓒、关靖、杨性、贾纯、张辽、文聘、许褚、韩馥、孔伷、王匡、桥瑁、王修、袁遗、孔融、华歆、张昭、顾雍、张纮、周瑜、鲁肃、黄盖、甘宁、丁奉、虞翻等四十多人的事迹，实际人数肯定远不止于此。可见，英雄这个概念，是汉魏时期人们津津乐道的话题。在群雄逐鹿的时代，曹操至少是一个英雄（鲁迅语）。曹操本人也这样认为，他在《让县自明本志令》中自豪地宣称：“设使天下无有孤，不知当几人称帝，几人称王。”

“建安风骨”所彰显的不仅仅是个人英雄主义，还有一种天下情怀。曹操身为宦官后代，被当时高门视为“赘阉遗丑，本无令德”。几十年的身世际遇，曹操深刻地理解并同情那些被歧视、被压迫者的感受，深知“天地间，人为贵”的道理。基于这样一种民本意识，他取法古代圣人周公，一饭三吐哺，一沐三握发，希望“天下归心”，百姓安宁。尽管烈士暮年，他依然是“老骥伏枥，志在千里”。从历史上看，没有这样的文化底蕴，没有这样的政治胸襟，是不可能取得成功的。

“建安风骨”是一种艺术精神，情思蕴藉与华丽壮大完美结合，典雅与世俗高度统一。“秋风萧瑟，洪波涌起。日月之行，若出其中。星汉灿烂，若出其里”，这种气象，不是一般人所能企及的。三国时期，政权割据，绝大多数有成就的文人学者从四面八方汇集到邺下。他们的背景或有不同，投奔曹操的原因也各异，但都受到曹操政治家的气度与诗人气质的感召，这点应该是相同的。正如曹植在《与杨德祖书》中说，“吾王于是设天网以该之，顿八纮以掩之，今悉集兹国矣”。

第三，建安文化的脉在今天。

毛泽东主席在《浪淘沙·北戴河》中豪迈地宣布：“往事越千年，魏武挥鞭。东临碣石有遗篇。萧瑟秋风今又是，换了人间。”是的，曹操的时代过去了，但“建安风骨”犹存。这一事实告诉我们，文学的价值，不仅仅是要真实地描绘时移世易的历史变迁，也不仅仅是要抒发诗人们感时叹世的情怀，更重要的是，文学要反映人民的心声，要揭示时代的主流。“建安风骨”为后世树立一座高耸的历史丰碑，让世人看到文学的价值和意义存在于最广大读者的共鸣中。这是“建安风骨”乃至中华优秀文学作品留给世人最深刻的启迪。

上述观点，是我两年前说过的，至今并无改变。若作总结，或可一言以蔽之：“建安风骨”是一种精神力量。中华民族历经战乱，仍岿然独立，就是因为风骨还在，精神还在。可以说，“建安风骨”已是中华民族坚强乐观、充满理想的精神象征。

时代英雄，邺下风流，那段波澜壮阔的历史留给世人无限的想象空间。首届文化节选择“邺城”“建安”“诗歌”这三个关键词，找到了根，抓住了魂，摸到了脉。与会代表走出书斋，走进历史现场，寻根把脉，触动心灵，强烈地体会到把学问做在祖国大地上的那种真实感与使命感，这种收获难以言表。

这次会议，得到中共临漳县委宣传部的大力支持，赵青山部长多次来京商讨会议细节安排。中国社会科学院考古研究所邺城考古队同仁不仅提供了高质量的论文，朱岩石教授还在考古现场亲自讲解，学问如同他的名字，很接地气。在这里，文学与考古结合，灵动与质实并存，这是一种很有意义的尝试。会议的协调，论文集的编辑，文学所办公室曹维平主任、古代文学研究室吴光兴主任、陈君副主任等同志付出很多心血，在此一并表示由衷的谢意。

由于新冠疫情的缘故，论文集的出版略有推迟，也由此留下一段新的历史记忆。

（《邺城考古与文化论集》，刘跃进主编，中国社会科学出版社 2021 年 2 月版）